KB152718

고등어

고등어

공 지 영 장 편 소 설

한때 넉넉한 바다를 익명으로 떠돌 적에

아직 그것은 등이 푸른 자유였다

— 장석남 시 「배에」 중에서

| 차례 |

1

희미한 옛사랑의 그림자

대체 이유가 뭐야, 그가 물었다.

그건…… 당신을 사랑하지 않는다는 걸

이제사 알았기 때문이야, 라고 나는 대답했다.

그는 어이없다는 표정으로 나를 바라보더니 말했다. 미쳤군.

나는 방으로 들어가려는 그의 팔을 잡고 말했다.

건섭 씨를 사랑한다고 믿었었어. 굳게 믿었었지.

하지만 아니었어, 이 깨달음이 내게는

얼마나 소중한 건지 건섭 씬 모를 거야.

그러자 그는 더 이상 상대하기도 경멸스럽다는 듯

그 특유의 웃음을 지으며 원래 불륜의 맛이란 게

그렇게 짜릿한 거야, 하고 말하고는 방문을 쾅 닫아버렸다.

나는 어젯밤 챙겨두었던 가방을 들고 버스 정류장으로 나갔다.

마지막으로 진심을 다해 미안하다고 말하고 싶었지만

그럴 기회마저 잃고 말았던 거다.

—87년 10월, 노은림의 유고 일기 중에서

그 전화가 걸려온 날 오후 명우는 부천에서 돌아오고 있었다. 딸아이 명지와 만나고 오는 길이었다. 아이에게 약간 열이 있었기 때문에 그는 지난달 아이와 헤어지면서 약속했던 대로 동물원에는 갈 수 없었고 대신 백화점에 가서 풍선과 스파게티만을 사주고 이별을 했던 것이다. 그랬기 때문에 여느 때 아이를 보러 갔던 날과는 달리 그는 좀 일찍 집으로 돌아오고 있었다.

아주 흐린 날씨였다. 무거운 회색빛 하늘이 건물 뒤편마다 축축 늘어져 있었고 온 세상에 흐릿하게 안개가 낀 듯도 했다. 바람이 불 때마다 아직 나뭇가지에 붙어 있던 나무 이파리들이 우수수 떨어져 내렸는데 바람 때문이었을까, 떨어지던 이파리들은 잠시 두둥실 허공에서 춤을 추는 듯 보였다.

노란 신호등이 들어오자 그는 잠시 망설이다가 브레이크를 지그시 밟았다. 평소 같았다면 이런 경고등쯤 무시해버리고 일직선으로 달려갔을 그였지만 오늘은 왠지 그러고 싶지 않았다. 좀 쉬었다가 가도 좋지 않을까, 그런 생각이 들었던 것이다. 무슨 일이든 시간을 지키고 계획을 짜고, 언제나 하던 일을 하던 대로 진행시키는 버릇이 있던 그에게 그런 감정은 작은 것이었지만 사실 좀 예외적인 일이었다. 흐린 가을 날씨 탓일지도 모른다. 하지만 아마도 모든 일을 운명에 결부시키기 좋아하는 사람은 말했을 것이다. 그건 벌써 네 마음속에서 어떤 징조가 싹트고 있었음을 말해주는 거야, 하고.

어쨌든 사이드 브레이크를 당긴 다음 풋 브레이크에서 발을 풀고 두 손으로 잠시 얼굴을 부비다가 그는 백미러에 제 얼굴을 비춰보았다. 명지를 만나러 가기 전에 이발을 한 건 잘한 일 같았다. 귀를 반쯤 남겨놓고 스치듯 자른 머리의 선, 골이 아주 가는 베이지색의 골덴 남방셔츠와 짙은 커피색의 홈스펀 재킷이 잘 어울리는 그는 서른세 살의 나이보다는 좀 젊어 보이는 축에 속했다. 살이 없이 길쭉한 얼굴, 반곱슬 머리, 그리고 퀭해 보이기도 하는 눈과 단정한 코의 선 때문에 좀 차가워 보인다는 말을 듣기는 했지만 그의 얼굴을 자세히 들여다본 사람이면 누구나 보일 듯 말 듯 얇게 쌍꺼풀진 그의 퀭한 눈이 사실은 아주 따뜻한 빛을 발하고 있다는 걸 알 것이었다.

마른세수를 마치고 그는 한 손을 핸드 브레이크 위에 얹었다. 벌써 사흘째의 강행군이었지만 정신은 말짱했다. 다만 혀끝에 작은 돌기가 몇 개 돋아 있었을 뿐이었다. 피곤할 때면 늘 솟아나곤 하는 바늘 끝처럼 날카로운 그 돌기는, 아주 신맛을 지닌 음식을 입 안에 넣지 않는 한은 음식을 먹을 때나 음료를 마실 때, 심지어 술을 마시는 데도 아무 지장을 주지 않았다. 하지만 그는 언제나 자신의 입 안에, 전에는 없었던 새로운 돌기가 솟아 있다는 걸 느끼고 있었고 그 돌기가 의식될 때마다 앞니 뿌리께에 그 돌기를 대고 비벼보곤 했다. 그러면 그 바늘 끝 같은 돌기로 예리한 아픔이 느껴졌다. 왜 굳이 그 작은 돌기를 비벼가면서까지 아픔을 확인하려 하는지 알 수 없었지만 차가 멈추고 손과 발이 자유로워진 지금 그는 또 혀끝의 돌기를 앞니 뿌리에 대고 비벼본다. 물론 아픔이 왔다.

그는 자동차의 창문을 조금 내려보았다. 가을비라도 뿌리려는지 습기 찬 바람이 차창을 통해 불어왔다. 공기 중에 떠다니던 작은 물방울 알갱이가 명우의 갈색 뺨에 부딪혀 톡톡 터지는 듯도 했다. 광고 회사에 다니고 있는 동생 명희라면 아마 이렇게 표현해낼 것이었다.

알갱이가 톡톡 터져요!

바람이 좀 찼지만 그는 일부러 창을 닫지 않았다. 그로 말하면 하늘이 높고 쨍쨍하게 맑은 가을보다는 이런 흐릿한 가을날이 더 가을답다고 생각하는 사람이었다. 하기는 그런 생각을 해보는 것도 거의 10년 만의 일이었다. 아니 정확히 말하면 흐린 가을날이 더 아름답다고 생각해보는 일에 아무런 갈등도 일어나지 않은 것이 거의 10년 만의 일이었다.

멀리 네거리 맞은편 신호등에 푸른 불이 들어오는 것과 동시에 그는 오른손으로 핸드 브레이크를 풀고 액셀러레이터를 밟았다. 차가 앞으로 나가자 낙엽을 날리던 바람이 차창 안으로 휘에엥 불어왔다. 이번엔 몹시 추웠다. 그는 창을 올려 닫았다. 동생 명희를 따라 수유리 산기슭으로 거처를 옮긴 뒤에 처음 맞는 가을이었다. 아침에 오피스텔 주차장에 나가보면 자동차 위에 밤새 떨어진 낙엽이 수북이 쌓여 있곤 했다. 산 공기가 맑아서였을까, 낙엽은 고운 빛깔이었다. 붉은 것, 누런 것, 짙은 갈색이나 그도 아니면 선명한 노란빛⋯⋯. 낙엽을 쓸어내다가 자기도 모르게 한두 개씩 그는 그중 모양과 빛깔이 고운 것을 고르기도 했다. 처음에는 자신이 왜 그것을 고르고 있는지 그는 알지 못했다. 사춘기 때도 낙엽을 고르는 일 따위는 해보지 않았던 그였다. 고등학교 시절이던가, 문학 서클에서 만나 편지를 주고받던 여자 친구가 꽃 이파리 말린 것을 편지에 넣어왔을 때 갑자기 그녀와의 사이가 삼류로 전락해버린 듯 불쾌했었던 적이 있었다. 말하자면 아직도 그런 결벽증을 그는 가지고 있던 터였다. 지금 생각해보면, 예를 들어 편지에다 대고 도스토예

프스키나 프레베르를 이야기하면서 왜 곱게 말린 꽃잎을 끼워 보내면 안 되는 것인지는 설명할 수 없었지만, 그는 그다음부터 그 여학생의 문구 하나하나를 의심했었다. 편지에 쓰인 도스토예프스키나 프레베르도 결국 그런 센티멘털을 전달하기 위한 과장된 지식은 아니었을까 하고 말이다. 그리고 그는 그 여학생과의 펜팔을 중단해버렸었다.

그 여학생의 이름이 무엇이었더라…… 아마 지금쯤 두 아이의 엄마가 되어 있겠지…… 하고 생각하는 순간 그의 다리는 의식보다 먼저 앞으로 뻗어나가 재빠르게 브레이크를 밟았다. 횡단보도였으므로 멈추어 섰다 가야 마땅했지만 그냥 지나치려는데 아이를 데리고 한 여자가 뛰어들었던 것이다. 급하게 브레이크를 밟느라 몸이 앞으로 출렁거렸고 기어 옆에 있는 작은 공간에 아무렇게나 쌓아두었던 카세트테이프들이 와르르 쏟아져 내렸다. 여자는 멈추어 섰다. 두어 살 되었을까, 엄마 손에 이끌린 채 좀 철 이른 두꺼운 갈색 돕바를 입은 사내아이가 겁에 질린 채로 이쪽을 바라보았다. 여자의 가슴부터 엉덩이까지 빛이 바랜 하늘색 포대기가 덮여 있었다. 이쪽에서는 보이지 않지만 또 한 아이가 제 어머니의 등에 매달려 있는 게 틀림없었다.

가쁘게 목 안에 고여든 숨을 천천히 내쉬며 그가 여자를 올려다보았다. 생각해보면 횡단보도 흰 선이 그려진 곳이니 멈추어 섰다 가지 않은 그에게 잘못이 있는 것인데도 여자는 몹시 두려워하는 표정을 지었다. 한 스물대여섯 되었을까, 흩어진 머리카락이 몇 가닥 이마 위로 내려와 있는 앳되어 보이는 얼굴이었다. 여자는 자신이 그에게 큰 폐라도 끼쳤을까 봐 두려운 듯 이쪽만 바라보고 서 있었다. 그는 오른손을 반쯤 들어 그녀에게 얼른 지나가라는 표시를 해주었다. 여자는 그제야 겁을 먹은 표정으로 곁에 선 아이의 손을 잡아 끌었다. 처음에 그는, 그러니까 아무리 횡단보도지만 아이를 둘씩이나 데리고 갑자기 뛰어드는 여자의 무책임에 대해 창을 열고 몇 마디 소리라도 쳐볼까 하는 생각을 하긴 했었다.

— 당신을 위해서도 아니고 나를 위해서도 아니고 아이들을 생각해야 할 거 아뇨, 여보쇼!

하지만 허둥지둥 미안한 표정을 지으며 길을 건너는 그 여자를 보자 그는 정말로 창을 열고 소리치고 싶은 기분을 느꼈다.

— 이봐요. 여긴 당신이 건널 수 있는 권리가 있는 곳이야. 제발이지 아무한테도 미안한 표정 같은 건 짓지 말라구요.

차를 출발시키면서 그는 오른손을 뻗어 운전석 오른쪽 시트에 떨어진 카세트테이프를 천천히 주워 올렸다. 시선은 정면을 향하고 테이프를 주우면서 그는 브람스의 현악 6중주를 찾고 있었다. 가을날에, 그것도 이렇게 흐린 가을날에 그보다 더 잘 어울리는 음악은 없을 거라고 여경은 말했었다. 안 그래 명우 씨, 하고 물을 때 그녀의 한쪽 볼에는 깊이 볼

우물이 패었다. 그래, 하고 그가 대답하면 벌써 낮은 더블베이스의 음이 흘러나오기 시작했다. 어느 가을날 낙엽이 뒹구는 보도 위로 부는 엷은 바람 소리, 예민한 사람만이 감지할 수 있는 바람의 가장 낮은 소리 같은 음이었다. 그러므로 그는 가을이면 인제나 그 테이프를 차에 놓고 다녔던 것이다. 하지만 되는대로 처음 손에 집어 든 테이프를 확인하는 순간 그는 그만 픽 웃어버리고 말았다.

뽀뽀뽀 유치원.

아까 딸 명지에게 사주었던 테이프였다. 작은 곰과 작은 토끼가 빨강 파랑 노랑 풍선 세 개에 매달려 둥실 떠가는 그림이 그려져 있었다. 그 애가 조르는 바람에 집에다 데려다주기도 전에 그는 아까 차 안에서 비닐을 벗기고 그걸 카세트 속에 밀어 넣었다. 그런데 그만 그 애를 제 엄마에게 데려다주고 나서 테이프를 쥐어주는 걸 잊었던 것이었다. 아빠 차를 탈 때엔 으레 혼자서라도 뒷좌석에 앉아야 한다는 걸 아는 명지는 혼자서 넓은 뒷좌석을 다 차지하고 앉아 한 손엔 '치토스' 봉지를 들고 한 손은 차 손잡이를 꼭 잡은 채 아직 여물지도 않은 발음으로 노래를 따라 불렀었다.

보랏빛 고운 빛 우리 집 옆의 꽃
꽃 중에 작은 꽃 앉은뱅이랍니다.

그 노래는 그도 기억하고 있는 곡이었다. 국민학교 1학년 때가 학교에 들어갔을 때 무릎이 드러나는 스커트를 입은 날씬한 여자 선생님이 제일 처음 가르쳐주었던 노래⋯⋯. 그 때 그는 보랏빛이 무슨 빛깔인지 몰랐다. 그래서 생각했다. 보랏빛이라는 건 꽃 이름인가 보다 하고. 보라라는 이름 자체가 너무나 신비하고 아름다웠던 것이었다. 동화 속에 나오는 머언 나라의 공주 이름처럼⋯⋯ 키가 아주 작은 예쁜 꽃.

그의 얼굴로 미소가 쏴아아 하고 번져갔다. 딩동댕동댕 동⋯⋯. 이어지는 곡은 보랏빛, 대신 '내 동생 곱슬머리'였다. 내 동생 곱슬머리 개구쟁이 내 동생, 이름은 하나인데 별명은 서너 개⋯⋯. 그는 천천히 뒤를 돌아보았다. 명지는 없고 명지가 먹던 치토스의 노란 가루만 검은 시트에 흩뿌려져 있었다. 마치 금나비가 날아간 자리처럼 짙노란 꽃가루 같은 노란빛.

그는 그제서야 깨닫는다. 낙엽은 명지를 위해 모았던 거라고 말이다. 책장 꼭대기에 놓인 두꺼운 책에 끼워둔 낙엽은 이제 거의 스무 장은 다 될 것이었다. 명지를 생각했기 때문에, 그걸 받아 들고 좋아할 명지의 미소를 생각했기 때문에 낙엽을 줍는 것도, 물기를 닦아 그것을 두꺼운 책갈피에 꽂는 것도 아무런 저항감 없이 해낼 수 있었던 것이었다.

그는 오피스텔 입구에서 주차장으로 들어섰다. 마침 차 한 대가 후진을 하는 중이라 그는 모퉁이에서 차례를 기다렸다.

하지만 후진하는 하얀 그랜저는 운전 실력이 영 신통치가 않았다. 뒷유리창에 붙여놓은 '초보 운전'이라는 스티커가 그제서야 눈에 띄었다. 저러다 받겠군, 하고 생각하는 순간 그랜저는 후진을 멈추고 차를 다시 원래 상태대로 전진시킨 다음 차를 다시 후진시키기 시작했다. 하지만 이번에도 초보 운전자는 아까와 같은 모양새로 핸들을 꺾고 있을 뿐이어서 그대로 후진을 시키다가는 옆 차를 받을 게 뻔했다. 그는 차에서 내려 그랜저의 운전석으로 다가갔다.

"괜찮으시다면 제가 좀 도와드릴까요?"

여자는 그의 땅콩색 프라이드를 힐끗 바라보며 잠시 생각하는 눈치더니 차에서 내려섰다. 새로 유행하기 시작한 뭉툭한 구두 앞코가 그의 눈에 띄었다. 그가 대학에 갓 입학한 1980년에도 저런 구두가 유행했었다. 누군가가 판탈롱 바지에 그런 구두를 신고 그의 앞으로 다가왔었다. 하지만 그게 어떤 여자였는지 지금은 생각나지 않았다. 벌써 십몇 년 전의 일이었다. 그는 흰 그랜저를 능숙한 솜씨로 빼준 다음 차문을 열고 내렸다. 한 서른이 좀 넘었을까, 여자는 발목까지 내려오는 바바리코트 깃을 여미며 자주색 립스틱을 칠한 입매를 앙다물더니 말했다.

"이런 그지 같은 주차장은 처음이야."

침을 뱉지 않은 것만도 감사해야 할 정도로 여자의 표정은 분해 보였다. 그녀의 어이없는 태도에 대해 뭐라고 반응

할 새도 없이 흰 그랜저는 떠났고 그는 흰 그랜저가 뿜어내는 배기가스 속에서 잠시 멍하니 서 있었다. 횡단보도에서 본 여자가 떠올랐다. 그랜저를 타고 떠난 여자 때문이었다. 미안하다고 말하는 법을 가르쳐야 한다고 그는 생각한다. 명지에게만이라도 말이다. 미안하다고 말해야 할 때와 하지 않을 때를 구분할 줄 아는 법만 가르쳐도 좋겠다고 생각하면서 그는 차를 그랜저가 떠난 널찍한 공간에 주차시켰다. 그러고는 아직도 명랑하게 울리는 '뽀뽀뽀 유치원'을 꺼버렸다.

유치원의 세계는 다시 돌아오지 않는다. 개구쟁이와 심술보에게 벌을 주던 선생님은 사라지는 것이다. 그걸 제일 먼저 알아차리는 것은 착한 쪽보다는 언제나 심술궂은 쪽들이었다. 우연히, 습관처럼 나쁜 짓을 해보아도 야단치는 사람이 없다는 걸, 게다가 한술 더 떠서 아무리 나쁜 짓을 하더라도 결과만 그럴듯하다면 오히려 칭찬을 받는 수도 있다는 걸 알아차리는 것이다. 착한 쪽은 언제나 더디고 미련했다. 실컷 울고, 잠자코 기다려보고 해가 다 져버려서 복도가 어두컴컴해진 다음에야 깨닫는 것이다. 모든 걸 공정하게 심판해주던 선생이란 작자는 이제 이 세계에서 영영 사라져버렸다는 걸 말이다. 하지만 후회해도 이미 소용없는 때가 대부분이라는 게 비극의 시작이었다.

차에서 내려 열쇠를 잠그려다가 다시 문을 열고 그는 튀어나온 명지의 카세트테이프를 재킷 주머니에 집어넣었다.

현관으로 들어가서 엘리베이터를 기다리는데 로비 저쪽에서 다가오던 수위가 반색을 하면서 말을 건넸다.

"아이구, 이제야 오시는군요. 어떤 여자 분이 아까부터 기다리시던데."

"여자요?"

"가만……."

수위는 낯선 방문객이나 오피스텔 입주자에게는 늘 그렇듯이 꾸민 듯이 근엄한 얼굴을 짓고 있었으나 지금은 왠지 싱글벙글한 표정이었다. 혼자서 사는 정체불명의 남자에게 여자가 찾아왔으니 무언가 신기한 일이라도 벌어질 듯한 기대감 같은 것도 엿보였다.

"이거 4시가 넘었네. 4시까지 기다리신다고 하던데, 요 아래 다방서."

수위는 벌써 노안이 왔는지 팔목을 걷어 고개를 좀 더 뒤로 젖혀서 시계에서 눈을 뗄 수 있는 대로 멀리 떼어놓은 다음 말했다. 명우도 시계를 들여다보았다. 4시에서 15분이 지나 있었다. 15분이라면 갈 수도 있고 조금 더 기다려볼 수도 있을 어중간한 시간이었다. 그때 엘리베이터가 도착했다. 쟁그렁 하는 방울 소리가 울리면서 사람들 몇이 급하게 현관 쪽으로 발을 디뎠다. 명우는 별 망설임 없이 엘리베이터에 올라탔다. 수위는 제가 전한 말이 아무런 효과가 없다는 사실에 적이 실망하는 것 같았다.

"글쎄, 아직 계실지도 모르겠는데요. 들어오시는 시간이 일 정치 않다고 내가 그러긴 했는데 또 오면 뭐라고 그럴까요?"

수위의 입은 엘리베이터의 문과 동시에 다물어졌다. 형수일까, 그도 아니면 여경이? 둘 다 가능성은 없었다. 형수는 열흘 전에 올라왔었고 여경이라면 수위가 저렇게 반색을 할 리가 없었다. 더구나 여경은 열쇠를 가지고 있었다. 한 번도 제 스스로 그걸 열고 들어올 만큼 무심한 여자가 아니었지만 말이다. 그는 복도를 지나 907호실로 다가가 열쇠를 밀어 넣었다. 그가 사무실 겸 숙소로 쓰고 있는 방이었다. 언제나처럼 그는 외출에서 돌아오는 대로 재킷을 벗어놓고 전화기를 들여다보았다. 자동응답 녹음기에는 7이라는 숫자가 표시되어 있었다. 그것은 전화가 일곱 통 왔다는 것이 아니라 전화가 일곱 통 이상 왔으므로 더 이상 셀 수가 없다는 표시이기도 했다. 자동응답기는 숫자가 7 이상이 되면 그만 모든 걸 다 포기해버리는 것이다. 그는 재생 버튼을 눌렀다.

삐이 두우뚜우뚜우 삐이 두우두우 삐이 두우뚜우.

사람의 목소리로 녹음된 통화는 단 한 건도 없었다.

그는 바퀴가 달린 작업 의자에 앉아 두 다리를 책상 위로 뻗은 채로 오피스텔 통유리창으로 보이는 먼 산을 바라보고 있었다. 어렴풋한 구름이 산허리를 휘감고 있기 때문인지 산은 멀고 아득해 보였다. 싸늘한 실외에서 갑자기 실내로 들어왔기 때문이었을까, 그는 눈두덩을 덮치는 피곤을 느꼈다.

혀끝에 있던 돌기의 감촉도 더 날카로워진 느낌이었다. 그는 잠시 눈을 감고 한없이 아래로 내려앉을 것만 같은 육체를 느끼고 있었다. 전화벨이 울린 것은 그때였다.

사실은 그대로 쓰러져 잠들어버리고 싶었다. 1주일 안에 해치워야 하는 일이 저기 책상에 저렇게 펼쳐져 있지만 마음은 자꾸 달콤한 잠의 유혹 쪽으로 기울고 있었다. 전화벨은 자동응답기가 알아서 처리해줄 것이었다.

―네에, 여기는 김명우의 사무실입니다. 저는 지금 전화를 받을 수 없사오니 연락처와 전화번호를 남겨주시면 곧 연락드리겠습니다. 아울러 전화를 걸고 계신 시간도 함께 말씀해주시면 감사하겠습니다, 죄송합니다

이렇게 말이다. 하지만 물론 그는 전화를 걸고 녹음을 남긴 사람에게 말처럼 죄송하다고 느낀 일은 없었다. 그저 아무 말도 전달하지 못하고 끊는 것보다 이게 낫잖아? 하는 배짱 같은 것이 있었을 거다. 하기는 이제까지 어떤 사람에게 전화를 통해서건 아니건 그토록 극존칭을 사용해본 일 또한 없었다. 예를 들어 저는 지금 전화를 받을 수 '없사오니' 등등……. 사람들은 그냥 친절한 시늉을 내보이는 것이다. 하지만 실제로는 아무도 친절하지 않다고, 이제 더 이상 누구도 상냥하지 않다고 그는 생각하고 있는 중이었다.

전화벨은 계속해서 울려대고 있었다. 아까 재생 버튼을 누를 때 녹음이 작동되는 장치를 꺼버린 것이 기억났다. 그는

두 손으로 눈두덩께를 누르며 대충 울리다 끊어지겠지, 하고 생각했다. 그런데 그 순간 수위의 말이 떠올랐다.

그는 시계를 올려다보았다. 4시 25분이었다. 설마, 하는 생각이 들었고 누구일까 하는 궁금증도 희미하게 생겨났다. 그는 바퀴 의자를 굴려 탁자로 가서 수화기를 들었다.

"네에."

수화기에서는 응답이 없었다. 커피 둘, 하는 낯익은 음성이 들리는 것으로 보아 지하 카페인 모양이었다. 가끔 이런 고객이 있었다. 누군가의 소개로 그를 찾아오긴 왔는데 차마 말이 나오지 않는 고객들. 여자들일수록 그런 일이 더 심했다. 한번은 지하 카페에서 기다리고 있다기에 그가 내려갔더니 그사이에 마음이 바뀌어 도망가버린 여자도 있었으니까.

"저…… 은림이에요."

더 이상 망설이지 않겠다는 듯 수화기 저쪽의 여자가 말했다. 손에 들고 있던 담배를 끄려고 재떨이를 끌어당기던 그의 손이 문득 멎었다. 마분지처럼 딱딱하게 굳어진 얼굴로 잠시 희미하게 웃음기가 지나가는 듯도 보였다.

"여보세요……. 말을 꺼내려니까 이상하다……. 잊어버렸어요? 나 은림이라구, 노은림……. 여보세요?"

"듣고 있어."

그는 짧게 말을 내뱉고는 꿀꺽 침을 삼켰다. 그 소리가 너무 큰 것 같아서 그는 안 해도 될 밭은기침을 두어 번 했다.

하지만 그러고 나니 더욱 이상한 것 같았다. 그는 입을 다물었다. 잠시 침묵이 흘렀다. 그 침묵은 그가 들고 있던 담배를 끄고 다시 주머니 속에서 새 담배를 꺼내 문 뒤에 성냥갑을 찾고는, 수화기를 어깨와 목 사이에 끼워놓은 엉거주춤한 자세로 담배에 불을 붙일 때까지 계속되었다. 침묵을 깨뜨린 건 가벼운 웃음소리였다. 뭐랄까, 웃음소리에 무게를 달 수 있다면 예민한 저울 바늘조차 조금도 움직이게 할 것 같지 않은 느낌의 그런 허탈한 웃음소리.

"여보세요."

멀어지는 목소리를 부여잡기라도 하듯이 이번에는 그가 다시 말했다. 수화기 저쪽의 목소리였기 때문이었다. 저쪽의 목소리이니 만질 수도 없고 보이지도 않고 신기루처럼 꺼져버릴 수도 있는 것이다. 혹시나 정말로 꿈을 꾸고 있는 것은 아닐까, 그도 아니면 착각은 아닐까, 혹시 그의 고객 중에 노은림이라는 이름이 또 있던가……. 그는 그런 불길한 생각들을 두서없이 했다. 잠시 웃음을 멈추고 여자가 말했다.

"미안해요. 그냥 웃음이 나왔어. 생각해보니까 우스운 것 같아서……. 여기 지하 다방이야. 꼭 내가 스물여섯 살 적에 형한테 몰래 전화 걸던 생각이 나는 거 있지?"

"……."

은림의 말이 계속되는 동안 숨을 쉬고 있지 않았다는 걸 그는 그제야 깨달으면서 길게 숨을 내쉬었다. 갑자기 귓불이

확확 달아오르는 느낌이었다.

그랬다. 은림이었다. 저렇게 말하는 여자, 노래하듯 경쾌한 서울 토박이 말씨로 이야기하는 여자, 7년 만에 전화를 걸어서 아무렇지도 않은 듯이 그냥 웃을 수도 있는 여자.

"이 근처에 볼일이 있어서 왔다가……"

목소리는 어느새 아주 차분해져 있었다.

"이제는 형을 만나도 될 것 같아서……"

은림은 끝말을 얼버무리며 가볍게 웃었다. 이제는 그를 만나도 될 것 같다는 말이 그의 목에 걸렸다.

"알았어. 기다려, 내려가지."

아주 오래된 연인들처럼 그는 우물거리는 은림의 말을 끊으며 말했다. 당연히 만나야 될 약속에 나온 것처럼 은림의 전화도 끊기고 있었다. 하지만 그는 수화기를 놓지 않고 잠시 수화기가 내는 기계음을 듣고 있었다.

두우두우, 두우두우.

갑자기 이 단조로운 기계음이 아득한 기억을 불러왔다. 마치 주문처럼, 기억은 현기와 더불어 몰려왔다. 언젠가 길거리에 있는 공중전화 박스 안에서 은림이 끊어버린 전화 수화기를 붙들고 이런 무의미한 발신음을 듣고 서 있던 때가 있었다. 습기 찬 가을 저녁이었다. 그날 불던 바람의 체감온도와 그날 아주 높은 곳에서 후들거리던 전선들. 그날 밤 폭우가 쏟아져 온 나라의 강이 넘치고 태풍이 온 길거리의 나무를 휩쓸어갔었고 그리고 천둥이 밤새 울었던 것도 기억났다. 적어도 스물일곱 살 먹은 그해 가을에 그의 마음속에서는 그랬다.

그는 들고 있던 수화기를 제자리에 내려놓았다. 전화를 끊으면서 비로소 그는 떨고 있다는 것을 깨달았다. 아직도 손에 들고 있는 담뱃재를 정말로 비벼서 꺼버리기 위해 재떨이로 손을 가져갔을 때 손바닥으로부터 뜨거운 열기가 느껴졌다. 화로 가까이에 손바닥을 대고 있는 것 같은 느낌이었다. 그는 담배를 끄고 나서 천천히 창가로 다가갔다. 금방이라도 비가 뿌릴 듯이 하늘이 산 아래까지 내려와 있었다.

기억도 산꼭대기에 몰려오는 구름처럼 가까운 시간 이편으로 몰려 내려왔다.

마른침이 꿀꺽, 하고 넘어갔다. 그랬다. 그때도 가을이었다. 날씨가 맑았던 것 같았다. 그리고 한 여자가 걸어오고 있다. 여자 뒤에는 가파르게 높은 빌딩들이 서 있고 그 뒤로는 날이 선 하늘이 시퍼렇게 펼쳐져 있다. 그 하늘 아래 거리로 무거운 가방을 들고 그보다 더 무거운 결의를 담은 입술을 앙다문 여자가 걸어오고 있다. 여자는 다가와 맨 처음 그가, 태연하려고 기를 쓰고 있는 그가 주머니에 찔러 넣고 있는 가벼운 빈손을 보았고 이어 주위를 두리번거렸다. 그의 손에는 있어야 할 가방이 들려 있지 않았던 거였다. 그쯤이면 많은 것을 알아차렸을 법도 하지만 여자는 믿으려 하지 않는 눈치였다.

─짐은?

그녀는 무거운 가방을 내려놓지 않은 채 물었다.

— 우린 이래서는 안 돼.

될 수 있는 대로 그녀와 눈을 마주치지 않으려고 일부러 호주머니에서 담배를 꺼내며 그는 천천히 말했다. 자신의 목소리가 억지가 아니라 이성적으로 들리기를 바랐기 때문일까. 목소리는 평소보다 아주 낮았다. 은림의 얼굴이 굳어졌다. 하지만 절대로 믿지 않겠다는 듯이 그녀는 굳어진 미간을 펴면서 웃으려고 애썼다.

— 말했어. 형이랑 창원으로 가겠다구, 거기서 다시 시작하겠다구. 건섭 씨한테도 그렇게 이야기했구.

은림은 재빠르게 말했다. 말할 틈을 놓치면 약속이 모두 무너져버릴까 봐 겁이 나는 그런 얼굴이었다.

— 명 선배를 만났어, 어제…… 이건 옳지 않아. 우린 용서받지 못해. 우리가 지금 이러고 있을 때가 아닌 거야.

옳지 않다는 말에 힘을 주면서 그는 얼른 말했다. 생각할 여유, 사이들, 빈틈들, 망설여지는 아주 짧은 순간의 강렬한 눈 마주침들, 그는 그때 그런 것이 두려웠다. 은림도, 사랑도 그런 빈틈을 헤집고 들어섰던 거였다. 은림의 입이 힘없이 벌어졌다.

— 명 선배가 그래? 옳지, 않다구? 형은 누군가, 우리, 말고 다른 사람이, 우리를, 용서하기를, 바랐던 거야?

억지 웃음도 지워버린 은림이 느리게 말했다. 화가 나면 오히려 말이 느려지는 게 그녀의 특징이었다. 턱까지 차오른

숨을 가쁘게 쉬면서 노여움 때문이었을까, 그녀의 얼굴이 붉게 물들었지만 그는 이런 일에는 노련한 남자처럼 모른 척하고 담배 연기만 하늘로 내뿜었다.

─난 다 정리했어요. 형의 마음이 사흘 만에 이렇게 변하리라곤 생각도 못했어…… 난…… 이렇게 될 줄은 꿈에도…….

은림은 더 설명하기 힘들다는 듯 그를 올려다보았다. 뒤로 달랑 묶은 머리에서 부드러운 몇 가닥의 머리카락이 삐져나와 뺨 가에서 나부끼고 있었다.

빈틈들, 생각할 시간들, 아주 짧은 순간의 강렬한 눈 마주침들, 그런 것들이 다시 그를 비집고 들어서려고 하는 걸 느끼고 그는 재빠르게 말했다.

─이런 건 옳지 않아……. 우린 해야 할 일이 너무 많은데…….

애를 쓰고 있었긴 했지만, 자신이 듣기에도 자신의 말투가 이성적이기는커녕 고집을 부리는 아이 같았다. 하지만 하는 수 없었다. 은림의 눈 속에서 섬광 같은 것이 퍼뜩 번쩍였다.

─그러면…… 뭐가…… 옳아?

그로 말하면 갑자기 짜증이 치밀어 올랐다. 따지고 들 듯이 이야기하고 있는 은림이, 저렇게 커다란 가방을 싸가지고 나선 은림이 미련해 보였던 것이었다. 하지만 약속은 두 사람이 했었다. 그하고 그녀하고……. 하지만 그쯤이면 알아들어야 한다고 그는 생각했다. 단지 술에 취했을 뿐이라고 우기고 싶었다. 스물일곱 살에 불륜이라는 멍에라니. 그건 너무 이상했다. 스물일곱 살에 스물여섯 살짜리 유부녀하고, 그 유부녀가 이혼하기를 기다렸다가 그 이혼녀하고 결혼을 해야 한다니. 생각해보니 그건 괴상했다. 절대로 인생에 끼어들어선 안 될 이물질 같은 거였다. 술에서 깨어났을 때 맨 처음 떠오른 것이 그거였다. ……그래서 그는 생각했다. ……가야 할 길이 멀었다. 해야 할 일이 많았고 미래는 열정적인 고난으로 가득 차 있는 듯이 보였다. 그는 갑자기 그 자리에서 은림을 떼밀어버리고 싶은 충동을 느꼈다. 그래서 그는 또 생각했었다. 여자들이란 너무나 감정적인 동물이다. 아무리 진보적으로 생각을 하려 해도 그랬다. 사랑을 위해 창원으로 도피를 할 수는 없었다. 그는 주머니에 손을 찌른 채 어깨를 잔뜩 세웠다. 아마도 몹시 방어적인 자세가 되어버렸던 것 같다. 은림의 눈길이 그런 그를 낯설게 바라보고 있었고 이어 체념을 한 듯 천천히 내리깔렸다. 그의 입에서 긴 한숨이 흘러나왔다. 몹시 떨렸으나 그는 가슴을 펴고 아무렇지도 않은 듯한 표정을 지었다.

은림 역시 입술을 앙다물고 시선을 제 구두코에 박고 붙박인 듯이 서 있었다. 무거운 가방을 아직도 든 채였다. 그는 다가가 은림을 위로해주거나 하지 않았다. 다만 견뎌야 한다고 그는 생각했었다. 참고 견디고 버리고 희생해야 한다고.

그는 어쩌면 그때 희미한 환희도 느끼고 있었다. 그런 결정을 내린 자신이 대견하고 침착하고 믿을 만하게 생각되었던 거였다. 이제 완전히 어른이 되었다는, 사소한 애정 문제 따위는 인생에서 하등의 문제도 되지 않는 사내가 되었다는 자부심도 인정할 수 있었다.

―나중에 다시 연락할게…….

하지만 돌아섰을 때, 그는 은림이 그 자리에 무너져 내려앉는 소리를 들었다. 그가 아직 돌아서기 전까지는 수치심에 얼굴이 파랗게 질린 채로 서 있다가 그가 돌아서자 그제야 무너져 내린 것이다. 그는 돌아보지 않고 걸었다. 하지만 둥글고 긴 지하도 계단을 향하여 한 발 내려디뎠을 때 그는 갑자기 목구멍으로 치밀어 오르는 어떤 격정을 느꼈다. 참을 수 없는 웃음 같기도 하고 눈물 같기도 한, 혹은 그 두 가지가 뒤범벅된 혼돈이었는지도 모른다. 아아, 그는 자신도 모르게 신음 소리를 뱉고 말았다. 그건 전혀 예상치 못한 일이었다. 설사 그가 침착했고 의젓했고 이성적이었다 해도, 그래서 다 큰 사내 같은 뿌듯함을 느꼈다고 해도 그것은 순전히 은림이, 불현듯 다가온 이별 앞에 굳어진 채였지만 그래도 은림이 아직 자신의 앞에 서 있었기 때문이라는 걸 불현듯 깨달아버렸던 것이었다. 북적거리지도 않는 지하도에서 그는 자꾸 사람들과 어깨를 부딪혔다.

아무런 짐도 들지 않은 가벼운 몸이 자꾸만 붕붕 떠오르는 것 같았다. 붕붕 떠올라서 뒤통수에 내리꽂히고 있을 은림의 시선을 따라 뒷걸음질 치는 것 같았다. 그래서 그 계단은 참으로 길었다. 길을 건넌 그가 건너편 길에서 지하도 입구를 바라보았지만 사람들의 무리만 북적거렸을 뿐 누가 누구인지는 구분이 되지 않았다. 하지만 그는 알고 있었다. 은림은 아마도 거기서 오래 울고 있을 거라는 걸, 평소에는 잘 울지 않는 그녀가, 입술을 앙다물고 덜덜 턱을 떨면 떨었지 남 앞에서 울지 않는 그녀가 그 사람들 오가는 왁자한 네길거리에서 울고 있을 거라는 걸. 하지만 다시 돌아설 수는 없었다.

그리고 이제 다시 가을이었다. 7년 만에 결국, 가을이 오고, 불쑥, 잊은 줄만 알았던 사람이 나타나기도 하는 것이다. 그는 창가에 선 채로 다시 담배를 하나 더 꺼내 물었다. 생각해보면 짧은 사랑이었다. 금지된 만남이었고 그리고 무엇보다 아주 짧았던 만남이었다. 그랬기 때문에 상처는 더 깊고 날카로웠던 것일까? 그는 천천히 담배 연기를 코로 내뿜어 보았다. 이제 떨고 있지는 않았지만 그는 마음 깊은 곳에서부터 사실은, 솟아오르는 두려움을 감지하고 있었다. 지난 7년간, 그녀를, 그리고 그날을 한 번도 잊은 적이 없었다는 사실을, 마치 전화를 받는 순간 그것이 그녀의 목소리라는 걸 아직도 잊지 않고 있는 자신을 발견한 것처럼 그렇게 지금 막 그는 깨달았던 것이다.

2

가을비 내리는 저녁의 해후

받아봐, 네 전화야. 건섭이 내게 수화기를 건넸다.

명 선배인가 하고 받아본 전화에서는 아무 소리도

들리지 않았다. 그저 웅웅거리는 소리가 들리기에

커튼을 젖혀봤더니 바람이 몹시 불고 있었다.

비가 내리려는 것 같았다. 전화를 거는 사람은

밖에서 이 바람을 다 맞고 서 있는 모양이었다.

나는 여러 번 상대편을 불러보았지만

결국 아무 대답도 듣지 못하고 전화를 끊었다.

반가운 사람일 텐데 왜? 하고 건섭이 담배를 물고 말했다.

나는 아무 말 없이 방으로 들어왔다.

건섭은 헤어지지 못하겠다고 말했다…….

그런 단어는 자기 사전에 없다고…….

나는 단어를 원하는 게 아니야.

내가 말하자 건섭은 담배 연기만 푸푸 내뿜었다.

전화……. 나는 이제 명우 형을 다 용서할 수 있을 것만 같다.

—87년 10월, 노은림의 유고 일기 중에서

처음 그 카페에서 들어섰을 때 그는 은림을 반겨할 수 없었다. 그러고 나서 제일 처음에 든 생각은 그가 방 창가에 서서 우물거리며 떨고 있는 사이에 은림이 가버린 것이 틀림없다는 것이었다. 그리고 그다음엔, 조금 더 여유를 찾으면서 어쩌면 그녀가 잠시 화장실에 가거나 공중전화로 달려간 사이 그가 지하 카페에 들어선 거라고 그렇게 생각했다. 구석진 자리에 나란히 앉은 젊은 남녀 둘이서 거의 이마를 맞댄 채로 서로에게만 열중하고 있고 그리고 카페 한가운데 머리가 벗겨진 중년의 사내가, 찾는 사람이 당신은 아니지만 그저 심심하니 당신이라도 구경을 해야겠다는 듯 그를 빤히 바라보았을 뿐이었다. 어떻게 할까 망설이는데 비상구라는 초록 불이 켜진 구석진 자리에 여자의 뒷모습이 보였다.

담배를 피우고 있는지 안개처럼 자욱한 연기가 그녀 주위를 가득 메우고 있었다. 키가 큰 인조 벤자민 화분이 천장에 닿도록 서 있어서 얼른 눈에 띄지 않는 자리였다. 번개처럼 그의 시선이 그리로 가닿았고 가슴이 쿵, 하고 내려앉았다. 하지만 그는 있는 힘을 다해서, 빠르게 움직이고 싶어 하는 육체를 저지하며 천천히 여자의 뒷모습에게로 다가갔다. 지나친 상상이었을까, 순간적이었지만 그는 은림이, 만일 저 뒷모습으로 담배를 피우고 있는 저 여자가 은림이라면 왜 하필이 텅 빈 카페의 많은 자리들 중에서 비상구라는 초록 간판 아래의 자리를 선택했을까 생각했다. 인기척을 느꼈는지 여자가 무심히 그를 올려다보았다. 여자의 얼굴은 몹시 참담해 보였다. 사람을 잘못 본 모양이라고 생각하는 그 순간 은림이 얼굴을 펴고 그를 알아보는 시늉을 했다. 한 0.1초의 사이였을까, 갑자기 다른 여자의 영상을 뚫고 정말 예전의 그녀가 나타나는 것만 같았다. 검은 눈동자가 둥그렇게 치떠지면서 은림은 환하게 웃었다. 그랬다. 은림이었다. 어깨 위까지 아무렇게나 내려온 머리카락, 그리고 깃에 수놓인 바느질 자국이 다 뭉그러진 낡은 베이지색 점퍼, 조금 야위었다는 것이 변화라면 변화일까, 은림은 담배를 비벼 껐다. 뼈가 앙상했고 푸른 정맥이 훤히 비치고 있는 손목이었다.

"내가 너무 갑자기 전화를 했었나 봐요."

놀라는 표정의 그를 맞기 위해 자리에서 일어섰다 앉으면서 은림이 입을 열었다. 예전보다 조금 더 여위었을 뿐 그녀는 그대로였다. 그는 얼른 그녀와 마주칠 뻔한 시선을 내리깔았다. 갑자기 눈께에 뜨거운 기운을 느꼈던 것이다. 이상했다. 7년 만인데. 새파랗게 젊은 시절의 7년이었는데, 젊은이 하나를 아주 딴사람으로 만들어놓기에 너무나 충분한 세월이었는데, 모든 것이 마치 어제 일처럼 느껴지는 것이었다. 마치 세월이 시치미를 뚝 떼는 듯한 기분이었다.

물론 변한 것도 있었다. 나이를 먹었고, 결혼을 했고 이혼을 했고 그 사이에 한 아이의 아버지가 되었고 이제는 문패를 버젓이 달고 살며 때로는 자신의 승용차로 강변에 나가 지난 예일 바라보기도 했으니까 말이다. 너구나 지금이 그라면 그런 식의 이별은 이제 다시는 하지 않을 것이었다. 바람이 불어대던 그 맑은 가을날 광화문 네길거리에서 어린아이처럼 펑펑 눈물을 쏟아대는 그녀를 두고 돌아서지도 않을 것이었고, 살아왔던 27년 동안 그가 오르내린 계단을 모두 다 합한다 해도 그보다는 길지 않을 것만 같은 광화문 지하도를 식은땀을 흘리며 내려가지도 않았을 거였다. 대체 이 세상에서 그렇게까지 자신을 학대해가면서 이루어야 할 일이 남기나 했다는 말일까.

"고개를 좀 들어봐요, 정말 형이 맞나 보게."

사실은 눈길을 어디다 두어야 할지 몰라하는 그에게 은림이 먼저 말했다. 예전의 그녀가 그랬듯 장난꾸러기 같은 말투였지만 음성은 건조해 보였고 까실거리는 느낌이었다. 그는 겨우 눈을 들어 그녀를 바라보았지만 무언가 아주 부신 빛이 눈을 쏘아대는 것처럼 곧 시선을 내리깔았다.

"형, 정말 아저씨가 다 됐다 그지? ……그런데 너무 부끄러워하는 것 같애."

어색한 분위기를 깨려는 듯 은림이 놀리며 말했다. 목소리에서 까실거리는 느낌이 없어지고 예전의 그 장난꾸러기 같은 분위기가 떠올랐다. 그는 어쩔 수 없이 그녀와 마주 보고 웃어주고 말았다. 은림은 그가 웃자 더 활짝 마주 웃었다.

"사실은 한 마흔여섯 살쯤 돼서 흰머리 염색할 때쯤이나 형을 볼 수 있을 거라고 생각했었어요."

그가 어색해하는 게 안쓰러웠던 이유였을 거다. 그녀는 여전히 가볍게 이야기를 이어갔다. 웃을 때나 말을 할 때 작게 오므린 것 같은 얇은 입술 사이로 고른 이가 내보이는 것도 여전했다. 그렇다면 세월은 어디로 흘러갔는지. 7년 만에 찾아온 이 이상한 해후가, 전화를 받고도 그로 하여금 창가에서 오래 망설이게 하던 이 느닷없는 재회가 이렇게 가볍기만 해도 좋은지 그는 당황스러운 기분이었고 어쩌면 약간은 실망스러운 기분이기도 했다.

은림이 천천히 웃음을 그쳤다. 하지만 웃음을 거두고 나서도 그녀의 눈가로 짙게 잡히는 잔주름은 선명했다. 그는 그제야 7년이라는 세월이 그냥 지나가지만은 않았다는 걸 생각했고 그래서 좀 차분해질 수 있었다. 그는 주머니를 뒤적여 담배를 한 대 물었다. 은림도 담배를 가져다 물었다. 담배를 피우는 그녀의 손가락은 거의 푸른빛에 가깝도록 창백했다.

"건섭이 소식은 들었다."

왜 거기서 건섭이라는 그녀의 남편 이야기를 꺼냈는지 알 수 없었다. 그녀의 얼굴이 굳어졌다. 후회해도 늦은 일이었다. 하기는 건섭은 언제나 그보다 먼저 와 있었다. 그가 그녀를 처음 만났을 때부터, 그리고 사랑에 빠져버렸을 때조차, 건섭을 빼고 어떻게 이야기를 시작할 수 있단 말일까.

"……경주에 있어요."

"잘 지내지?"

"으응. 거기 들러서 책이랑 넣어주고 오는 길이에요. 난 자주 못 봤어요. 시댁 식구들이 자주 가."

은림은 머나먼 고장의 이야기를 하는 것처럼 건성으로 대꾸했다. 더 이상 그 이야기는 하고 싶지 않은 듯했다. 그러고는 정말 먼 고장에서 온 사람처럼 카페 안을 두리번거렸다.

"정말 촌뜨기가 다 됐어요. 서울 오니까 정신이 하나도 없어요. 충무로에서 전철을 갈아타는데 방향을 잘못 잡아서 사당역까지 가버렸어. 신문을 보다가 중간에 고개를 들었는데 회현이라는 역이 나오잖아……. 갑자기 회현이 무슨 소린지 생각이 나지 않았고 가슴이 뛰기 시작하는 거예요……. 가려고 했던 곳은 여기가 아닌데……. 중간에 하도 정신이 없어서 거기 서서 번쩍 손을 들고, 저 미아가 된 것 같은데 경찰서로 좀 데려다주실 분 계세요, 하고 싶은 기분까지 들었는걸."

그는 잠자코 은림을 바라보았다. 은림은 농담을 하고 있었지만 서두르고 있었고 어쩌면 쫓기는 듯했다. 건섭의 이야기를 꺼낸 후부터 그녀는 몹시 불안해 보였던 것이다. 그러니 이런 가벼운 이야기나 나누며 회포나 풀기 위해 그녀가 나타난 것은 아닐 게 뻔했다. 그녀와 그의 눈이 끌리듯 마주쳤다. 하지만 그의 이런 무거운 상상을 깨주겠다는 듯 은림은 이번에는 쑥스러운 듯 살풋 웃었다. 여위어진 뺨 탓인지 입가에 여러 겹 가느다란 주름이 잡혔다. 그는 그 입가의 잔주름에서 오래 눈길을 떼지 못했다. 그 눈길을 느꼈을까, 은림은 두 손바닥으로 얼굴을 쓱쓱 문지르더니 낡은 점퍼에 손을 찌른 채로 말했다.

"오늘 저녁에 시간이 어떠세요?"

"많아."

그는 얼른 대답했다. 목소리가 갈라지는 것 같아 잠시 밭은기침을 해댔다. 물론 실은 전혀 그렇지 않았다. 앞으로 1주일 동안 밤샘을 해야 일을 맞추어줄 지경이었다. 그는 두 손바닥을 바지에 대고 쓱쓱 비볐다. 시선을 아래로 내리깔았기 때문이었을까, 그는 은림의 옆자리에 놓여져 있는 커다란 가방을 그제야 보았다. 낡긴 했지만 아주 낯이 익은 가방. 연한 코코아색 가방에 머무는 시선을 느꼈는지 은림이 가방의 손잡이를 가만히 잡으며 웃었다. 가방을 쌌던 것은 언제나 은림이었다. 그 가을날 광화문 네거리에서 그녀는 저 가방을 들고 있었다.

"나 서울로 아주 올라왔어요."

"……."

"몸이 안 좋아졌어요. 더 머무는 게 오히려 방해가 될 것 같아서. 정리하려고 해요."

"몸…… 어디가?"

그가 묻자 은림은 얼른 얼굴을 펴고 말했다.

"으응 그냥…… 염양식조쯤 되겠지 뭐."

은림은 농담처럼 웃다가 잠시 괴로운 듯 머리를 부볐다.

"나 술 좀 사줄래요?"

은림은 다시 한 번 말했다. 낮은 음성이었는데 그때서야 그는 그녀 속에서 차분히 가라앉은 서른몇 살을 발견하는 기분이었다. 그는 먼저 일어서면서 은림의 곁에 놓였던 가방을 들었다. 가방은 생각보다 가벼웠다. 이제 다 정리하고 서울로 왔다는 은림의 짐이 이렇게 가벼워도 좋을까, 잠시 생각했지만 그는 성큼 앞장을 섰다.

"이 가방 참 오래 들고 다니지?"

쑥스러운 듯 은림이 말했다.

그러자 어쩔 수 없다는 듯 둘의 눈길이 다시 한 번 허공에서 부딪쳤고 그의 머릿속으로 빠르게 다시 그 가을날이 지나갔다. 무거운 침묵이 그들의 사이로 파고들었다. 그래서 그는 조금은 괴롭기도 하고 조금은 은림의 출현이 거북해지기도 하는 것 같은 기분이었다.

다만, 카페에 자리를 잡고 앉아 맥주를 시키고 나서 얼굴보다 큰 생맥주 잔을 들어서 거푸 마시고 나서야 그도 그녀도 좀 편안해진 기분이 되었다. 은림이 먼저 입을 열었으니까 말이다. 그녀는 맥주 조끼를 내밀며 건배를 원했다.

"7년 만이죠?"

그가 고개를 끄덕였다.

"7년 만에 만나서 이렇게 좋은 기분으로 마주 앉아 있을 수 있는 사람이 있다는 게 나쁘지 않네요. 좀 늦었지만 자 건배해요."

둘은 가볍게 술잔을 부딪쳤다.

은림은 다시 담배를 입에 물었다. 카페에 들어선 이후 손에서 놓지 않고 쉴 새 없이 그녀는 담배를 피우고 있었다. 대신 안주에는 손도 대지 않는 것 같았다. 그건 그 역시 마찬가지였다. 길쭉길쭉 썰어진 야채에 곁들인 마요네즈가 가장자리부터 노랗게 굳어가고 있었다. 500시시짜리 잔을 세 개쯤 비웠을 때던가 그는 비로소 그들 둘이서 그동안 어떻게 지냈냐든가 지금은 무얼 하고 사느냐든가 하는 이야기는 한마디도 주고받지 않은 걸 깨달았다.

은림이 건섭과 함께 울산으로 떠났다는 소식이 끝이었다. 건섭의 소식은 요 얼마 전 신문에서 읽은 것이었다. 아니, 사실을 이야기하자면 요 몇 년간 그는 아무 정보도 갖고 있지 못했다. 서울로 돌아온 지 벌써 햇수로 3년이 다 되고 있었다. 그리고 그는 예전의 사람들과는 아무와도 연락하지 않고 지내고 있었다.

창밖으로는 바람이 지나가고 있었다. 창문의 작은 틈새로 집요하게 스며드는 바람이 피리 같은 소리를 냈다. 은림도 그 소리를 들었는지 가늘게 어깨를 움츠렸고 작게 몸을 떨었다. 그럴 때 그녀는 참 작아 보였다. 가뜩이나 가냘픈 체구가 쥐면 그의 품 안에서 바스라질 것만 같았다. 그는 문득 은림에게는 집이 없다는 생각을 했다. 릴케의 시구처럼, 게다가 이제 가을이었다.

"서울 오니까 겨울 같아. 경주랑 창원은 아직 견딜 만큼 따뜻한데. 이제 또 겨울이겠구나."

멀리 가로등을 등지고 선 가로수의 뒤통수가 환했다. 은빛으로 빛나는 그 가로수 가지에서 우수수 낙엽이 떨어지는 게 보이기도 했다. 실내는 따뜻한 편이었다. 부지런한 주인 덕에 일찍 월동 준비를 마친 카페에 틀어놓은 온풍기가 부우 하고 뜨거운 바람을 불어넣고 있었고, 바람이 나오는 걸 확인하기 위해 달아놓은 길고 가느다란 은박 리본이 그 바람을 따라 나부끼고 있었다. 창밖을 바라보고 있는 은림의 얼굴에 아까 그가 그녀를 처음 발견했을 때 보았던 것 같은 참담함이 다시 어리고 있었다. 어쩌면 금방이라도 울음을 터뜨리기라도 할 것 같은 표정이기도 했다.

"형……. 딸내미가 있다면서요?"

그렇게 여전히 창밖으로 시선을 던진 채 은림이 물었다.

"응? ……응."

예상 밖의 질문이었다. 그는 맥주잔을 입에서 떼며 당황스레 대답했다.

"몇 살?"

"만 두 살, 우리 나이론 네 살이고."

그는 야채 안주의 오이를 집어 씹다 말고 피식 웃었다. 그러고 보니 아까 재킷 주머니 속에 넣어온 명지의 뽀뽀뽀 테이프가 아직 들어 있었다.

"이름이 뭐야?"

"……명지."

"명지? ……명지 ……참 예쁜 이름이야."

그리고 그녀는 여전히 담배를 든 손가락으로 흘러내리는 머리칼을 치켜 올렸다. 그런 그녀의 모습은 피곤하게 보였다. 기나긴 여정에서 아주 잠시 쉬어 가는 사람의 표정이라고나 할까. 가야 할 길은 너무 멀고 되돌아가는 건 꿈도 꿀 수 없을 정도로 고달프게 느껴지고, 그럴 때 길 가운데에서 잠시 다리를 쉬는 사람이 짓는 표정, 쉬고 있는 지금 이 순간보다

걸어가야 할 길에 더 마음을 빼앗긴 근심스러운 표정이 그녀
의 뚜렷한 윤곽에 짙은 음영을 드리우고 있었다.

"형이 결혼했다는 소식 듣고 내가 어떤 기분에 사로잡혔었
는지 알아?"

지금까지의 질문이 오픈 게임이라면 이제서야 공이 울리
는 것 같은 느낌이었다. 그는 얼른 시선을 떨구었다. 은림의
창백한 얼굴에 군데군데 불긋한 실핏줄이 드러난 것이 술이
많이 오른 것을 말해주는 것 같았다. 그는 피우던 담배를 재
떨이에 톡톡 털었다.

"어떻게 생각했니?"

목으로 마른침이 굵게 넘어갔다. 은림은 시선을 창밖으로
돌린 채 엄지와 검지로 짧게 타버린 꽁초를 빨았다. 그런 모
습이 꼭 다 늙어버린 늙은이 같았다. 그녀의 시선이 가닿는
멀리 사람들이 주머니마다 두 손을 찾아 찌르고 택시를 잡
고 있는 게 보였다. 그녀 말대로 이제 겨울이니까 어서 집으
로 돌아가고 싶을 것이다. 돌아가서 따뜻한 방에 앉아 뜨겁
고 매운 찌개에 밥을 비벼 먹고는 아랫목에 앉아 햇귤이라
도 까고 싶을 것이다.

"난 이렇게 생각했어. 형이, 형이랑 결혼한 그 연숙 씨가 아
이를 낳으면 혹시나 내 이름자 중에 하나를 넣어주진 않을
까 하고, 연숙 씨 눈치 못 채게 한 글자만 말이야. 연숙 씬 가
명 말고 내 진짜 이름 몰랐으니까. 그러니 한 자라도 넣어주

지 않을까 하고.

은 자는 조금 나약한 느낌이 드니까 림 자? ……그러면 내가 먼 훗날 어딘가에서 형의 아이를 보면서 아이의 이름을 부르면, 아마 적어도 이 아이에게 깃들어 있는 정령 중의 반은 내 것이다, 이렇게 생각할 수도 있을 거라구."

"난……."

그는 말을 듣고 있다가 갑자기 초조한 기분에 사로잡혀서 은림의 말을 가로막았다. 은림이 작고 얇은 입술을 다물었다.

"……난 이혼했어."

그는 정말 나쁜 일을 한 사람처럼 더듬거리며 말했다. 그러고는 심판을 기다리는 피고인처럼 더듬듯이 은림의 눈을 마주 보았다. 그는 한때 은림에게 이 소식을 전해주는 상상을 했었다. 은림이가, 형 왜 그랬어 하고 물어주기를 기다린 적이 있었다. 그러면 그는 말하려 했었다. 모르겠니? 그걸 정말 몰라서 묻는 거니? 하고.

하지만 그는 지금은 은림이 침묵해주기를 바랐다. 생각해보면 은림이 때문도 아니었고 아내 연숙 때문도 아니었다. 천주교도처럼 새삼스레 모든 게 내 탓이오 하고 말하고 싶은 기분도 아니었다. 그냥 사는 게 그랬어, 살다 보니 일이 그렇게 돼버린 거야, 네가 아까 전화에 대고 말했던 것처럼 모든 게 사실은 그냥 우스운 일이었는지도 몰라……. 그땐 그랬잖니? 그럴 수밖에 없다고 생각하던 시절이었잖니? 그는 갑자기 은림 앞에서 그렇게 소리라도 지르고 싶은 기분이었다. 그녀 앞에선 그냥 그렇게 무작정 무책임해도 될 것 같은 기분을 느끼는 것이었다.

은림은 입을 열지 않았다. 은림이 그토록 침묵해주기를 바란다고 생각했으면서 그는 갑자기 힘이 주욱 빠져나가는 걸 느꼈다. 담배를 한 대 다 태울 즈음의 침묵이 흘렀다. 그들이 침묵하기를 기다렸다는 듯 웨이터가 다가와 빈 잔을 치워갔고 스피커에서는 새로운 음악이 시작되고 있었다.

그는 아랫입술을 앙다물었다가 다시 입을 열었다.

"그리고 나…… 지금……"

은림이 탁자 위로 두 팔꿈치를 괴어놓은 채로 그를 바라보았다. 말간 눈빛이었다. 말갰지만 차분한 눈빛이었다. 그가 간단한 낚시 도구를 메고 찾아가는 호수의 가을빛 같았다.

"난…… 지금은…… 사귀는 여자가…… 있어."

가을빛 같은 눈동자로 그를 바라보던 은림이 잠시 의아한 표정을 지었다. 그래서 뭘 어쩌란 거지? 하는 표정이었다. 그는 뒤통수를 얻어맞은 느낌이었다. 그러고 보니 왜 은림에게 그 이야기를 만나자마자, 이야기가 시작되자마자 꺼내야 한다고 생각하는 것인지 알 수 없었다. 은림이 오늘 밤부터 당장 저 가방을 들고 방으로 쳐들어올 것도 아니었다. 그는 입술을 물었다.

"다행이야······. 형이 혼자서 힘들지 않을까 생각했었어."

은림이 부드러운 목소리로 말했다. 담배를 빨다 말고 그가 은림을 바라보았다. 뭐랄까, 무언가가 계속 그의 의도에서 비껴가고 있었다.

"사람들이 형을 나쁘게 이야기하는 걸 들었댔어. 연숙 언니를 버렸다고······. 건섭 씬 형이 이혼했다는 사실을 1년도 넘게 나한테 숨겼었고······. 1년 전쯤인가 정식이네 출판사에 전화를 해보고 정식이에게서 형 소식을 들었었어. 안 그래도 형을 한번 만날까 해서 연락을 넣었던 참이었는데······."

"왜 그때 연락하지 않았니?"

그가 물었다. 은림은 잠시 눈을 내리깔고 맥주잔만 만지작거리더니

"사람들······ 건섭이까지도 형이 이혼했단 소리를 들으면 내가 또 무슨 일을 저지를 거라고 겁들이 났었나 봐."

마지막 말을 하면서 은림은 설풋 웃었다. 그는 웃지 않았다. 갑자기 술 기운이 푸우푸우, 하고 목구멍으로 밀려들었다.

"그때 저질러버릴 걸 그랬나?"

은림은 말을 마저 이으며 웃었지만 그는 그럴 수 없었다.

"모든 게 어리석었어. 우린 모든 걸 잃어버린 거야."

그는 정말 취해버린 사람처럼 머리칼을 부비며 말했다. 자세가 흐트러지면서 갑자기 눈으로 뜨거운 기가 몰려들었다. 은림은 눈을 내리깔고 아무 말도 하지 않았다.

"생각해보면 대단한 일들도 아니었어. 1990년대 이곳에서 일어났다면 얘깃거리도 안 되는 일들이었겠지. 그래, 아무 일도 아니었어. 정말 아무 일도 아니었는데…… 하지만 그들은 한 번도 이해해주려고 하지 않았어. 아니 우리들조차 우리 자신을 한 번도 이해해주려고 하지 않았어. 우린 겨우 이십 대 중반일 뿐이었는데 지금 생각해보면 그런 실수를 할 수도 있는, 사실은 유일한 나이였는데…… 난 요즘 가끔 생각해. 우린 정말로 인생에서 중요한 많은 걸 잃어버린 것은 아닐까 하고…… 모두들 어리석었던 거야."

은림이 연민이 어린 눈빛으로 그를 바라보았다. 그는 혀를 내밀어 바른 입술을 훔쳤다. 이런 밀은 께내는 것은 처음이었다. 그는 내친 김에 더 나가고 싶다는 충동을 느꼈다. 더 지껄이고 싶었다. 무슨 말이든 그랬다. 이혼을 했든 여자를 사귀었든, 그도 아니면 지금 이 여자와 술을 마시고 주정을 한들 별다를 것도 없을 것 같았다. 그런 마음을 읽은 것처럼 은림이 말을 막았다.

"우리 흔들리지 말고 살아요, 무얼 하든."

고개를 숙인 채로 머리를 부비던 그가 약간은 과장된 포즈로 웃음을 터뜨렸다.

"아직도 그런 격언을 쓰나? 그래서 교훈을 얻고 깨닫고 반성하고 그러나?"

그는 빈정대며 은림의 말을 받았다. 은림의 얼굴이 잠시 일그러지더니 이어 굳어졌다. 7년 만의 해후에 실망하고 있겠지, 그래 나는 이렇게 변했어, 그는 될 대로 되라는 기분이 들었다. 은림이 입을 열었다.

"……저어기 어떻게 하지. 이제 가봐야 할 시간이에요."

마지막 남은 맥주를 마시고는 은림이 말을 꺼냈다. 그는 발악의 충동을 느끼던 입가를 손으로 한번 쓰다듬었다. 시계를 들여다보았다. 10시가 넘어가고 있었다.

"그래 일어나자. 가야지."

하지만 그는 움직이지 않은 채 또 새 담배에 불을 붙였다.

"집안은 모두?"

가자고 해놓고 담배를 무는 것이 어색해져서 그가 물었다.

"아버진 오빠 그렇게 된 다음에 끝내 돌아가셨고, 엄만 LA 이모네로 떠나셨어. 오빠 병원비 때문에 집을 팔아버렸거든."

마치 며칠 전에 만났던 사람에게처럼 은림은 담담하게 말했다.

"은철이 소식은 동창회에서 전해 들었다."

"아까 올케하고 조카한테 다녀왔어요. 올케가 친정에 들어가서 어렵게 살림 꾸려가나 봐. 조카들 옷 한 벌씩이라도 사주고 오고 싶었는데."

"병원비는?"

"몰라요."

은림은 힘없이 고개를 저었다.

"보태주지도 못할 거면서 물어볼 수도 없었어."

괜히 이야기를 꺼냈다 싶어 그는 조금 머쓱해진 기분이었다. 은림의 말대로 보태주지도 못할 거면서 관심을 가지는 것이 무슨 소용인가 하는 생각이 들었던 거였다. 그렇다고 무관심하다는 것은 또 어떤 의미일까. 결국 이런 경우에 선택은 둘밖에 남지 않는다. 돕든가, 무책임한 방관자가 되든가. 그는 피다 만 담배를 얼른 비벼 껐다. 그런데 이번에는 은림이 잠시 머뭇거리더니 말했다.

"나도 한 대만 피우고."

왜였을까, 그때 두 사람의 눈이 마주쳤고 그들은 만나고 나서 처음으로 가볍게 웃었다. 그래, 그랬었다. 헤어지기 싫어서 자꾸만 담배를 번갈아 피우던 시절이 있었다. 아직 조금만 더 마주 보면서 있고 싶어, 하고 말할 수도 없었던 그 시절, 담배 한 대만 피우고 일어나지, 하고 아무렇지도 않은 듯 말했지만 심장이 담배처럼 타 녹아내리던 기분이었다. 그럴 때면, 눈을 감고 그는 대학입시 체력장에서 뛰던 100미터 달리기를 생각했었다. 그는 달리기를 잘하지 못했다. 그때 18초도 안 되는 시간이 얼마나 길었던가. 그것도 그렇게 길었는데 이 시간은 적어도 1분은 넘지 않을까, 그는 그렇게 자신을 달랬었다. 마주 앉아 담배를 피울 동안이라는 핑계를 대면서까지 그토록 간절하게 붙잡고 싶었던 것은 담배가 아니라 단 몇 분간의 시간이었다. 생선회칼로 저며낸 듯한 그 얇고 투명하고 짧은 시간. 그러나 그는 이제 마주 앉아 담배를 피우면서도 그 절박함을 다시 실감할 수가 없다. 왜냐하면 이제 시간은 지천으로 널려 있고 그는, 너와 더 앉아 있고 싶어, 라는 말조차 꺼낼 수 없게 수줍은 사랑 같은 건 하지 않기 때문이다.

계산을 치르고 카페를 나오자 은림이 뒷모습으로 서 있었다. 은림이 바라보고 있는 거리에는 비가 내리고 있었다. 방금 전부터 내리기 시작한 비였는지 사람들의 걸음이 빨라지고 있었고 신문 가판대의 아주머니가 마악 양동이에 든 비닐우산을 내놓고 있었다. 마른 플라타너스 이파리에 비가 부딪치는 소리가 스산하게 울리는 거리였다. 그는 먼저 건물의 현관에 서 있는 은림의 뒷모습으로 다가가면서 지금이라면 이 여자를 쉽게 안을 수 있다는 생각을 했다. 안고 입을 맞추고 하룻밤 서로의 체온에 의지해 잠들 수도 있을 것이다. 어떤 의미도 없이, 어떤 약속 없이도 그럴 수 있을 것 같았다. 그날 밤처럼 도망을 가자든가 하는 어리석은 말 같은 것은 이제 뱉지 않을 것 같았던 것이다. 하지만 그는 그저 무심하게 은림의 곁에 섰다.

은림의 머리칼이 초라하게 날리고 있었던 거였다. 그만한 나이의 여자가 이맘때쯤 입을 수 있는 바바리코트라던가 실크 스커트 자락이 아니라 그저 파마기가 풀어져 푸석한 머리카락만 흩어져서 뺨 위로 몰아치고 있었다. 은림의 몸뚱이에서 나부낄 수 있는 건 그저 그것뿐이었다. 그는 그 머리카락 때문에 은림에게 너무 가까이 다가갈 수 없다는 생각을 했다. 그들은 잠시 건물 입구에 서서 내리기 시작하는 가을비를 바라보고 있었다.

"오늘 밤엔 제발 비가 오지 말았으면 하고 바랐는데…… 오늘 밤 걸어 다녀야 할 길이 아주 많이 남았거든…… 하지만 가을도 다 가버렸어."

은림이 중얼거리듯 말하며 그를 올려다보았다. 눈이 마주치자 은림은 웃었다. 결코 눈까지 미소 짓는 그런 웃음은 아니었다. 그녀의 눈은 아직도 그가 카페에서 처음 그녀를 발견했던 그때처럼 침담함에 잠겨 있었다. 하지만 그건 처량함에 잠겨 있었기 때문에 더욱, 어둠 속에서 올려다보는 그 눈빛은 아름다웠다. 그래서 예전에 그녀를 아끼던 사람들은 그녀를 이렇게 부르곤 했었다.

'러시아의 눈동자.'

……모피 외투를 입은 사람들이 있고 무릎까지 쌓이는 눈길을 달리는 마차가 있고, 흰 자작나무로 빽빽한 숲이 있고 그 나무보다 무성한 뿔을 뽐내는 순록이 거닐고, 그리고 그곳을 달리는 뺨이 붉은 러시아의 처녀들…… 혁명의 고향…… 눈 내리는 얼음 벌판에서 철도를 놓던 노동자들…… 너구리의 윤곽이 살아 있는 털모자들…… 그 망망

하게 흰 눈밭 위의 눈동자…….

"잠깐 여기 서 있어."

그는 은림을 남겨두고 신문 가판대까지 뛰어가 우산을 한 개 샀다. 돌아오자 은림이 가방을 들고 보도로 내려섰다.

그들은 말없이 전철역을 향해서 걸었다. 둘의 어깨가 가끔 부딪쳤다. 비닐우산은 작아도 두 사람의 머리칼을 적시지 않을 만큼 요긴했지만 가끔 바람이 불면 곧 뒤집어질 듯 펄럭거렸다. 바람이 더 세차지고 찬비가 뿌리고 기온이 내려갈 모양이었다.

"형, 정말 형 말대로 우린 어리석었던 걸까?"

말없이 걷다가 은림이 추위에 파르라니 변한 얼굴을 들고 말했다. 빗방울이 그녀의 오른쪽 어깨를 적시고 있었다. 그는 우산 속으로 은림을 더 끌어들였다. 은림의 얼굴이 가까워졌다. 추위 때문이었을까, 그도 아니면 가로등 빛 때문이었을까, 그녀의 입술은 거의 남보랏빛이었다.

"아니야. 그냥 해본 소리야. 우리가 그렇게 했더라도 후회했을 거야. 하지만 이제 와서 그게 무슨 소용이겠니?"

은림은 이해되지 않는다는 듯 잠시 그를 빤히 올려다보다가 말했다.

"형은 아직도 그날을 생각하구 있구나. 난, 난 그런 이야기가 아니었는데."

그는 다시 한 번 뒤통수를 한 대 얻어맞은 듯한 기분이었다. 그러면? 하고 물으려다가 그는 입을 다물고 말았다. 7년이나 헤어졌다가 만난 두 사람이었다. 같은 단어를, 같은 상황을 같은 의미로 받아들이기를 바라는 것이 이상한 일인지도 몰랐다. 전철역 입구에서 그는 우산을 접었다. 은림이 그가 든 가방을 받으려고 손을 뻗었다.

"차 타는 거 보고 갈게, 내려가."

"괜찮아요. 여기서 헤어지고 싶은걸. 이번엔 형 말대로 내가 형을 지하도 앞에 남겨두고 가고 싶어. 형이 조금만 울어줘. 그럼 복수하는 기분이 들지 않을까?"

은림이 꽤나 좀 명랑하게 말했다. 그는 은림을 따라 웃으며 은림의 손을 잡아끌고 전철역으로 내려섰다. 하지만 그녀의 손을 무심히 잡아끌고 내려가면서 그는 난데없이 이상한 기분에 사로잡혔다. 손을 붙들고 비닐우산을 접은 채로 비 오는 지하도를 뛰어 내려갔던 기억이 났다. 아마도 그들이 사랑에 빠진 지 얼마 되지 않았던 여름날이었다. 그때도 은림의 손은 이렇게 찼다. 은림의 손을 따뜻하게 만들어주고 싶다는 생각을 했었던 그때……

그는 갑자기 어색한 기분이 들었지만 손을 놓을 수도 없었다. 그렇다면 더 이상해질 것 같았기 때문이었다. 그는 매표소 앞에서 가방을 건네주면서 그제야 손을 놓았다. 차가운 은림의 손바닥에는 축축하게 땀이 배어 있었다. 그는 제 손에 묻은 땀을 슬며시 재킷에 문지르고는 매표구로 가서 수원행 티켓을 끊었다. 돌아보니 은림이 빤히 그를 바라보고 있었다. 그는 웃으면서 티켓을 내밀었다. 그 순간이었을 것이다. 눈이 마주쳤을 때 은림의 얼굴이 갑자기 종잇장처럼 구겨졌고 가방을 들지 않은 은림의 그 차고 마른 손이 그녀의 얼굴을 가렸다. 굵은 눈물이 그녀의 손목을 타고 흐르고 있었다. 지나가는 사람들의 시선이 그들을 힐끗거렸다. 그는 잠시 당황한 채로 어쩔 줄 모르고 서 있다가 우선 은림을 지하도 구석으로 잡아끌었다.

"결국 지하도 앞에서 또 울고 마는구나."

농담처럼 그가 말했다. 그리고 재킷 주머니에서 손수건을 꺼내 은림의 얼굴을 닦아주었다. 은림이 그가 내민 손수건을 제 손에 쥐었다.

"미안해요. 나 정말 이러지 않으려고."

말을 다 마치지도 못한 은림의 얼굴 위로 다시 눈물이 흘렀다. 그는 은림의 머리를 제 가슴으로 끌어당겼다. 은림을 엉거주춤 안고 선 그의 어깨로 뻐근한 통증이 스치고 지나갔다. 왜 우는지 도무지 알 수 없었지만, 서른두 살이나 먹은 여자를 이 지하도 한가운데에서 울게 만드는 것이 대체 무엇인지 알 수 없었지만 느낌은 있었다. 말하자면 은림의 가슴 속에 가을비가 내리고 있는 거다, 라고 그는 생각했다. 바람이 불고 찬비가 내리고 낙엽이 지는 거다라고. 그는 아까 카폐를 나서면서, 그때 찬비를 바라보고 있던 은림의 야윈 뒷모습을 보면서 은림을 안을 수도 있을 거라고, 안고 입을 맞추고 그저 잠자리를 같이할 수도 있을 거라는 생각을 한 것을 후회했다. 모든 것이 그 탓인 것처럼 그는 알 수 없는 자책감을 느꼈다.

"내 사무실에 가서 좀 쉬었다 가겠니? 차라도 한잔하면서?"

미안한 마음 때문에 그는 부드럽게 물었다. 하지만 말을 마치면서 그는 이 말은 술자리에서 일어나기 전에 했어야 옳았다는 생각을 했다. 오피스텔 2층에 있는 생맥줏집에서 술을 마셨으면서 그녀에게 이런 제안조차 하지 않았던 것은 실수인 것 같았다. 어쨌든 그녀는 손님이었고 너무나 오래간만의 해후였고 그리고 그녀는 먼 곳에서 먼 세월을 지나 이곳으로 오지 않았던가. 그는 정말로 은림에게 미안하다는 생각이 들었다.

잠시 멈칫거리던 은림이 얼굴을 들었다. 아직 다 흘러내리지 못한 눈물이 맑게 눈 속에 고여 있었다. 그가 그녀를 안았을 때, 그녀가 힘주어서 잡았던 그의 재킷 한 끝자락을 그제야 놓으며 은림은 고개를 저었다.

"아니에요. 약속이 있어서요. 날 기다리는 사람들이에요."

그는 은림이 잡고 있었던 자신의 재킷 자락 한끝을 바라보았다.

"마지막 차일 거예요. 타야죠."

마지막 차라는 말에 그는 멈칫했고 들고 있던 비닐우산을 그녀에게 건넨 후에 준비해두었던 지폐 다섯 장을 그녀의 호주머니에 집어넣었다. 은림은 잠시 그녀의 주머니 속에 구겨져 처박힌 지폐를 바라보았을 뿐 아무 말도 하지 않았다.

"또 전화해주겠니?"

은림은 잠시 망설이다가 대답했다.

"미안해요, 형."

"이럴 땐 미안하다고 하는 게 아니야, 임마."

그는 미안하다고 말하는 은림 때문에 복잡한 기분이 되었다. 어쩌면 눈물이 터질 것 같기도 하고 어쩌면 마구 화가 나는 그런 기분이기도 했다. 하지만 그는 마치 사촌 오빠처럼 태연히 은림의 어깨를 안고 개찰구까지 다가갔다. 손끝에 느껴지는 은림의 어깨는 생각보다 더 작았다.

"잘 먹고 다니고. 너무 마른 것 같아. 알았지?"

은림은 착한 여동생처럼 고개를 끄덕이며 그에게 손을 내밀었다. 그도 손을 내밀었다. 두 사람의 손이 허공에서 만났다. 은림의 손은 역시 작고 차가웠다. 악수를 하면서 은림은 그를 오래 바라보았다. 그가 카페에 들어가 처음 발견했던 때처럼 참담한 표정이 다시 그녀의 얼굴 위를 덮었다.

"정말 갈게요."

무슨 말인가 할 듯, 할 듯 입술을 달싹이다가 은림은 그렇게만 말하고 돌아섰다. 하지만 은림이 가로로 설치된 알루미늄 막대기를 밀치고 그 안쪽으로 들어섰을 때 그는 갑자기 그가 또 같은 방식으로 그녀를 보내고 있는지도 모른다고 생각했다. 이제 다시는 그런 방식으로 여자와 이별하지는 않겠다고 그토록 다짐했었지만 다시 가을이었고 지하도가 있고 사람들이 있고 그리고 같은 가방을 들고 은림은 또 울면서 떠나고 있는 것이다. 계단으로 내려서기 전에 돌아보는 은림과 그의 눈이 다시 마주쳤다. 그러자 그는 정말 이번에는 7년이 아니라 영원히 끝일지도 모른다는 생각이 들었다. 하지만 그는 웃음까지 띠며 한 손을 들어 보였다. 은림도 웃었다. 그는 돌아선 은림이 계단을 따라 사라지는 것을 끝까지 바라보고 서 있다가 발길을 돌렸다.

거리에는 여전히 비가 내리고 있었다. 아무렇게나 추락해 버린 이파리들이 비에 젖어 질퍽거리고 있었다. 이 비가 그치면 겨울이 올 것이다. 계절과 계절 사이에는 언제나 비가 있다. 비가 그치고 나면 날이 차가워지고 비가 그치고 나면 새순이 돋고 비가 그치고 나면 꽃들이 피어나고 무더위가 기승을 부린다. 이 비가 그치고 나서 다가오는 계절에 자신이 어떻게 살아가고 있을 것인지 그는 알 수 없었다.

　―우린 어리석었던 걸까?

　은림의 물음이 생각났다.

　―형은 아직도 그날만 생각하는 거야? 난 다른 이야기를

하고 있었던 건데.

그는 고개를 들었다. 차가운 빗방울이 노르스름한 그의 얼굴에 부딪혀왔다. 가까운 거리였으므로 그는 오피스텔 입구까지 그저 우산 없이 걷기로 했다. 그는 빗물을 피하기 위해 눈을 가늘게 뜨고 길거리의 간판들을 읽었다. 신나라성인카바레 청수대중탕 동서증권 삼성생명 엄마손분식 길목호프⋯⋯. 불빛이 환한 레코드 가게에서 바이올린 곡이 끊어질 듯 흐르고 있었다. 〈브룩클린으로 가는 마지막 비상구〉라는 영화의 주제곡이었다. 서울로 올라왔을 때 그는 삼선교의 한 삼류 영화관에서 그 영화를 본 적이 있었다. 분명 간판에는 금발 머리 창녀 트랄라의 모습이 선정적으로 그려져 있었다. 그래서 표를 사고 어둠 속으로 들어서면서 그는 아마도 그저 그런 영화일 거라고 생각했었다. 조금 피곤했기 때문에, 피곤했지만 딱히 갈 곳이 없었기 때문에 그저 술을 깨기 위해 그는 그 극장으로 들어섰을 뿐이었다. 하지만 영화가 끝난 뒤 그는 한참 그 자리에 망연히 앉아 있었다. 영화가 생각보다 아주 좋았기 때문이기도 했지만, 그저 스치듯 지나쳤던 제목을 다시 한 번 생각했기 때문이기도 했다. ⋯⋯마지막 비상구. 그는 그때 마지막이라는 말이 주는 공포를 알아버린 후였다. 그 공포를, 그러니까 그것에게 걸리는 목숨, 그것에게 걸리는 생애들, 그것에게 걸리는 젊은 시간들. 때로는 뭉뚱그려져 희망이라고 불리기도 하는 그 공포를 아는 사람과 만났다는 전율 같은 것이 그 어둠 속에서 그를 덮었던 거였다.

그는 비상구 아래 앉아 있던 은림을 생각했다. 은림도 사실은 탈출하고 싶은 것이었을까. 다시 말하면 은림도 사실은 마시막이라는 이름을 걸고 그를 찾아온 것은 아니었을까, 무언지 모르지만 뭉뚱그려져서라도 아직 희망이라는 게 남아 있나 싶어서, 그래서 하필이면 그 비상구 아래에 앉아 있었던 것은 아닐까? 그렇지 않으면 비상구라는 간판이 위기를 알리는 붉은색이 아니라 하필 풀잎 같은 초록색일 이유가 없을 것 같았고, 하필이면 은림이 그 아래 앉아 있었을 것 같지 않았다.

오피스텔로 돌아온 그는 불도 켜지 않고 침대에 누웠다. 따뜻한 실내에 들어오자 술기운이 오르기 시작했던 것이었다. 비에 젖은 재킷에서 스웨터에서 머리칼에서 눅눅하고 시큰한 냄새가 피어올랐다. 그는 자기도 모르게 입에서 신음 소리를 뱉으며 돌아누웠다. 뒤척이는 옆구리에서 딱딱한 감촉이 느껴졌다. 카세트 테이프였다. 그는 천장을 보고 누운 채로 그걸 주머니에서 꺼내서 아무렇게나 던져버리려다가 머리맡의 카세트 플레이어에 밀어 넣었다.

빗소리보다 더 맑게 퐁당퐁당 튀기는 실로폰 소리가 울리고 여자아이의 노랫소리가 들리기 시작했다.

동, 동, 동대문을 열어라.

남, 남, 남대문을 열어라.

12시가 지나면은 문을 닫는다.

그는 옷을 입고 누운 채로 눈을 감았다. 창밖에는 여전히 바람이 불고 있었다. 고층의 유리창에 부딪치는 빗방울 소리…… 그는 원래 이런 궂은 날 사무실 안에서 작업하는 걸 좋아했었다. 비가 오는 날, 더구나 이렇게 청승스러운 가을 비가 내리는 날 바짓가랑이에 빗물을 적시며 눅눅한 거리를 걸어야 한다는 것은 질색이었다. 그는 이런 밤에는 사무실의 불을 모두 끄고 책상 위에 놓인 할로겐 조명만을 켜놓았다. 그러면 그 주황색에 가까운 노란 불빛의 온기 속에 따스하게 잠기는 것만 같았던 것이었다. 일을 하다가 문득 창밖을 바라보면 노랗고 커다란 비눗방울 속에 갇힌 자신의 얼굴이 비추어졌다. 이런 날, 이렇게 스산하게 비가 내리고 바람이 부는 날, 그는 일을 마친 후 백포도주를 한 잔 마시기도 했다. 그럴 때 그의 곁에는 자주 여경이 있었다. 옷을 벗고 침대 속에서 서로의 살갗을 비비면 마른 살갗의 감촉이 아주 부드럽게 느껴지는 게 오늘 같은 날이었다. 정사가 끝나고 나란히 침대에 누워 둘이서 마시던 백포도주는 얼마나 산뜻했던가.

그는 벌떡 일어나 책상 위의 할로겐 스탠드를 켰다. 노란빛 때문에 방 안이 금세 환해졌다. 그는 책상 앞에 앉아 창문을 바라보았다. 불안해 보이는 표정의 사내가 노란 불빛 아래 누렇게 뜬 얼굴로 앉아 있을 뿐이었다. 다시 바람이 창문을 덜컹였다. 마치 이 세상의 모든 문들이 닫히는 소리처럼 들렸다. 그리고 닫힌 문 밖으로 파란 비닐우산을 들고 은림이 걸어가고 있다.

오늘 밤에 걸어 다녀야 할 길이 아주 먼데……

그제야 잊고 있던 혓바닥 끝의 돌기가 다시 느껴졌다. 그는 아랫니에 대고 그것을 비벼보았다. 술에 취해서였는지, 그래서 감각이 무디어졌기 때문인지 아까 낮보다는 통증이 덜했다. 그는 경사적인 적을 칩기라도 하듯이 허튼 더 비벼댔다. 갑자기 가늘고 날카로운 통증이 혓바닥으로 퍼져나갔다. 아마 혀에 난 돌기 중의 하나가 터져버린 모양이었다. 그는 고통을 참으려고 질끈 눈을 감았다. 감으면서 대체 왜 자신이 늘 이 아픔을 확인하려고 하는지 알 수 없다는 생각이 들었다. 그는 주머니 속에서 담배를 꺼냈다. 비에 젖은 담배는 구겨져서 불이 붙지 않았다. 그는 담배 피우기를 포기하고 두 손을 깍지 낀 채 나란히 책상 위에 올려놓았다.

책상 위에 걸린 코르크 메모판에 일정표가 꽂혀 있었다.

예정한 대로였다면 그는 오늘 적어도 100매 정도를 써야만 했다. 만일 그 난데없는 전화가 없었더라면 외출에서 돌아온 후 사우나에서 몸을 풀고 한 시간이라도 잠을 자고 돌아와 적어도 지금쯤은 60매 정도는 진행시키고 있었을 터였다. 물론 지금이라도 시작한다면 적어도 새벽 3시까지, 못해도 40매는 진행시킬 수 있으리라. 그는 책상 곁에 선 채로 잠시 서성였다. 그가 은림을 만나러 나갈 때 켜둔 자동응답 장치는 3이라는 숫자를 가리키고 있었다. 아마도 동생 명희거나 소림 편집이거나 아니면 여경일 것이다. 그는 3이라는 숫자가 명멸하는 전화 녹음 장치를 비껴 걸어가 창가에 서서 밖을 내다보았다. 그러고는 무슨 생각이 들었던 걸까, 창문을 열고 목을 길게 빼서는 까마득한 오피스텔 아래를 내려다보았다. 겨우 머리만 디밀 수 있을 정도로 작은 창에서 비가 들이쳐 머리카락을 적셨다.

9층에서 수직으로 내려다보이는 오피스텔 현관에는 노란 나트륨등이 환했다. 양복을 입은 사람이 두엇, 대기시킨 승용차에 올라탔고 검은 우산을 든 사람들이 안으로 들어서고 있었다. 그리고 인적이 끊겼다. 거리도 점차로 조용해지기 시작했다.

그는 천천히 창을 닫고는 실내로 들어왔다. 찬비 속에 내밀어졌던 머리가 훈훈한 실내로 들어오자 얼얼해졌다. 대체 누가 다시 그 현관으로 들어설 거라고 생각했던 건지 그는 알 수 없었다.

그는 다시 책상 앞에 앉아 노트북을 켰다……. 그리고 다시 그것을 껐다.

비는 사정없이 창밖에서 몰아치고 있었다. 단 한 가지 사실이 달라졌을 뿐이다. 그가 노란 할로겐 스탠드를 켜고 백포도주를 마시며 여경과 안락한 섹스를 하고 있는 동안에도 은림은 파란 비닐우산을 쓰고 거리를 걸어 다녔을 것이다. 다만 그때는 그것을 잊었고 지금 그는 그것을 기억해냈을 뿐이다. 그는 벌떡 일어나 부엌의 찬장을 열었다. 그러고는 그가 언젠가 선물 받았지만 한 번도 마시지 않았던 12년 된 위스키의 마개를 따서 컵에다 가득 부은 다음 단숨에 그걸 마셔버렸다. 다 감긴 테이프가 툭, 하는 소리를 내며 끊겼고 그러자 적막이 이어졌다. 그는 마셔버린 빈 잔에 다시 술을 부었다

3

그 여자의 남편, 그의 연인

괜찮아? 내가 묻자 건섭은 고개를 끄덕이며 웃었다.

많이 받게 될 것 같애. 은림이 너 니 갈 길로 가.

처리는 우리 식구들한테 부탁하고. 이제 넌 자유야.

왜 그런 말을 해, 우린 오래 같이 걸어왔잖아, 하고 말하려는데

갑자기 목이 메어왔다. 그래서 대신, 책 넣었어.

미순이 언니가 안부 전하래. 건강해.

또 올게, 하고만 말했다.

돌아서려는데 다시 한 번 그와 눈이 마주쳤다.

그는 미소를 지어 보였지만

나로 말하자면 갑자기 눈물이 쏟아졌다. 하지만 나는

냉정해진 것처럼 얼른 고개를 돌려서 눈을 감았다.

건섭에게는 내가 미운 채로 남아 있는 것이

차라리 견디기 쉬울 것이기 때문이었다.

—93년 9월, 노은림의 유고 일기 중에서

비는 그날 밤 새내 추적시러머 내렸고 다음 날 오후가 다 되어서야 그쳤다. 명우는 술에 취해 잠이 든 그 밤 내내, 창을 덜컹이는 바람 소리와 작은 손으로 애타게 창을 두드리는 듯한 빗소리를 들었다. 잠도 아니고 깨어 있는 것도 아닌 가수면 상태가 새벽까지 계속된 것 같았다. 그리고 회색빛으로 희뿌옇게 동이 틀 무렵에야 겨우 잠이 들었던 그는 그 비가 그칠 무렵 깨어났다.

전화벨 소리가 울리고 자동응답기가 돌아가고 있었다. 순간이었지만 그는 혹시나 하는 생각에서 눈을 떴다.

"김명우 씨 있으면 전화 좀 받아보세요. 나 여경이에요."

명우는 끄응 소리를 내며 돌아누웠다.

"전화 좀 해달라고 했는데 왜 안 했어요? 정말 없어요? 아무리 바빠도 그렇지 사흘 동안이나 전화를 안 하다니요? 나 그럼 오늘은 열쇠 열고 쳐들어간다! 명우 씨, 김명우! 명우야! 이상하네. 어쨌든 들어오면 전화해요. 오늘까지 전화 없으면 마음 변한 걸로 알 거야."

여경은 걱정스러운 목소리였다. 떼를 쓰듯 이야기하고 있었지만 화가 났다기보다는 걱정스러운 것 같았다. 그는 침대에서 일어나 앉았다. 손을 뻗어 전화를 받고 싶었지만 온몸이 물먹은 솜처럼 늘어져 내렸다. 하지만 여경의 마지막 말을 들었을 때 그는 자신도 모르게 피식 미소를 지었다. 그 말을 발음할 때 여경의 표정이 떠올랐기 때문이었다. 아마 화실 한편에서 발끝에 매달린 슬리퍼를 건들거리며 말하다가 두 눈을 동그랗게 뜨고 전화기를 한번 들여다보았을 것이었다. 으응 정말 없나. 그럴 때 그녀의 오른쪽 뺨에 보조개가 깊이 파일지도 모른다.

그는 흐트러진 방 안을 돌아보았다. 침대 시트가 카펫으로 미끄러져 내려가 있고 책상 위에는 마개도 닫히지 않은 양주병이 놓여 있었다. 그래, 어젯밤에 양주병 마개를 땄고 그리고 마셨고 그리고 누군가에게 전화를 걸었던 기억이 났다. 걸어서 이렇게 말했던 것 같았다.

—나는 왜 호랑이가 되었는지 생각했는데, 이젠 생각해. 지금 나는 왜 한때 인간이었나…….

하지만 그게 무슨 소리였는지 그리고 전화를 걸었던 상대가 누구였는지는 기억나지 않았다. 형편없이 낡은 영화 필름처럼 기억은 끊어져 내리다가 말줄임표가 가득 찬 문장처럼 이어졌다. 아주 먼 시간 속……. 마치 지난 생애처럼 아득했다.

침대 맞은편으로 보이는 거울에 제 모습이 비추어졌다. 밤색 재킷은 수세미처럼 구겨져 있었고 비에 젖은 머리칼 역시 그랬다. 비바람이 휩쓸고 지나간 후의 갈대밭 같았다.

갑자기 쏴아, 하고 바람이 유리창을 때리며 지나갔다. 비가 개고 이제 날이 추워질 모양이었다. 그는 일어나 목욕탕의 문을 열었고 더운 물을 틀었다. 왜 양주병까지 손을 댔을까. 그는 욕조에 더운 물을 받으면서 거울을 통해 까칠한 수염을 매만져보았다. 아마도 비 때문이었을 것이니. 그는 아무렇게나 뻗친 머리칼을 손가락으로 대충 빗어보았다. 거울 속에는 피로한 얼굴의 사나이가 서 있었다. 눈에는 핏발이 서고 볼 언저리의 땀구멍은 커다랗게 열려서 거뭇거뭇하게 보였다. 그는 우선 양치질을 하고 나서 면도를 했다. 그러고는 욕조에 몸을 담그었다. 욕조는 작아서 그의 몸을 길게 잠기게 할 수는 없었지만 그런대로 편안했다.

목욕을 마치자 기분은 한결 나아져 있었다. 모든 것이 피곤한 탓이었다. 새 속옷을 갈아입고 나자 그런 생각은 한결 더 믿을 만하게 생각되어졌다. 그는 젖은 머리를 털면서 그가 벗어놓은 옷가지들을 둘둘 말아 목욕탕 옆의 커다란 바구니 속에 집어넣었다. 하지만 빨래들을 놓아두고 몸을 일으키는데 문득 떠나가던 은림의 모습이 떠올랐다. 파란 비닐우산 하나를 들고 커다란 가방을 든 채로 울던 서른두 살의 여자, 그가 안았을 때 그의 재킷 끝자락을 움켜쥐던 가느다란 손가락……. 그러자 그것이 어떤 느낌이라고 느낄 새도 없이 가슴이 물결처럼 출렁였고 그 한 귀퉁이가 와르르 무너져 내렸다.

그는 어린 시절을 남쪽의 바닷가에서 보냈다. 아버지의 전근으로 낯선 타향을 떠돌며 살던 그는 그 도시에서도 쉽게 친구를 사귀지 못했었다. 비가 내린 다음 날이면 마을 어귀 개울물에 그는 종이배를 띄웠다. 산에서 바다로 가파르게 흘러내리는 개울물이었다. 심심해진 어느 날이면 그는 개미 몇 마리를 거기 태워 보내기도 하였다. 물길을 따라 종이배가 떠나면 그도 달리기 시작했다. 마을 어귀의 도랑에 걸려 종이배가 멈추면 그도 멈추고, 다시 종이배가 달려 내려가면 그도 또 따라 바다로 뛰어내렸다. 배는 개미를 태우고 바다로 흘러들었다. 그는 멀어지는 종이배를 바라보며 바닷가에 서 있었다. 멀리 섬들이 보였다. 섬들은 대체 어떻게 물 위에 떠 있을 수가 있을까, 나무랑 산이랑 집을 태우고도 어떻게 가라앉지도 않고. 그래서 그는 때로는 바닷속으로 깊이 잠겨보기도 했었다. 처음에는 코를 막아야 했지만 그다음에는 꽤 오래도록 잠수할 수도 있었다. 그 파란 남해의 물속에 잠기면 아주 따뜻하고 안온했다. 검고 푸른 해초들이 부드럽게 엉기고, 맑은 날이면 무수히 수면을 통과해 부서져 내리던 햇빛들. 가끔씩 방파제 멀리로 은빛 비늘을 무수히 반짝이며 학꽁치 떼가 그의 곁을 스쳐 지나가기도 했다. 학꽁치 떼를 본 일이 있는가. 그것은 환희의 빛깔이었다. 짙은 초록의 등을 가진 은빛 물고기 떼. 놀란 그가 눈을 뜨면 환상처럼 그것들은 사라지곤 했다. 아른거리는 잔영 속에서는 그 환희 같은 은빛들만 부셨다.

해안으로 돌아와 옷을 말리며 그는 저녁이 되기 전까지는 모래성을 쌓았다. 그림책에서 보았던 『헨젤과 그레텔』의 마녀의 집과 백설공주의 성들. 그러다가 눈을 들면 가끔씩 더 큰 파도가 맹렬한 속도로 이리로 달려오고 있었다. 저 파도가 곧 이리로 닥칠 것이고 그러고 나면 그가 아껴가며 쌓던 모래성들은 금세 물거품처럼 사라질 것을 그는 그 순간 알았지만, 그걸 처음부터 알았다 해도 그가 할 수 있는 일은 아무것도 없었다. 팔꿈치로 그 파도를 막아보았지만 윗도리만 흠뻑 젖어버렸을 뿐이었다. 그랬다. 파도가 그랬듯이 그는 생각이 다가와 가슴 한 귀퉁이를 허물어내는 걸 어쩔 수가 없었다.

이럴 땐 몸을 움직이는 게 최선의 방법이었다. 그는 서둘러 옷을 갈아입었고 아래층의 식당으로 내려갔다. 하필이면 식당은 어제 은림과 마주 앉아 있었던 카페 옆집이었다. 마치 명지가 그의 차 안에 흩뜨리고 가버린 치토스의 부스러기처럼, 그 금나비의 노란 꽃가루 같은 흔적처럼, 은림은 어제 그가 살고 있는 오피스텔 여기저기에 슬픈 가루들을 뿌려놓고 간 것이다. 길어야 보름이겠지. 그는 마른 입술을 비벼본다.

모래성 귀퉁이가 무너지듯 다잡은 마음 한구석이 어쩔 수 없이 스르르 그의 통제를 빠져나가면서 무너져 내리겠지만, 견딜 수 없어, 이대로는 견딜 수 없어, 머리를 비비겠지만, 곧 문득, 문득 잊어버리고, 다시 문득, 문득 생각나고, 그러다가 차츰 잊어버리게 되는 것이다. 그리고 어느 날인가는 다 잊어버린 줄 알았는데 불쑥 자맥질하듯 떠오르기도 하지만 대개는 잊는 것이다. 7년 전에도 잊었었는데, 이제사 못 잊을 이유도 없었다.

그 가을 광화문 지하도에서 돌아온 후 그는 지독하게 열흘을 앓았다. 걱정스러운 표정으로 다니러 온 후배가 그와 얼굴을 마주치고는 입을 다물지 못했다.

—형, 정말 괜찮은 거야. 설마 죽을병에 걸려버린 건 아니겠지?

그는 농담을 건네는 후배에게 지폐를 한 장 빌려서 집을 나섰다. 그저 담배나 한 갑 사가지고 돌아올 생각이었다. 하지만 담배 가게에 공중전화가 있다는 걸, 그는 알고 있었다. 처음에는 건섭이 받았고, 그래서 그는 그냥 전화를 끊었다. 건섭이 은림이 거처하는 방에 돌아왔구나 하는 걸 안 것도 그때가 처음이었다. 그때 그냥 돌아서야 했다. 주머니에 동전도 더 남아 있지 않았다. 그것조차 운명인 것처럼 그는 생각하려 했었다. 그는 주머니의 천 원짜리 지폐를 만지작거리며 집으로 돌아섰다. 하지만 그는 다시 담배 가게로 들어섰고 그리고 동전을 바꾸기 위해 담배를 샀다. 갑자기 운명 같은 건 아무래도 좋다는 생각이 들었던 거였다. 그래서 그는 그 순간 운명이란 건 믿지 않기로 했다. 모든 것은 인간의 의지로 진행된다. 역사가 그렇고 사랑조차 그렇다. 다만, 의지 밖에 있는 그리움을 잠시만, 마지막으로 아주 잠시만 허락받으려는 것뿐이었다.

그는 다시 수화기를 들었다.

─여보세요.

다시 건섭의 목소리였다. 그는 수화기를 다시 내려놓으려 했었다. 그때 건섭이 다시 말했다. 정중한 목소리였다.

─잠깐 기다리십시오.

참으로 뜻밖이었다. 잠시 후 의아해하는 은림의 목소리가 들렸지만 그는 아무 말도 할 수 없었다. 날 용서해주겠니? 그는 그런 말을 하고 싶었다. 내가 경솔했어. 무책임했고, 나빴어. 돌아서는 순간에 깨달았지만 어쩔 수가 없었단다. 그 외에 모든 것은 다 거짓말이다. 우린 거짓말쟁이들이야. 정직했던 것은 너였다.

─여보세요.

은림이 다시 물었다. 그는 아무 말도 하지 않았다. 만일 건섭이 전화를 받지 않았더라면 무어라 한마디쯤 했을 수도 있었지만, 아니, 건섭이 잠깐만 기다리세요, 라는 말로 무참히 그의 입을 틀어막지만 않았더라도 그는 아마 말했을지도 몰랐다. 사랑한다. 사랑한다. 한 번도 네게 이런 말을 하지 않았지. 그는 바람 부는 저녁 하늘을 바라보았다. 난 스물일곱이고 그 스물일곱 해를 살아온 힘으로 너를 사랑한다. 바람 부는 저녁에 널 사랑한다. 처음으로 그의 눈에 눈물이 가득 고였다. 앓고 난 후라서였을까, 그는 자신을 통제할 힘조차 잃고 있었다. 저녁 하늘에 길게 늘어진 전신주들, 그 사이로 이어진 기인 전선들처럼 그의 무릎이 후들거리기 시작했다. 경련이 지나가는 것처럼 오한이 그를 휩쓸고 지나갔고 목덜미에 굵은 소름이 돋아났다. 그는 다만 전화줄처럼 길고 가느다란 마지막 그리움을 붙들고 서 있었을 뿐이었다. 그렇지 않다면 그는 말해버렸을 것이다. 이제라도 와주겠니? 나는 몹시 아프다. 네가 필요해. 모두에게 우리를 납득시키자. 그리고 낯선 곳을 개척하러 떠나는 거야. 그날 그가 서 있던 길거리의 바람 소리가 전화선을 타고 은림의 귀로 흘러들어가 그녀의 마음속으로 소용돌이를 전해주었을까.

　그는 결국 한마디도 뱉지 못했다. 광화문 네거리에서 그녀를 뿌리친 것은 그였으니까. 열흘을 앓고 일어났다 해도 뿌리친 것은 그였으니까, 그리고 평생을 내내 그 상처 속에서 살아간다고 해도 뿌리친 것은 그였으니까. 결국 자기 자신을 용서할 수 없는 것도 그일 테니까.

—여보세요. 혹시 명우 형이야?

떨리는 목소리가 들렸다. 은림은 들었는지도 모른다고 그는 생각했었다. 바람 소리를 말이다. 그는 여전히 덜덜거리며 떨고 있었고 이빨이 맞부딪치는 소리가 날까 봐 이를 악물고 있었다.

—여보세요, 말씀하세요. 여보세요…… 건섭 씨, 누군데 날 바꾸어준 거야?

그리고 한참 후 전화는 끊겼다. 그는 그녀가 끊어버린 전화의 발신음을 계속 듣고 있었다.

두우두우 두우두우.

그랬다. 그는 전화를 끊으면서 100년이 지나도 자신을 용서할 수 없을 거라고 생각했다. 설사 그가 희망을 건 역사가 그를 용서하고 변호한다 해도 그는 끝끝내 자신이 비겁했음을 숨기지 않으려고 했었다. 그러나 나이를 먹는다는 건 용서할 수 있는 일이 점점 더 많아진다는 의미였다. 무엇보다 제 자신에 대해 그랬다.

그는 늘 드나드는 식당 문을 열었다. 된장국 냄새가 훈훈하게 퍼져 있었다.

"아니 하루 밤새 얼굴이 반쪽이 됐네, 술 많이 했어?"

그가 대놓고 밥을 먹는 식당 아낙이 엽차를 날라주며 그

에게 물었다

그는 웃으며 해장국을 시켰고 더운 해장국에 코를 박고 밥을 먹기 시작했다.

"그랬어? 그 사람 지금 뭐 하는데?"

여경은 흰 쿠션을 가슴에 안고 발랑 침대에 뛰어오르면서 말했다. 그제야 그는 여경이 역시 어제 그랜저를 타고 떠난 여자처럼 앞코가 뭉툭한 구두를 신고 있는 것을 깨달았다. 그 뭉툭한 검정색의 구두는 침대 발치에 나란히 벗어져 있었다.

"으응……. 그건 안 물어봤어."

그는 두 손으로는 여전히 노트북의 자판을 두드리면서 대답했다. 입에 담배를 문 채였기 때문에 말은 씹어 뱉는 것처럼 들렸다. 여경은 여전히 쿠션을 가슴에 안은 채로 그를 바라보며 앉아 있었다.

"어떻게 그런 걸 안 물어볼 수가 있어. 그럼 대체 무슨 말을 했어?"

여경은 정말로 궁금하다는 표정으로 말하면서 손을 뻗어 침대 가까이 놓인 바구니에서 귤을 하나 집어 까기 시작했다. 새콤한 햇귤 냄새가 천천히 방 안으로 퍼졌다. 처음 만났을 때부터 여경에게는 저런 냄새가 났었다. 여경이 처음 그의 방에 들어섰을 때 어디선가 자꾸만 향기가 난다고 생각했었으니까 말이다.

"그냥 그렇게 됐어. 너무 오랜만에 보니 뭐 할 말이 있어야지. 그쪽도 바쁘고 나도 그랬고."

"밤 3시까지 마셨다고 했잖아?"

그녀는 귤을 입에 넣으면서 다시 물었다. 한번 궁금하다고 생각하면 절대로 고삐를 놓치지 않는 것이 그녀였다. 그는 자판을 두드리다 말고 백스페이스 키를 눌렀다. 손가락이 실수를 했던 것이다. 그는 책상 옆에 있는 카세트의 리와인드 버튼을 눌렀다. 그가 작업을 할 때면 늘 끼고 있는 이어폰으로 주인공의 육성이 흘러나왔다.

"사장이 되고 나서두 고생했던 예날 읽은 자세 있네. 그래서 우선 사원 복지에 신경을 썼지. 나 혼자 잘 먹고 잘 살자고 봉림전자 차린 거 아니니까. 그래서 학교를 세웠어. 옛날에 못 먹고 못 배운 생각이 나서."

그는 칼칼하게 갈라지는 정봉출 사장의 기침 소리를 듣느라 잠시 손가락을 멈추었다. 봉림전자. 삶이란 참 이상한 것이다. 그가 지도하던 아이들 두엇이 이 공장에 다닌 적이 있었다. 거의 짠지와 소금국뿐인 식사, 산업체 부설 학교라는, 이름이 좋아 학교였다. 가장 값싼 노동력을 가장 쉽게 공급받기 위해서는 학교가 필수적이었다. 만일 ㄱ이라는 공장에서 월급을 10을 준다 해도 소녀들은 월급을 8을 주는, 산업체 부설 학교가 있는 곳을 택했던 거였다. 공부하고 싶었지만 가난 때문에, 그도 아니면 오빠나 남동생들 때문에 서울로 보따리 하나 들고 밀려들었던 소녀들이 누렇게 시들어가던 곳. 정봉출 사장 자신의 말대로 그는 다른 사람들보다 유난히 과거를 못 잊는 인물이었는지도 몰랐다. 가난을, 그 가난이 동반했던 설움을. 그래서 그는 이런 방법을 택했었다. 누구를 짓밟든 간에 다시는 가난해져서는 안 된다는 것을. 그의 악명은 인근에 잘 알려져 있어서 이 공장에만은 모두 다 가고 싶지 않아했다. 그때 은림이 말했었다.

─그렇다면 제가 가겠어요…….

은림을 눈여겨본 건 그때부터였다. 눈에 잘 띄지 않던 그녀였다. 소녀도 아니고 처녀도 아닌, 비쩍 마른 몸 때문이었을까, 얼핏 소년같이도 보였던 것은……. 아직도 뺨에 조금 남아 있었던 주근깨가 인상적으로 보였다. 그리고 그런 그녀가 출신 대학은 달랐지만 그가 아끼던 후배 건섭과 결혼한 지 마악 1년도 되지 않았다는 걸 알았을 때 그는 오히려 그녀에게 무척이나 친근감을 느꼈던 것도 같았다. 게다가 그녀는 한때 그의 친구이자 동료였던 은철의 누이였고, 그래서 그녀에게 무슨 일이든 자주 맡기곤 했었다. 그녀와 그 지역에서 함께 거처하는 명 선배가 그와 막역한 사이이기 때문이기도 했다. 그러니 그가 은림의 거처에 들르는 일은 자연스러웠다. 때로는 명 선배가 돌아오지 않는 방에서 언제 돌아올지 모르는 명 선배를 기다리며 그녀와 밤을 새우기도 했었다. 처음에는 사실 그는 몹시 불편한 심정이었다. 어쨌든 후배의 아내가 아닌가 하는 생각 때문이었다. 비록 둘은 지금 사정상 어쩔 수 없는 별거를 하긴 하지만 제수씨뻘 되는 여자와 좁은 방에서 밤을 지새우는 것이 불편하지 않을 리 없었다. 더구나 한 평 반 남짓한 방 안이었으니, 피곤한 몸을 조금 누이기만 해도 움직일 때면 옷깃이 스쳐 지나갔다.

하지만 그녀 쪽으로 말하자면 마치 그런 상상력을 발휘하는 것 자체가 믿을 수 없다는 듯했다. 김치찌개에 비벼서 밥을 두 공기나 먹으면서 씨익 웃었을 뿐이었고 거울을 보면서 성냥개비를 톡, 하고 부러뜨려 이빨 사이에 묻은 고춧가루를 떼어냈다. 그러고는 방 한편에 누워 밤새 책은 읽고 새벽에 들른 명 선배에게서 받은 복사물을 또 타이핑했다.

— 정말 괜찮겠니? 너 어제도 밤샜다면서?

대개 새벽에 돌아오는 피곤한 명 선배가 대견한 듯 물으면 그녀는 대답하곤 했다.

— 할 일이 있으면 난 잠을 자지 않아요. 나를 매혹시키는 일만 있다면 영원히 잠들지 않을 수도 있을걸. 언젠가 누가 점을 보아주었는데 내 사주는 온통 불이래. 불하고 나무하고 같이 활활 타고 있대. 언니는 나보고 또 저 비과학적 사고방식이라고 비난할지 모르겠지만 가끔 그 말이 생각나. 날 너무 잘 알고 하는 소리 같아서. 난 사실 잘도 활활 타오르거든.

소리가 새어나갈까 봐 두꺼운 수건을 밑에 깔고 그것도 모자라 책으로 칸막이를 하고 타이프를 두드리면서 그녀가 말했었다. 그때 그녀의 검은 눈동자가 얼마나 이상한 빛을 발하고 있었는지 그녀는 알고 있을까. 그는 보았었다. 둥근 수정 공처럼 커져오던 그녀의 동공을. 그만이 보고 느꼈고 그리고 매혹당했던 것이다. 후배의 아내를, 그리고 여기 앉아 있는 매혹당하고 싶어 하는, 매혹당한 채 영원히 잠들지 않을 일이 일어나기를 바라는 한 여자를. 그러면 명 선배는 말했다.

—얜 이게 탈이야. 조금만 칭찬해주면 이렇게 꼭 비과학적으루다 나온다니까.

그는 다시 리와인드 버튼을 눌렀다. 생각을 자꾸 이런 식으로 날뛰게 해서는 안 된다. 그는 초조한 기분이 되어서 볼륨을 조금 높였다.

"애들도 고용했다, 뭐 이런 생각을 하지 않고 우선 공부 위주로 시간을 짰지. 불쌍한 애들 아니겠어. 고생하는 게 뭔지 모르는 이 정봉출이도 아니고."

정봉출 사장의 말은 계속되고 있었다. 처음에 그에게 의뢰를 한 정봉출이라는 사람이 바로 그 정봉출이라는 걸 안 것은 인터뷰가 시작되고 나서의 일이었다. 갑자기 녹음기를 앞에 두고 메모를 해나가던 그의 손이 굳었지만 그는 그대로 일을 진행시켰다. 누군가 물었다면 그는 대답했을지도 모른다. 돈이 없었으니까……. 하지만 이제 아무도 그에게 그런 것은 묻지 않는다.

그는 받아쓰기를 하는 학생처럼 다시 손을 두드렸다. 우선 당사자들의 육성을 거칠게나마 입력해두고 나서 윤색을 해나가는 게 그의 작업 스타일이었다. 그의 윤색 실력은 그 사람들 사이에서는 소문이 나 있었다. 동생 명희를 따라 오피스텔로 이사 올 수 있었던 것도 여러 군데 편집 대행사에서 그를 스카우트해가려고 하는 바람에 얻은 부수물이었다. 사람들에게 구술을 들어 그것을 가필해서는 그럴듯한 회고록 아니면 자서전을 내놓게 하는 일이 그의 일이었다. 기업체의 사장, 청상과부였던 복부인, 그도 아니면 세계를 넘어 듣고 오는 퇴직한 공무원도 있었다. 지역 신문이나 기타의 방법으로 광고를 내고 있는 편집 대행사에 의뢰가 들어오면 그들은 대개 명우를 찾았다. 그의 명성은 사실 자서전을 대필해줄 사람을 찾는 이들에게는 자자한 편이라고 해도 좋았다.

중소기업의 사장에게는 오늘의 성공이 결코 요행이나 협잡이 아니라 피나는 노력의 결과이며 인간적인 승리라는 것을 강조해주었고, 복부인에게는 남편을 잃은 그녀의 피눈물과 홀로서기를 강조해주었다. 자식을 위해 무엇이든 하는 천사와 희생양의 이미지가 가득 채워지게 했던 것이었다. 왜냐하면…… 왜냐하면 그들이 그런 것을 좋아했기 때문이었다. 어차피 그가 쓴 책은 그들 자신이나 그들에게 아부하고 싶어 하는 친척의 서가에나 꽂힐 책들이었고 어차피 독자라봤자 그들 자신 외에 서너 명이 고작일 테니까.

하지만 다양하게 쓴다 해도 한계는 있었다. 그들은 대부분 십 대 초중반에 해방을 겪었고 그리고 십 대 중후반에 전쟁을 체험했으며 가장이 되었을 때 5·16쿠데타를 겪었고 그들의 자식들이 80년대의 제물이 되지 않도록 노심초사한 공통점을 가지고 있었다. 아마도 이들 말고 그다음에 오는 어떤 세대가 또 이렇게 자신의 삶을 알리고 싶어서 안달을 할 것인지 그는 알 수 없었다. 그들은 소설책으로 쓰면 세 권도 넘는 분량의 '꼭 소설책 같은' 과거를 가지고 있었고 그리고 오늘을 더할 나위 없이 뿌듯하게 생각하고 있었다. 아마 세월이 더 흐르고 이들이 모두 죽으면 명우는 일거리를 잃을지도 모른다. 더 이상 이렇듯 구구절절한 사연을 가지고 성공한 세대는 없을 테니까 말이다. 이제 명우의 세대는 부를 세습하여 관리할 것이고 세습된 부를 관리하는 일은 처음 이루는 일보다 훨씬 덜 재미있을 것이기 때문이었다.

"그때 우리 맏이 녀석이 갑자기 사고를 당했어. 새벽에 이놈의 자식이 말이야, 평소에 그렇게 말아라 말아라, 했는데도 기집애를 싸고 술이 이빠이 올라서는 경인고속도로를 달린 거야. 하늘이 캄캄하드만. 결국 내가 자식새끼들 잘되라고 이런 건데. 병원으로 달려가니까 아직 목숨은 붙었어. 기집애는 즉사했고. 불행 중 다행이다 싶었지. 의사는 식물인간이 될 거라고 하드만. 하지만 이 정봉출이가 어디 그냥 정봉출인가. 열네 살에 혼자 삼팔선 넘어온 이래로 궁하면 통한다, 거저 이 말만 믿고 살아온 사람인데. 참 저 이 책 제목을 궁하면 통한다, 이러면 어떨까, 좀 이상해? 그러면 다른 말로다 에, 또 밀고 나가면 얻는다."

"내 말 안 들려요?"

정봉출의 목소리가 뚝 끊겼다. 여경이 그의 귀에 꽂혀 있는 이어폰을 잡아당긴 것이었다. 떨어져나간 이어폰에서 정봉출의 목소리가 조그맣게 속삭이고 있었다. 그는 테이프의 스톱 스위치를 눌렀다. 그러자 속삭이는 소리도 그쳐버렸다.

"말이 안 되잖아. 오후 4시 30부쯤 만나서 새벽 3시면 서의 열두 시간인데 뭘 하는지도 물어보지 않다니."

"그게 그렇게 궁금했어?"

그는 작업을 계속할 생각이 사라진 기분을 느끼며 물었다. 또 시작이구나 싶었다. 그런 게 여경이었다. 궁금증이 풀릴 때까지 아마 그녀는 한 발자국도 물러서지 않을 것이었다.

"그래. 생각해봤어. 만일 7년 만에 대학 동창을 만났다면 나는 물어볼 거야. 결혼은 했니? 했다고 하면, 그러면 너는 아직도 회사에 다니니? 아이는 있고? 있다면 누구한테 맡기니? 남편은 뭘 하는 사람이니? 어떻게 만났는데? 중매야 연애야? 집은 어디니? 시댁 식구들은 어떤 종류의 사람들이야? 이런 걸 안 물어보고 대체 무얼 물어보느냐 말이야?"

"왜 그런 걸 물어봐야 하지?"

웃음이 어린 표정으로 그가 대꾸했다.

"그러면 설마 이렇게 물어보았단 말이야? 넌 요즘 무슨 책을 읽고 있니? 소설책이나 철학책이니? 그도 아니면 인식론이니? 넌 우루과이라운드가 우리 농촌에 궁극적으로 어떤 영향을 미칠 거라고 생각하니? 그도 아니면 북한의 핵 문제는 어때? 김일성 부자의 권력 세습은 성공적으로 이루어질까? 이렇게 말이야?"

그는 담배를 물다 말고 푸우 하고 웃음을 터뜨렸다.

"그러니 대체 무슨 분위기였단 말이지? 설사 옛날 애인을 만났다 해도 그래. 옛날 애인, 옛날 애인이라. 옛날 애인? 맞아 명우 씨 옛날 애인 만났구나?"

약간은 허스키한 여경의 목소리가 높게 올라갔다. 그녀는 퀴즈 프로그램에 출연해 우연히 그랑프리를 차지한 신인 여배우처럼 기쁜 얼굴로 그의 어깨를 잡고 말했다.

"맞지 그치? 여자지? 여자."

명우는 담배를 붙여 물며 고개를 끄덕였다.

"그럴 줄 알았어. 왜 그 생각을 못 했을까? 여자라고 눈치를 챘어야 했는데."

"그래 잘 맞추었으니 이제 날 좀 내버려둬. 바로 어제 그 여자 때문에 진도가 엉망이야. 한 9시까지 하면 될 테니까 거기 누워서 잡지를 보든지 내려가서 명희랑 군것질을 하든지

할래? 아가씨?"

"글쎄."

침대에서 일어나 구두도 신지 않은 채로 여경은 살금거리며 그에게 다가왔다. 그러고는 노트북을 향해 돌아앉으려던 명우의 어깨를 다잡고는 그의 무릎에 걸터앉으며 두 팔로 그의 목을 감싸 안았다. 그녀의 입술에서 새콤한 귤의 냄새가 풍겼다.

"서로 작업 중에는 이런 짓 안 하기로 했지?"

"더 이야기를 들어야겠어. 진짜 뭐 하는 여자야?"

"정말 몰라."

"정말? 좋아 그럼 결혼은?"

"대학 4학년 때 했으니까 벌써 10년째를 맞고 있겠지. 이제 됐어?"

"아줌마겠구나. 그럼 남편은 뭐 하는 사람인데?"

명우는 허리를 안아 그녀를 들어 올렸다. 억지로라도 내려놓으려는 것이었다. 하지만 여경은 막무가내였다.

"어어, 얘기 안 하고 얼렁뚱땅하기야? 이봐라. 그럼 맞춰볼까? 그 여자 이혼했지? 그지? 그래서 명우 씨가 갑자기 보고 싶어졌다고 하지? 잃어버린 과거를 그냥 한 번쯤은 되짚어보고 싶다고. 아냐, 가만 이건 너무 시시한가? 그도 아니면 남편에게 갑자기 여자가 생겼어요, 먹고살 만하니까. 이제 절 버리려고 해요. 갑자기 나 자신을 돌아보고 싶었어요. 이런 거. 가만 이건 또 연속극인가?"

"그는, 갇힌 사람이야."

이렇게 쉽게, 이렇게 향기로운 여경의 팔에 목을 감고 이런 말을 뱉어도 되는 건가 하는 생각이 갑자기 입을 다무는 그의 머리를 스치고 지나갔다. 여경이가 머쓱한 표정으로 그의 목에 감긴 팔을 풀었다.

"무슨 소리야?"

"그는 감옥에 있어."

"남편이?"

"……."

"왜?"

그는 자판에서 손을 완전히 떼고 제 무릎에 앉은 여경을 물끄러미 바라보았다. 그러자 무슨 뜻인지 짐작하겠다는 듯 여경의 고개가 가볍게 끄덕여졌고 이어 놀라는 눈빛으로 물었다.

"아직도 갇힌 사람이 남아 있단 말이야?"

"그래…… 그래, 아직도."

그는 무릎 위에 앉은 여경을 안고 그녀의 머리칼을 가만히 쓸어내리며 실새 숨을 내쉬었다.

4

노은림이라는 여자를 아십니까

명 선배의 재촉으로 팔자 아니게 비행기를 타보았다.

창가에 앉게 되었는데, 떨어지면 어떻게 하나 싶어서

의자 손잡이를 꽉 부여잡고 있었다.

하기는 이 비행기가 떨어진다면 의자 손잡이를 잡고 있다 한들

무슨 소용이겠는가마는, 생각하다가 부끄러워 혼자서 웃었다.

남쪽에서 분 바람 때문에 지금 인천과 경인 지역에서도

싸움이 한창이다. 새삼 우리 노동자들의 힘을 느꼈다.

단군 이래 처음이라고도 한다. 서울에 가까이 왔다는

방송을 하자 나도 모르게 가슴이 뛰었다. 누군가 그리운 사람이

살고 있는 하늘 아래로 온다는 건 기쁜 일이다…….

그 때문이었을까 무서운 생각도 잊고 내려다보았더니

아아! …… 불빛들이 별보다 더 아름답게 빛나고 있었다.

집들이 모인 곳보다는 강변의 차도가,

차도보다는 네온사인의 환락의 거리가 더 다채로워 보였다.

……자본주의는 캄캄한 밤에 이렇게 내려다보기에

참 아름다운 제도이다.

87년 8월, 노은림이 유고 일기 중에서

그는 편의점의 문을 열고 들어갔다. 저뜩 추워진 날씨 때문인지 매장 안은 훈훈했지만 피곤한 그는 그 따뜻함에 눈꺼풀이 아파왔다. 어젯밤에서야 겨우 원고를 맞추어주느라 거의 밤을 샜기 때문이었다. 그는 낯이 익은 편의점의 여드름투성이 소년에게 맥주를 하이트 캔으로 한 박스 주문하고 감자칩 세 깡통과 오징어채를 두 봉지 꺼냈다.

그가 안주머니에서 오늘 건네받은 원고료 봉투를 꺼내 셈을 하는 것을 보자 여드름 소년이 벙긋 웃었다. 언제나 요맘때의 시간에 근무를 했기 때문에 밤에 라면이거나 술이거나 그도 아니면 난데없이 고추장을 사러 내려오는 그와는 잘 마주칠 수밖에 없는 소년이었다.

"오늘 또 월급 받으셨나 봐요."

소년은 봉투만 보면 그에게 월급을 탔느냐고 물어오고 있는 중이었다. 그는 웃으며 고개를 끄덕여주었다.

"오늘은 806호로 배달해줘요."

"왜요? 이사 가셨나요?"

"아니 동생 방이야, 동생한테 한턱내기로 했거든."

그는 계산을 마치는 소년에게 계산대 곁에 있는 초콜릿을 하나 집어 내밀었다.

"이것두입니까?"

"먹어요. 피곤할 텐데."

"고맙습니다."

소년은 명랑한 목소리로 말했다. 초콜릿을 보자 문득 명지 생각이 났지만 그는 잠자코 거스름돈을 받아 들고 8층으로 올라갔다. 벨을 누르자 동생 명희가 맥주 캔을 든 채로 나타났다. 불이 꺼진 방에 푸른빛만 맴돌고 있었다. 명희의 열 평 남짓한 오피스텔에서 가장 크고 귀한 살림이라고 명희가 주장하는 텔레비전이 내는 빛이었다. 신경줄을 길게 늘이는 듯한 기타 소리와 함께 사막이 펼쳐지고 있었다. 인디언의 맑은 눈빛도 보였다.

"도어즈야, 노 커팅……. 여경이 곧 온댔어. 배고프면 탕수육 시켜놓은 거 먼저 좀 먹어."

명희는 노 커팅이라는 말에 힘을 주었다. 소파에 비스듬히 앉아 있던 상현이 그에게 눈인사를 보냈다. 그는 그들을 전

혀 방해할 생각이 없다는 듯 현관에 가까운 쪽 식탁에 조심
스레 앉았다.

"컷이 참 아름답지? 편집도 대단한 거 같애."

"난 올리버 스톤 영화 중에 이게 제일 맘에 들어. 다른 건
너무 부담스럽거든."

식탁 위에는 배달되어 온 탕수육이 식고 있었고 벌써 시
작했는지 맥주 캔이 몇 개 구겨져 있었다.

그는 그들에게 방해되지 않게 식탁에 앉아 맥주 캔을 땄
다. 동생 명희는 영화광이었다. 지금은 광고 회사에 다니는
별 볼 일 없는 카피라이터에 불과하지만 언젠가 전 재산을
털어서라도 '죽어두 있지 못할' 영화 한 편을 제작하고야 말
겠다는 야심을 피력하기도 했다. 명우는 차가운 맥주를 마
셨다. 명우로 말하자면 자막이 없는 외국 영화는 아무 의미
가 없다고 생각하는 사람이었다. 언젠가 명희와 상현에게 이
런 말을 꺼냈다가, 영화를 읽을 줄도 모르는 무식한 오빠, 라
는 소리를 들은 이후에 그는 아예 영화에 대한 이야기는 꺼
내지 않기로 했다. 그들에 따르면 영화는 그냥 보고 그냥 느
끼는 예술이라는 것이다. 그렇다면 대사는 왜 들어가지? 그
는 묻고 싶었지만 거기서 이야기를 끝내버렸었다. 그는 무엇
보다도 극히 몇 개의 예외를 제외하고는 영화를 매우 싫어
하고 있었다. 할리우드 영화라는 게 어차피 그렇고 그런 것
이었고, 이제 그런 꿈들에 열광하기에는 인생의 쓴맛을 너

무 많이 보았다고 그는 생각하고 있었다. 그래서 영화관 앞에 줄을 서는 건 언제나 젊은 아이들인 거였다. 아직 인생이 얼마나 아픔인 줄 모를 때, 영화는 꿈일 수 있으니까. 더구나 그에게 있어 젊은 날 영화에 대한 추억이란 고작 햇볕이 쨍쨍한 토요일 오후에, 술을 먹기에는 너무 이르고 어딘가로 떠나기에는 돈도 없던 그런 토요일 오후에, 들어가서 동시 상영을 보는 의미 이외에 아무것도 아니었다. 영화와 영화 사이에 휴게실에 나와 프로야구를 보기도 하고 그 휴게실에서 시시껄렁한 친구를 만나 서로 쑥스럽게 이런 이야기 저런 이야기 나누어보기도 하였다. 하지만 그가 그보다 더 싫어하는 건 명희에게 영화 이야기를 꺼내는 것이었다. 스탠리 큐브릭이 누군지, 타르코프스키, 그도 아니면 폴 버호벤이나 레오 카락스가 누군지도 모르는 오빠를 명희 역시 더 상대를 하려고 하지 않을 것이기 때문이다.

명희는 말할지도 모른다.

"우리 오빠 〈애마부인〉 시리즈가 한국 최고 영화인 줄 아는 사람이야. 게다가 예전의 학교 앞의 삼류 극장에 가본 기억밖에는 없어서 아직도 까만 옷을 입은 소년들이 극장 좌석을 누비면서 팝콘이랑 아이스크림을 파는 줄 알걸."

그는 식탁 위에 놓인 나무젓가락을 쪼개서 식어가는 탕수육을 하나 집어 들고 씹었다. 무리를 하긴 했지만 원고를 끝냈고 이제 당분간 휴식이었으므로 오늘 밤은 마음껏 맥주를 마시고 그리고 마음껏 자고 싶었다.

그는 먹으면서 동생과 동생의 '약혼자뻘 되는' 상현을 바라보고 있었다. '약혼자뻘'이란 그가 남에게 상현과 명희를 한꺼번에 소개해야 할 때가 오면 쓰려고 준비해둔 말이었다. 하지만 아직 남에게 상현과 명희를 함께 소개해본 일은 없다. 그건 상현이라는 존재에 대한 그저 혼자만의 생각이었다. 어쩌면 그는 상현을 누구에게보다도 먼저 그 자신에게 그렇게 소개하고 싶었는지도 모른다.

브라운관의 빛과 어둠이 교차할 때마다 그가 바라보는 그들의 뒷모습도 어두워졌다 밝아졌다 했다. 명희는 고개를 상현의 어깨에 기대고 있었고 상현은 한 팔로 명희의 어깨를 안은 채 한 손으로 계속 명희의 머리칼을 쓰다듬고 있었다.

처음 명희가 사는 오피스텔로 옮겨왔을 때 그는 명희의 방으로 자주 놀러 왔었다. 혼자 된 오빠가 딱해서인지 명희가 자주 식사에 초대를 했기 때문이었다. 처음에 그가 왔을 때 잿빛 골덴 재킷을 입고 검은 뿔테 안경을 쓴 명희 또래의 남자가—명희는 그냥 친구라고 소개했지만—그 식사에 동참했었다. 저녁을 먹고 맥주를 마시고 그가 방으로 돌아갈 시간이 되었을 때도 남자는 움직이지 않았다. 그는 술에 취한 기분이었고 몹시 졸리어졌기 때문에 좀 거북했다. 이렇게 밤이 깊었는데 말만 한 여동생을 낯선 남자와 한 방에 두고 먼저 방을 나설 수는 없다고 생각했던 거였다. 미련한 골덴 재킷은 하지만 일어날 생각도 없이 명희가 튀겨낸 팝콘만 우걱 우걱 입에 넣고 씹어대고 있었다. 그가 여러 번 기지개를 켜고 피곤하다는 시늉을 했지만 헛일이었다.

하지만 잠시 후, 그는 미련했던 것은 바로 자신이었다는 걸 깨달아야 했다. 셋 중에서 두 사람이, 정말로 사라져주기를 바라고 있었던 것은 바로 자신이었던 것이다. 명희가 복도로 그를 불러내어 말을 꺼냈다.

—오빠, 피곤할 텐데 그만 올라가 자지?

어이가 없어진 그가 무슨 말인가 꺼내려 하자 명희가 곧이어 말했다.

—오빠랑 나랑은 원래 서로 별 영향을 주고받지 못했으니까 생각이라든가 사는 방식이라든가 이런 게 같을 거라고는 미리 기대하지 말아요.

명희가 그렇게 완강하게 팔짱을 낀 채로 말하지 않았더라면 어쩌면 충격을 받았을지도 몰랐겠지만 그는 곧 생각을 바꾸었다. 그녀의 말대로 명희는 무능한 오빠인 그로 인해서 피해를 보았으면 보았던 동생이었고, 그리고 이제 너는 동생이니 옳은 이 오빠의 방식대로 살아야 한다고 우길 수 있는 어떤 근거도 없었다. 그래서 그는 그날 그대로 자신의 방으로 올라왔다. 물론 명희가 단단히 팔짱을 끼고 이야기를 했고, 그리고 명희라는 아이가 어디 내다 놔도 쉽게 상처받을 아이가 아니라는 건 알고 있었지만 그는 갓 이사 온 오피스텔의 페인트 냄새를 맡으며 책상 앞에 오래 앉아 있었다. 그랬다. 다섯 살 차이 나는 남매였지만 그는 명희에게 해준 것이 없었다. 하지만 해준 것이 없는 오빠였기 때문에, 해준 것이 없으니 가만히 있어달라는 누이동생의 말이 아프게 들린 거였다.

그때 그 골덴 재킷이 지금 저기 앉아 있는 일간지 기자 상현은 아니었다. 그가 본 사내만 해도 네댓은 되었으니 그는 요즈음 동생 명희가 몇 개월 동안 상현이라는 인물 하나만 데리고 오는 것도 고마워해야 할 지경이었다.

"나온다. 바로 이 대목이야."

상현이 한쪽 어깨에 머리를 기대고 있던 명희가 손가락으로 TV 화면을 가리키며 말했다. 탕수육을 씹던 명우도 화면을 바라보았다. 긴장감을 조성하는 듯한 묘한 음악이 흐르고 몽롱한 눈빛의 사내가 기타를 치며 좌중을 훑고 있었다. 사내의 뒤에서 음악을 연주하던 사내의 일당의 얼굴에도 긴장감이 흐르고 있었다. 무언가 일이 일어날 전조를 표현할 때 흔히 쓰는 수법이라는 생각이 들었다. 그래서 그로서는 이제 바야흐로 저 군중 속에서 한 사내가 나타나

"아무개여! 나의 심판을 받으라!"

하며 권총을 난사하는 장면을 상상하고 있었다.

그도 아니면 그가―장발의 기타를 들고 있는 사내, 누구인지 모르지만 도어즈라는 노래의 주인공쯤 되어 보이는 그

가—피를 토하고 쓰러지면서 죽어가는 이야기인가 보다 하는 생각을 무심히 하고 있었다. 나중에 알고 보니 그는 불치의 병을 앓고 있었지만 끝까지 무대를 지켰다. ……라는 등등의 스토리 말이다. 어차피 미국 영화라는 게 그런 거라고 그는 생각해보았던 것이다.

그런데 기타를 든 사내는 생생하게 눈빛을 빛내며 증오에 찬 목소리로 말을 하기 시작했다.

Father. (아버지.)

Yes, son. (왜 그러니 애야.)

I want to kill you! (난 당신을 죽이고 싶어!)

Mother. (어머니.)

I want to fuck you! (난 당신하고 씹하고 싶어!)

씹한다는 의미로밖에 번역할 수 없는 그 퍽이라는 단어의 뉘앙스가 너무나도 강렬해서 그는 탕수육을 씹다 말고 잠시 넋을 잃은 듯 화면을 바라보았다. 그의 가슴속에서처럼, 화면 속에서도 소용돌이가 일고 있었다. 놀라는 사람들, 만류하는 뚱보 중년 사내……. 하기는 미국의 인간들이라고 해서 저런 대사를 그냥, 아무 충격도 없이 넘겨버릴 것이라고 그는 생각하지는 않았다. 그는 아까 그 장면이 나올 때 천천히 씹다 만 탕수육 때문에 목이 멜까 봐 맥주를 마저 마셨다.

한 대 맞은 기분이었고 좀 얼떨떨하긴 했지만 예상을 빗나가게 하는 쾌감도 있었다. 그래서 그는 혼자서 빙그레, 웃어보았다.

"참 불쌍하지?"

하지만 그의 생각과는 다른 명희의 목소리가 들렸다.

"저것 봐. 그러곤 마스터베이션을 한 거야."

화면 속의 사내는 바지를 벗는 시늉을 하고 있었다. 명우역시 TV 화면에 눈길을 계속 고정시키고 있었다.

"그런데 저런 자리에서 정말 마스터베이션이 되는 거야? 상현 씨라면 어때?"

"난 저럴 때신 마스터베이션 안 해."

"그런데 그는 했어……. 난 정말 짐 모리슨이 불쌍하다는 생각이 들어."

명희가 거듭 말했다.

"저건 절망이야. 지쳐버린 절망이라구."

그때 초인종이 들렸다. 아마도 여경인 모양이라고 생각하며 그가 맥주 캔을 손에 든 채로 문을 열었다. 여경이 아래층 편의점의 소년과 함께 서 있었다. 비디오에서는 아직도 아우성이 들리고 있었다. 그는 왠지 소년이 지금 그의 앞에 서 있는 것이 겸연쩍었다. 그는 명희와는 다르게 이 맥주를 배달하고 있는 소년이 갑자기 신경 쓰였다. 언젠가 그가 학교는 다니지 않느냐고 물어보자 씨익 웃기만 하던 여드름투성이인 소년…… . 그는 제발 소년이 저 영화에 대해 눈치채지 못하기를 바랐다. 모르겠다. 일이 끝나면 친구들과 몰려간 심야 만화방에서 그보다 더한 포르노 영화를 구경한다 해도 제발이지 저건 절망이라는, 지쳐버린 절망이라는 소리는 듣지 말았으면 했다.

"명희 언니는?"

소년에게 맥주 상자를 받아 든 그를 대신해서 문을 닫으면서 여경이 말했다. 명우가 눈짓으로 명희를 가리키자 여경은 한쪽 눈을 보기 좋게 찌푸리며 말했다.

"또 빠져 있구나."

그리고 여경은 가방 속에서 도시락에 든 음식들을 꺼내놓았다. 새우튀김 그리고 과자 위에 치즈와 올리브와 체리로 장식을 한 카나페가 보였다. 이렇게 명희네 집에서 넷이 모일 때마다 그들은 포트럭이라는 걸 하곤 했는데 명희의 말에 따르면 그건 각자가 먹을 만한 음식을 한 가지씩 만들어 와서 노는 것이라고 했다. 첫날 명우는 예전의 솜씨를 발휘해서 돼지고기를 넣은 김치찌개를 만들었다가 모두에게 면박을 당했다. 하기는 그가 생각해도 김치찌개는 맥주 안주로는 좀 그랬다. 그래서 그는 그 이후로 주로 술을 사오는 일을 맡았는데 그의 빈자리를 여경이 메워주고 있는 터였다. 여경은 요리를 아주 잘했다. 사실 별 볼 일도 없이 신경만 날카롭게 만들어버리는 화실 같은 건 때려치우고 요리사로 나가든지 식당을 차리든지 하라고 충고해주고 싶을 만큼 그랬다.

명희와 상현은 그 대목을 보려고 한 것이 주목적이었는지 곧 비디오를 껐고 그래서 그들은 마주 앉았다.

"여경인 정말 대단해……. 왜 빨리 시집가서 이런 음식을 날마다 만들지 않는 거야?"

카나페를 집어 먹으며 명희가 말했다.

"내가 하고 싶을 때 하는 거하고 남이 하라는 걸 억지로 해야 하는 거하고는 다르잖아."

"결혼하면 여경이한테 억지로 요리를 시킬 사람이 누군데?"

그가 물었다.

"그건 바로 나의 보수적인 관념들."

여경은 총을 쏘는 것처럼 관자놀이에 자신의 손가락을 가져다 대면서 말했다. 그들은 식은 탕수육을 전자레인지에 데워서 초간장에 찍어 먹으며 웃었다. 그리고 여경의 새우튀김과 카나페를 집어 먹으며 맥주를 마셨다.

"아참, 상현 씨 그거."

명희가 상현의 등을 쳤고 상현이 일어나 냉장고를 열었다. 그는 냉장실에서 아주 고급스럽게 보이는 초밥을 꺼내왔다. 날치알이 듬뿍 든 초밥이었다.

"상현 씨 오늘 횡재했대. 어떤 유한 마담이."

명희가 캔을 따면서 웃었고 상현이 머리를 긁적였다. 그는 일간 신문사에 입사한 후 문화부에서 일을 하는 초년 기자였다.

"아니요, 그런 건 아니구요."

상현은 명우가 아까 사가지고 올라온 감자칩을 뜯으며 말을 꺼냈다.

"얼마 전에 갑자기 데스크가 절 부르더니 팸플릿을 하나 주면서 실으래잖아. 보니까 쉰 살 넘은 유한마담의 첫 개인전이에요. 장소도 압구정동이고. 그래서 그림을 보니까 차라리 내가 그리는 게 낫지. 나 같으면 그거 창피해서 집 안에도 안 걸어놓을 그런 거 말이에요. 그냥 소녀 취향이다. 그래서 고민하다가 데스크 눈치도 있고 그래서 문화 단신란에 두 줄짜리 기사로 내보냈죠. 그랬더니 오늘 큰 꽃바구니를 들고 나를 찾아온 거예요. 기가 막혀서. 멀리서 보면 날씬한데 가까이서 보면 꼭 탈바가지처럼 화장을 뒤집어쓴 여자가 다가와서 꽃바구니를 내미는데. 아찔하더라구요. 신참인 주젠데 선배들도 다 쳐다보구. 내가 무슨 큰 청탁이나 받은 거 같구. 그러고는 꼭 일본 여자처럼 허리를 수십 번도 더 굽혀서 나한테 감사하다는 표정을 짓는 거예요.

그래 억지로 시하 다방으로 끌고 가서 대충 돌려보내고 돌아와 보니까 꽃바구니에 카드가 있겠죠. 보니까 그 속에 이런 게 들은 거 있죠."

상현은 검은 안경을 올려 쓰면서 안주머니에서 봉투를 꺼냈다. 그 안에 든 얇은 지폐가 보였다. 모두들 구경을 하듯이 수표를 돌려 보았다. 일, 십, 백, 천, 만, 십만, 백만……

"상현 씬 이걸 돌려줄 생각이래."

명희가 감자칩을 아작아작 씹으면서 비웃듯이 말했다.

"당연히 돌려주어야 하는 거 아니에요?"

여경이 물었고 상현은 돌려줄 거라고 대답했다. 명희가 날치알이 잔뜩 든 김밥을 집어 먹고 나서 손가락에 묻은 날치알을 마저 핥으며 다시 말했다.

"뭐하러? 그런 인간들 돈을 좀 가져오는 게 뭐가 나쁜지? 어차피 상현 씨가 안 받으면 데스크한테로 갈 거고 닳고 닳은 인간들이 긁어 쓰기 싫어지겠지? 내 생기엔 사다리 그릴 믿아서 자선냄비에라도 넣는 게 나을 거 같애."

"자선냄비는 데스크의 주머니보다 좋은 거라고 누가 판단할 수 있지?"

상현이 검은 뿔테 안경을 올리며 물었다.

"좋은 거 아니에요? 가난한 사람들도 도와준다는데?"

여경이 끼어들었고 상현이 다시 물었다.

"가난한 사람에게 아무런 대가를 치르지 않고 무언가를 자꾸 얻게 한다는 게 좋은 것일까요, 꼭?"

이야기가 갑자기 진지해졌고 머쓱했던 여경이 명우의 골덴 재킷 끝을 만지작거리며 입을 다물었다.

"내 생각에 돌려주지 않는 것도 별 의미가 없는 일이겠지만 돌려주는 일은 더 웃기는 일 같애. 하지만 심각하게 생각할 게 뭐 있어요? 자기가 살고 싶은 대로 사는 거지. 거기엔 정답 같은 건 없어. 상현 씨한테 넘어온 공이니까 상현 씨가 치고 싶은 방향으로 쳐버려."

언제나 이런 자리에서 그렇듯 현실적인 명희가 순서를 마무리했고 어색해진 여경이 일어나 오디오를 틀었다. 케니 지의 색소폰 연주였다. 그러자 그들은 케니 지의 한국 공연이 무산된 이야기를 시작했다. 그로 말하자면 한편에서 맥주를 마시고 있었다. 벌써 취기가 올라올 정도로 많은 양이었다.

"명우 씬 왜 그렇게 음악이라든가 미술이라든가 그런 거에 관심이 없어?"

어두운 계단을 오르면서 여경이 물었다. 혹시나 그런 질문에 명우가 자존심이라도 상할까 봐 그의 한 팔에 다정하게 팔짱을 끼는 것도 잊지 않으면서였다.

"글쎄…… 그런 거에는 관심이 없어."

"그럼 뭐에 관심이 있지? 케니 지도 모르고 짐 모리슨도 모르고, 샤갈 전시회 한번 그렇게 가자고 해도 가지 않고, 요요마도, 미도리노 모두 관심조차 없잖아요?"

"대신 난 이미자는 알아. 조용필, 그리고 이중섭."

그는 자신에게 매달린 듯 걷고 있는 여경의 겨드랑이 사이로 팔을 바짝 끼워 넣으며 장난스레 말했다. 그녀의 작고 동그란 가슴이 느껴졌다. 여경은 갑갑한 듯 잠시 몸을 비틀어 그의 손아귀를 벗어나려고 했다.

"나도 뭐 꼭 그런 사람들을 잘 알아놓아야 한다고 생각하는 건 아니지만 그래도 정신을 풍요롭고 다채롭게 해주는 사람들이잖아. 게다가 볼링도 못한다, 테니스도 쳐본 일이 없다. 수영은 어렸을 때 동네 바닷가에서 한 게 전부다. 정말 재미없어. 대체 그럼 학교 다닐 때 뭐 했어요?"

"글쎄…… 뭘 했었지?"

그는 잠깐 생각에 잠겼다. 학교 다닐 때 무엇을 했던가. 여경의 말대로 연주회에도 안 가고, 샤갈에게 관심도 없었으며 그리고 볼링이나 테니스 같은 건 이제 김도 꾸미 없으면서 그는 대체 무엇을 했던가.

"술을 마셨지. 싸움을 했고, 그리고 노래를 불렀어."

"무슨 노래?"

"……지금은 다 잊어버린 노래……."

장난스러운 말이었지만 장난처럼 들리지 않을 만큼 그의 목소리는 가라앉아 있었다. 그의 느낌을 알아챈 듯 여경이 자신의 한쪽 겨드랑이에 끼워진 그의 팔을 두 손으로 잡았다.

그가 여경과 처음 데이트를 시작했을 때 여경은 물었었다.

—창경원에 갈래요? ……그런데 창경원에 누구랑 갔었어요? 예전에.

그는 머리를 저었다. 아직 창경원에 동물원 시설이 있었을 때 그는 혼자서 호랑이를 보러 그곳에 가끔 들르곤 했었다. 은림의 오빠 은철과 중요한 의논을 할 일이 있을 때도 창경원으로 갔었다. 사람들의 눈을 자연스레 따돌리기에 좋은 곳이었으니까. 더구나 여경이 묻는 뉘앙스대로 여자와 이곳에 온 기억은 없었다. 김밥을 싸가지고 강변으로 놀러 갈 때도, 도봉산을 오를 때도 여경은 물었었다. 수배를 당했을 때 친구와 함께 돼지고기 한 근을 사서 오른 곳이 도봉산이었다. 그가 산에 오르면서 한 번 이곳에 왔었다고 하자 여경은 대뜸 물었었다.

—결혼 전에 부인이랑 여기 왔었죠?

하지만 그는 고개를 흔들었다.

한 번의 사랑을 했었고 다른 한 번의 결혼을 하는 동안 그는 그런 식의 데이트라는 걸 한 적이 없었다. 마치 그가 대학에 입학하던 해 뭉툭한 코를 가진 구두를 신고 있었던 여자와 미팅을 하고 나서 의무적으로 다섯 쌍이 주르르 덕수궁에 갔을 뿐, 그 이외의 기억은 없었던 것처럼, 그런 일은 그의 젊은 시절과는 너무도 먼 일이었던 거였다. 그런데 그는 이제 다시 그 뭉툭한 코의 구두를 신은 여경과 창경원에 가고 도봉산에 오르고 하는 것이다. 유행이 한 바퀴 돌아올 동안 그는 정말 무엇을 했을까, 그는 그런 생각을 했다.

"뭐 생각해요?"

여경이 조심스레 물었다.

"그냥……."

둘의 눈빛이 어둠 속에서 마주쳤고 그는 장난스레 다시 여경의 가슴을 조였다.

"정말 왜 이래요? 누구 오면 어쩌려고?"

하지만 여경은 거칠게 반항하지는 않았다. 그로 말하자면 이런 골목이나 계단이나 그도 아니면 으슥한 공원에서 그녀에게 이런 표현을 하는 성격은 아니었다. 창경원이나 도봉산이나 그런 곳에 여자의 손을 붙들고 놀러 간 일이 없는 것처럼 이런 곳에서 이런 식으로 키스를 한 적도 없었다. 천마산이나 일영이나 대성리에 간 적이 있었지만 그건 로맨틱한 추억하고는 거리가 먼 짓이었다. 그런 그가 오늘따라 조금 달라지기도 한 것이 재미있다는 듯 여경은 깔깔거렸고 그는 반항하며 깔깔거리는 여경에게 장난을 치려고 여경의 두 팔을 붙들다가 자신도 설명해낼 수 없는 열정에 갑자기 들뜬 채로 여경을 벽에 몰아붙이고 그녀에게 입을 맞추었다. 여경은 잠시 피하는 듯하다가 이내 숨결을 잔잔하게 내뱉었고 이어 그의 목에 두 팔을 둘렀다. 어두운 계단이었다. 대개는 엘리베이터를 이용하는 사람들 때문에 화재용으로나 준비된 계단이었다. 그의 손길이 그녀의 곧게 패인 등줄기를 천천히 더듬어갔다. 실크 소재의 바지를 입은 여경의 엉덩이는 대단히 부드러웠다. 그는 실크의 감촉을 느끼기 위해 바지 위로 손가락을 뻗어 둥근 식빵 같은 여경의 엉덩이를 어루만졌다.

　—아빠, 난 부드러운 건 좋아하지만 말랑말랑한 건 싫어.

왜 하필이면 갑자기 거기서 명지의 말이 떠올랐을까.

　—그 말 누가 가르쳐주었니?

　—난 말랑말랑한 건 싫어. 저 토끼가 좋아. 이 곰은 너무

말랑말랑해.

　……명지는 어디서 말랑말랑한 것과 부드러움의 차이를

배웠을까. 그 미묘한 단어의 차이를.

　그는 급속하게 몸이 식어오는 것을 느꼈다. 하지만 여경 쪽

으로 말하자면 그가 이제 막 불을 붙여놓은 셈이 되어버린

모양이었다. 그는 뜨거운 여경의 입술을 떼어내고 그녀의 달

아오른 뺨에 가볍게 입을 맞추었다. 여경이 잠시 머뭇거리더

니 어색하게 단발머리를 귀 뒤로 쓸어 넘겼다.

　그는 미안한 생각이 들어서 여경의 어깨를 따뜻하게 감싸

안았다. 눈이 마주치자 여경은 괜찮다는 듯 미소를 지어 보

였다. 그럴 때 여경의 오른쪽 뺨에만 지는 보조개는 스물여

섯의 나이에도 불구하고 아직 싱그러웠다.

　명우는 어깨에서 손을 떼어내이 여경의 손을 잡고 걸었다.

그는 길쭉한 여경의 손가락 사이로 제 손가락 다섯 개를 모

두 깍지를 꼈다. 여경의 손은 따뜻했다.

　지난봄이었던가, 여경이 처음 명우의 방을 찾아온 날 밤에

는 비가 내리고 있었다. 문을 여니까 여경이 서 있었다. 비에
흠뻑 젖은 채였다.

─명희 언니 어디 갔어요?

술에 취한 듯 여경은 천천히 말했다. 몇 번 안면이 있던 동
생 명희의 후배였던 그녀는 무턱대고 동생을 찾아온 모양이
었다.

─어제 출장 떠났어. 내일 올 텐데.

여경은 몹시 괴로운 표정이었다. 돌아서야 한다고 생각했는
지 몸을 조금 돌리더니 복도를 바라보고는 한숨을 쉬었다.

─오빠, 나 술을 너무 많이 먹었는데 집이 멀었어요. ……차
두 어디다 놓고 왔는지 생각이 안 나요.   집이 너무 멀다
는 생각이 드니까 더 못 가겠어요.

여경의 입에서는 술 냄새가 몹시 났다. 좀 갸름하고 흰 얼
굴. 부드러운 이목구비 그리고 예민해 보이는 눈빛과 차가워
보이는 단발머리의 선들. 미술을 전공했다는 이야기를, 동생
들을 책임지느라 학원을 차리고 정작 제 그림은 뒷전이라는
이야기를 그는 명희를 통해서 들은 적이 있었다.

─들어와 몸이라도 좀 말리고 가렴.

그는 커다란 수건을 가져다가 여경에게 건넸다. 그녀의 회
색 바바리에서 양탄자 위로, 아직 다 흘러내리지 못한 빗방
울이 뚝뚝 떨어져 내렸다. 그는 뜨거운 커피를 진하게 타서
여경에게 내밀었다.

여경은 시선을 아래로 내리깐 채로 커피를 받았다. 따뜻한 잔을 손에 올리자 여경은 커다랗게 몸서리를 쳤다. 잠시 후 고개를 드는 여경의 입술이 몹시 파랬다.

─우선 옷을 좀 말려야겠구나. 괜찮다면 내 파자마를 입겠니? 아니 먼저 목욕을 좀 하렴.

그는 정말 오빠처럼 아무렇지도 않다는 듯이 말했지만 사실은 허둥대고 있었다. 비가 내리는 적적한 밤에 난데없이 찾아온 여자에 대해서 그는 사실 설레고 있었다. 어쩌면 외로움 때문이었으리라. 회사에 나가 사람들하고 부딪치는 직업도 아니었고 집에 들어오면 명희가 반겨주는 것도 아니었다. 그 스스로 사람들을 피하기 위해 아무하고도 연락을 안하고 있었으면서 그는 또 한편 끊임없이 누군가를 그리워하고 있었다. 어쩌면 이런 밤에 누군가와 둘이서 차를 마실 정도의 즐거움도 나는 가질 수 없는 걸까, 그는 그런 생각을 하고 있었던 참이었을 것이다.

그는 파자마를 내주고 책상 앞에 앉아 원고를 마무리하기 시작했다. 여경이 옷을 벗는 소리가 들렸고 여경이 화장실의 문을 닫는 소리, 그리고 물줄기가, 따뜻한 물줄기가 쏟아지는 소리. 그는 여경이 벗어놓은 코트와 원피스를 옷걸이에 걸어 스팀이 잘 들어오는 창가의 라디에이터 위에 걸었다. 그러고는 얼른 다시 책상으로 돌아와 글을 쓰기 시작했다. 자꾸 오타가 났지만 그는 그대로 손을 놀렸다. 물줄기 소리가 그치고 여경이 옷을 입는 소리가 들렸다.

—고마워요.

그는 그제야 뒤를 돌아다보았다.

왜였을까, 아마 그의 방에 들어와 온전히 옷을 벗었던 낯선 여자를 처음, 그것조차도 처음 경험했기 때문이었을까. 그래서 차마 여자의 얼굴을 바라보지 못했기 때문에 시선은 아래로 미끄러져 버렸던 것일까. 그는 커다란 파자마 밑으로 옹송그리듯 삐져나온 여경의 발을 보았다. 길쭉한 발이었다. 한 번도 험한 길 같은 데는 디뎌보지 않았을 발이었다. 그리고 작은 엄지발톱에 칠해진 자줏빛 매니큐어는 청결해 보였다.

—커피가 식었구나.

그는 말했다. 여경은 머리에 둘둘 감은 수건을 풀어 머리를 만지면서 옷걸이에 걸린 제 바바리코트와 원피스를 바라보았다.

여경은 아무 말도 하지 않았다. 대신 침대 곁에 놓인 소파에 털썩 주저앉아 손등을 깨물었다.

—편하게 쉬어. 난 괜찮으니까.

그는 조심스레 말했다. 여경은 대답 대신 맥주를 한잔 청했다. 그는 맥주를 한 캔 가지고 와서 여경에게 건네고는 옷장에서 재킷을 꺼내 걸쳐 입었다. 둘이서 이 밤에 따뜻한 차라도 나누려고 한 희망은 사실 무리한 욕심이지 싶었던 거였다.

—어딜 가시려구요?

—으응, 요 앞에 친구가 살고 있어. 편히 자요.

그는 거짓말을 하고는 열쇠를 챙겼다. 돌아서려는데 여경의 목소리가 들려왔다.

—저기.

그가 돌아서자 여경은 얼른 눈을 내리깔았는데 얼핏 울고 있는 것 같기도 했다.

—아니에요. 그냥 계세요. 그냥 누구랑 같이 있고 싶어서 왔어요. 그게, 명우 오빠라도 괜찮아요.

여경은 고개를 숙인 채로 젖은 머리를 비볐다. 젖은 머리칼에서 물방울이 몇 개 어깨 위로 흘러내려 하늘색 파자마의 색깔 위로 진한 푸른빛의 얼룩을 만들어냈다. 그는 담배를 물면서 천천히 다시 책상 앞에 앉았다.

—나이가 몇이지?

그가 물었다. 여경이 발끈 고개를 들었다. 그녀의 눈동자 속에는 진한 증오감이 담겨 있었다. 그는 순간적으로 곤혹스러움을 느꼈다.

—어떤 사람을 지독하게 증오해본 적이 있으세요?

그는 담배를 붙였다. 나이가 몇인 서하고 누군가를 지독하게 증오하는 거하고는 무슨 상관인지 알 수 없었지만, 더구나 지독한 증오란 어떤 사람을 지독하게 사랑했다는 말의 다른 이름임을 그는 알고 있었지만 잠자코 담배만 피웠다.

─죽이려고 했었어요. 그런데 갑자기 모든 게 부질없다는
생각이 들었어요. 그런 거 이해할 수 있으세요? 아, 나이를
물어보셨지요. 전 스물여섯이에요.

여경은 얇게 딸꾹질을 해댔다. 그러더니 고개를 흔들었고
피식 웃기도 하다가 다시 말했다.

─O형이고 산양자리예요. 체념이 빠르죠. 간다는 사람 옷
자락 붙드는 일 같은 건 없어요. 간다는 사람 바짓가랑이 붙
드는 최초의 산양자리가 될 뻔했는데. 산양자리 아세요?

그는 고개를 저었다.

─산양자리 말이에요.

여경은 두 손으로 머리에 산양처럼 뿔을 만들이 보였다.

─토끼자리를 착각한 거 아닌가?

그가 말하자 여경은 머리 위로 깡총하게 올렸던 손을 내
리고 잠시 깔깔거렸다.

그리고 그렇게 깔깔거리는 표정으로 맥주를 두어 캔 더 비
우고 여경은 그의 방을 떠났었다. 젖어 엉겨 붙은 옷에 억지
로 그 가느다란 팔과 다리를 끼워 넣으면서 단추를 채우고
그리고 떠났던 것이었다. 그가 만류하자 여경은 아마 이런
말을 했었던 것 같다.

─가야겠어요. 산다는 게 이런 거라는 걸 난 더 지독하게
깨달아야겠어요.

며칠 후 그가 식당에 다녀오자 그녀는 노란 프리지어 꽃을 한 다발 사가지고 그의 방 앞에 서 있었다.

—난 흰 프리지어를 좋아하는 편인데 이 동네는 없잖아요. 그래서 노란 걸 사왔어요.

그녀가 그에게 꽃다발을 내밀었을 때 향기가 그의 얼굴을 확 덮었다. 그는 여경을 방에 데리고 들어와 차를 마셨다. 여경은 단지 꽃을 내밀었을 뿐 그날 밤에 대해서는 일언반구 입을 열지 않았다.

명우는 그날 마주 앉아 차를 마시면서 여경의 얼굴을 처음으로 자세히 볼 수 있었고 처음으로 그녀가 참 곱다는 생각을 했다. 화병이 없어서 오렌지 주스 병에 꽃을 꽂으면서 여경은 말했다.

—다음번엔 화병을 사와야겠군요. 그런데 저하고 연앨 해볼 생각은 없으세요?

여경은 혹시, 주스 병 남은 거 또 있어요 하는 말투로 이야기했다. 화병을 사와야겠군요에서 한 템포도 쉬지 않은 말투였다. 그는 찻잔을 제자리에 내려놓다 말고 잠시 제 귀를 의심했다. 하지만 말을 알아듣지 못한 것은 아니었다고 생각하자 갑자기 귓불이 얼얼해오는 느낌이었다.

바라보니까 여경은 부끄러운 기색도 없이 어서 말해보세요, 네? 하는 것 같은 표정이었다. 명우는 어떻게 해야 할지 몰라 정면만 똑바로 바라보고 있었다.

―그건…… 생각을 가지고 되는 건 아닐 텐데…….

―그러면 무얼 가지고 되는 거지요?

여경이 프리지어를 쌌던 투명한 비닐을 와르르 구기면서 다시 물었다.

―그, 그건 느낌이라든가.

―그럼 저하고 그런 느낌을 가져보시지 않겠어요?

그는 아무 말도 하지 않았다. 여경은 대답을 기다리겠다면서 돌아가 1주일 동안이나 오지 않았다. 그는 외출에서 돌아오면 자동응답기를 서둘러 켰다. 아무에게서도 전화가 오지 않는 날이면 액정 화면은 그 당시의 시간을 표시하곤 했었는데 그는 그러면 믿기지 않는다는 듯이 그것을 오래 바라보곤 했었다. 하지만 그는 전화를 걸지 않았다. 전화번호야 동생 명희에게 물어보아도 되는 일이었지만 그는 빠르게 모든 것을 단념했다. 여경의 말대로 그는 산양자리가 뭔지도 몰랐고 O형도 아니었지만 그 역시 체념은 빨랐다. 하지만 만일, 그래도 만일, 여경이 찾아온다면 그는 말하려 했었다.

아주 어렸을 때, 아직 이 세상이 푸른빛으로 차 있는 듯이 보였던 그때 한 여자를 사랑한 적이 있었소. 그 여자는 후배 뻘 되는 녀석의 아내였소. 둘은 대학 4학년 때 학교를 자퇴하고는 결혼을 했다더군. 집에서 벗어나기 위해서. 그게 이유였다더군. 아니 또 있었어. 내가 물었을 때 그 여자는 대답했었지. 그래 숨김없이 이렇게 말했어. 난 그게 사랑이라고 굳게 믿었어요. 사랑이라고 생각한 것도 아니고 느낀 것도 아니고 굳게 믿고 결혼하는 사람이 있을까. 그래요, 전투적인 여자였소. 눈동자가 크고 아주 검어서 사람들이 러시아의 눈동자라고 부르기도 했던 여자. 자신을 매혹하는 일이 있으면 영원히 잠들지 않을 수도 있다고 말하던 여자. 나는 그 여자랑 떠나기로 했어. 말하자면 도망을 가기로 약속을 했었는데 아침이 되자 갑자기 그 모든 게 치욕으로 느껴졌었고. 그래서 난 그럴 수 없었소. 대체 이 세상에 도망을 갈 곳이 있기나 할까 그런 생각이 들었기 때문이지. 게다가 우리들 모두에게는 희망이 있었고, 그 희망을 위해 할 일이 아주아주 많았고 나는 그 희망을 여자와의 스캔들 따위와 바꿀 수는 없다고 생각했던 거요. 결국 난 약속을 어기고…… 그리고…… 나는 몹시 앓았소. 그리고 나는 결혼을 했소. 오래전부터 날 따르던 여자였소. 나이는 나와 동갑이었는데. 노동자였소. 언젠가 야학에서 내가 가르친 적이 있던, 한 회사의 노조에서 활동하던 여자였지. 아주 똑똑하고 배포도 크고 좋은 사람이었소. 하지만 좋은 사람이라고 해서, 그리고 그것이 여자였다고 해서 모두에게 다 사랑을 느낄 수 있는 건 아니었소. 하지만 사랑에는 여러 가지 방식이 있는 거라고 그때는 나 자신에게 타일렀었지. 하지만 그보다 더, 그래요, 사랑 따위라니, 그런 건 너무나 사치스러운 거라고 나는 생각했었소, 그

땐…… 이해할 수 있을지 모르겠지만 우리한테는 사랑 말고
도 더 열렬하고 더 감미롭고 더 신경을 팽팽하게 긴장시키면
서 해야 할 일들이 너무 많았기 때문에…… 이해하려고 하
지 않겠지만 그랬소.

그래서 난 이번에는 지나간 그 여자보다 더 우습게, 이런
게 사랑이라고 굳게 믿었다는 그 여자보다 더 우습게, 이것
도 사랑이라고 타일러가면서 결혼을 했던 거요. 타이르다
니…… 굳게 믿은 것도 아니고…… 우린 오래 버틸 수 없었
소. 물론 모든 것은 내 잘못이었소. 헤어진 후 아내는 아이를
낳았더군. 딸이었어. 명지라고…… 사람들은 그건 내 책임이
아니라고 말했지만, 법으로 내 딸이 너의 책임이 아니라면
누가 나의 책임이란 말인지. 그러니 사랑 같은 건 오래전에
내게서 그 싹조차 죽었었소. 당신은 아직 젊고 나는 많은 것
을 겪은 사람이오. 명희의 사랑스러운 후배로서 나를 오빠처
럼 대해요.

하지만 며칠 후 여경이 다시 그를 찾아왔을 때 그는 여경
과 눈을 마주치지 못했다.

둘은 말없이 커피를 마셨다.

—프리지어가 시들었군요.

여경이 시든 프리지어를 주스 병에서 꺼내 쓰레기통에 버
리고 가방에서 화병을 꺼내 그의 책상에 올려놓았다. 투명

한 갈색빛 화병이었다. 그가 그 화병을 바라보고 있는 동안 여경은 화병을 들었던 손을 탁, 탁 마주쳐 털더니 가방을 들고 일어서서, 저 갈게요 하고 말했다. 그는 이것이 정당한 귀결이라고 혼자 생각하고 있었다. 그래서 문을 향해 떠나려는 여경을 돌아보며 웃으려 했지만 눈이 마주쳤을 때, 아직도 머뭇거리며 방을 나서지 못하는 여경과 눈이 마주쳤을 때 일어나 떠나려는 여경의 팔을 잡았고 그를 바라보는 여경을 안았고 입을 맞추었다. 그가 알게 된 여경은 생각보다 뜨거운 여자였다. 그리고 뜻밖에도 그때까지 아직 처녀였다.

그들은 문을 열고 방으로 들어섰다.

여경은 백을 침대에 던져놓고 기지개를 켠 뒤 창가로 다가가서 등을 보이고 서 있었다. 명우는 다가가서 뒤에서 여경을 안았다. 날이 흐리려는지 흐뭇하게 안개가 어려 있었지만 아름다운 밤이었다. 멀리 삼양동과 수유리의 불빛들이 보석처럼 어두운 밤 위에 흩뿌려져 있었다.

"저기가 어디쯤 되지요?"

그에게 등을 안긴 채로 그의 어깨에 얼굴을 부비며 여경이 말했다.

"정릉쯤 되는 것 같군."

"그래요? 저긴 내가 여학교를 다닌 곳이에요. 그때 내가 스물여섯이 되어서 어떤 남자의 오피스텔에서 다시금 저길 바라볼 거라는 생각을 해보기나 했었을까? 그런데 왜 저렇게 불빛이 떨고 있어요?"

"멀리 있으니까."

"멀리 있으니까."

여경은 명우의 말을 반복하듯 따라 말했다.

"멀리 있으니까 떠는 것처럼 그리고 떨고 있으니까 아련히 보인다, 좋은 말 같애. 그럼 저기 오색빛 나는 저기는?"

"아마 덕성여대 앞일걸. 술집 네온사인일 거야."

"예쁘다."

여경이 고개를 돌려 그를 바라보았다. 그는 까칠한 턱을 여경의 머리칼에 부볐다.

"오늘 기인 정박공 쪽에 나려오는데 낙엽이 와와 시살아. 단풍 구경 한번 갔으면 좋겠어요. 이왕이면 한계령 같은 데 가서 아무것도 하지 말고 잠만 자고 맛있는 거나 사 먹고 커피 마시고 맥주 마시고 또 자고 또 먹고 그렇게 열흘만 살다 왔으면 좋겠다는 생각 했어요. 아니지, 거긴 흰 눈이 올지도 모르잖아. 얼마나 멋질까."

"그렇게 하지 뭐."

명우가 말했다.

"정말?"

"그럼, 여경이가 원한다면."

"정말 시간을 낼 수 있겠어요?"

"그럼."

"정말 생각만 해도 신나는 일이야. 하지만 어쩌죠? 안 돼요. 애들 곧 입시야."

여경은 실망한 표정으로 힘없이 웃었다. 오른쪽 뺨의 보조개도 따라서 웃고 있었다. 그는 여경의 머리칼에서 풍기는 향내에 코를 묻고 있었다.

"그런데 명우 씬, 왜 내게 한 번도 결혼하자는 말 안 해요?"

여경이 불쑥 물었다. 여경의 뒤에서 그녀의 어깨 위로 두 손을 뻗어 여경의 손을 쥐고 있던 명우의 얼굴이 설핏 굳어졌다.

"결혼하자고 하면 할 테야?"

"한번 물어봐요."

"결혼해주겠어?"

여경은 그의 손을 떼어내고 그와 마주 서서 그를 바라보았다. 그의 얼굴은 가엾게도 조금 떨고 있었다. 여경은 천천히 고개를 흔들었다.

"여진이 말이에요. 내 동생, 갑자기 결혼을 하겠대요. 우리 엄마는, 우리 엄마 성질 알잖아요. 나 대학 4학년 때 아버지 돌아가신 이후에 나만 바라보고 사는 천하의 의존적인 성격, 엄마가 그렇게 원하는데 시켜수래요. 염치가 있어야지 말이에요. 내 동생 전문대 나와서 여태까지 취직 한번 안 했어요. 갠 나보다 겨우 두 살 아랜데, 난 지 나이보다 어릴 때부터 지하고 엄마를 먹여 살렸는데. 게다가 결혼을 하자는 그 남자 녀석은 무슨 그룹사운드를 조직했다나. 그래서 난 돈 없으니까 니들끼리 알아서 하랬더니 사흘 동안 밥도 안 먹고 있어요. 그래도 무서워할 이 문여경인가? 어젯밤에는 동생 입이 땡나발을 불고 있길래 내가 그랬죠.

개미와 베짱이를 생각해봐라. 젊은 날 곧 지나고 찬바람 분다. 나로서는 뭐랄까 언니로서 있는 폼 없는 폼 잡고 이야기한 건데 여진이가 뭐라는 줄 알아요? 날 부르더니 이러는 거 있죠? 언니, 개미와 베짱이 그 뒷이야기가 어떻게 됐는 줄 알아? 그래서 내가 말했죠. 그래 추운 겨울에 굶어 죽었다는 설도 있고 다행히 착한 개미네 집에 파출부로 들어갔다는 소식도 들었다. 그랬더니 동생 계집애가 하는 말이, 는랬어 언니, 요즘 베짱이는 여름 동안 실컷 노래를 부르다가 찬바람이 불면 레코드 취입해서 히트 치는 거야. 그래서 개미가 땀 흘려 모은 곡식을 다 사들이는 거지. 하다못해 CF 전속 한 건이면 끝나는 거잖아, 하잖아요. 그러니까 내가 일만 하는 개미고 지 남편 삼고 싶은 그 녀석이 베짱이라는 거야. 히트 치면 내 은혜 갚겠다 이거죠. 요즘 애들 참 무서워. 그래도, 우리 때만 해도 안 그랬는데…… 왜 웃어요?"

명우는 여경의 어깨를 감싸 안으며 웃고 있었다.

"아니, 중요한 건 그게 아니야. 대체 결혼하자는 소리가 무슨 주문인데 철딱서니 없는 아이들을 더 철딱서니 없게 만드는지 그게 알고 싶어서."

여경은 등 뒤에서 자신을 안고 있는 명우를 돌아보며 싱긋 웃었다. 명우는 여경의 손을 끌었다. 둘은 나란히 침대에 걸터앉았다. 명우가 여경의 단발머리 뒤로 손을 넣어 여경의 목덜미를 쓸어내렸고 천천히 여경을 침대에 눕혔다. 둘은 짧게 입을 맞추고는 침대에 마주 누웠다. 명우의 회색 폴라 스웨터에 붙은 짧은 머리카락을 떼어주면서 여경은 말했다.

"난 결혼 같은 거 하기 싫어. 늙어 죽을 때까지 연애만 할 수 있다면 좋겠어."

명우는 여경의 손길을 비껴 뒤통수에 깍지를 낀 채로 똑바로 누웠다.

"하지만 생각하면 겁이 나. 지금은 괜찮지만 사오십이 넘고 여자로서의 매력이 없어지면 그때 자식도 남자도 없이 어떻게 하나, 하는 생각. 만일 그때쯤이라도 날 아내로서 정중히 대접할 사람이라면 모를까. 그러니 언젠가 하긴 해야겠지. 그렇지만 빨리는 싫어. 일찍 결혼해서 애 키우고 남편 와이셔츠 다리는 애들 생각하면 끔찍해. 가끔 모임이 있을 때 칠보단장을 하고 나오는 건 언제나 그 애들 쪽이지만 걔들 얼마나 추레해 보이는 줄 알아요? 일하는 애들은 안 그러거든, 언제나 빛나는 일굴은 그렇게 일하는 애들 쪽이니까 말이에요. 귀고리 하나를 달아도 뭐가 다른 거 있죠? 세련된 거랄까 그런 거. 그리고 만에 하나 설사 내가 결혼할 마음이 생긴다 하더라도 애 키워주는 사람이 없다면 애 같은 건 더구나 낳지 않을 거야. 상상하기도 싫어. 내 청춘을 하루 종일 애 보는 데 바쳐야 한다니. 왜 아무 말 안 해요? 내 말이 너무 이기적으로 들렸어요?"

누워 있는 그의 가슴 위로 얼굴을 들이밀며 여경이 물었다.

"아니."

"그래도 하는 수 없어. 난 여자들이 지금보다 훨씬 더 이기적이어야 한다고 생각해요. 또 그런 욕심에 대해 우선 정직해야 하구."

그는 말이 없었다. 둘의 침묵 사이를 비집고 전화벨이 울렸다. 둘의 시선이 동시에 전화기 쪽으로 향했지만 명우는 옆으로 누운 채로 그녀의 상체를 얼굴까지 끌어당겨 그녀의 흰 목덜미에 입술을 댔다.

―네에. 여기는 김명우의 사무실입니다. 저는 지금 전화를 받을 수 없사오니 연락처와 전화번호를 남겨주시면 곧 연락드리겠습니다. 아울러 전화를 걸고 계신 시각도 함께 말씀해주시면 감사하겠습니다. 죄송합니다.

―여보세요, 여기 강서경찰서인데요. 저기 김명우 씨 안 계십니까. 저는 오늘 당직을 하는 강형철 경사인데요. 들어오시면 6××국에 ××××로 전화 주십시오.

"무슨 일이에요?"

명우의 손길에 몸을 맡기고 있던 여경이 고개를 들며 물었다.

"몰라."

그는 강서경찰서라는 말에 신경이 비죽 서는 것을 느꼈지만 잠자코 반쯤 상체를 일으킨 여경의 블라우스 단추를 헤집었다. 그러자 마치 당신들이 거기 있는 걸 다 아니까 전화를 받으라는 듯 다시 전화벨이 울렸다.

"김명우 씨 댁 맞지요. 여기 강서경찰서인데요. 노은림이라는 여자 아시지요? 그 여자가 지금 좀. 아무튼 그러니까 연락 좀 주세요."

명우의 눈이 여경의 눈과 마주쳤다. 여경의 머리가 그가 벤 베개 옆으로 털썩 떨어져 내렸다. 명우가 무어라 생각할 새도 없이 여경이 물었다.

"그 여자?"

명우는 침대에서 일어났다. 난감하다는 표정으로 여경이 침대에서 몸을 반쯤 일으켜 세웠다.

"그 여자 이름이 노은림이야?"

여경에게 미안했지만 명우는 대답 없이 전화의 메모리 재생 테이프를 눌렀다. 강형철 경사는 충청도 사투리를 감추지도 않은 채 느릿느릿 몹시 안타까운 음성으로 이야기하고 있었다.

올가미가 아닐까, 그는 잠시 그런 생각을 하면서 우선 담배를 한 대 물었다.

"나도 라이터 좀 줘. 담배하고."

여경은 몹시 기분이 언짢아진 모양이었다. 평소에는 잘 피우지도 않던 담배였다.

그는 담배 한 개비와 라이터를 침대로 던져주고는 수화기를 들었다.

만약 올가미라면, 하는 생각이 다시 한 번 그를 스쳤다. 그는 114로 전화를 돌렸다.

안내양이 나왔고 그는 강서경찰서 대공계를 부탁했다.

"문의하신 전화번호는 6××-××××입니다."

그는 114에서 가르쳐준 전화와 강 경사라는 사람이 남긴 전화를 비교해보았다. 번호는 달랐다. 그는 잠시 수화기를 내려놓고 생각에 잠긴 다음 방 안을 둘러보았다. 문민정부 시대였고, 무엇보다 그가 서울로 올라와 새 생활을 시작한 지 3년이 넘었다. 그는 담배를 끈 다음 전화 다이얼을 돌렸다. 누군가가 수화기를 드는 소리가 들렸다. 그는 무겁게 입을 열었다.

"강형철 경사님 계십니까?"

5

안개, 자욱한 안개의 거리

오늘 정 선배마저 떠나고 나자 방이 텅 비어버린 것 같았다.

회관에 가보았지만 맥없긴 마찬가지. 미순 언니가

힘을 내자며 떡볶이를 사주었다. 두 끼나 굶었기 때문에

몹시 배고팠지만 더 먹자는 말을 하지 않았다.

미순 언니는 집에 가서 남편과 또 저녁을 먹어야 한다.

아이도 데리러 가야 하고……. 미순 언니를 배웅하고 거리에

혼자 서 있었다. 자동차들이 가고 자동차들이 왔다.

대체 다들 어디로 저렇게 가는 걸까…….

방에 돌아와 정 선배가 쓰던 이불에 기대어 앉아

담배만 거의 반 갑을 다 피워댔다. 그리고

방 안에서 혼자 맨손체조를 한 다음 이렇게 써서 붙였다.

가장 고통스러운 순간까지도 명료하게 깨어 있고 싶어.

그것이 나의 생(生)이라면…… 난 언제나 그 한복판에서 있으리라.

정 선배가 떠난 자리에 붙여놓고 나니 그럴듯했다.

그런데 좀 허전해서 느낌표를 찍어보았다. 깨어 있고 싶어!

그 글의 주문 때문이었을까, 새벽까지 잠이 안 와서 일어나

소주를 반 병이나 마시고 그러고야 잤다.

창밖을 바라보니 온통 안개, 자욱한 안개의 거리였다.

순식간에 집 밖으로 통하는 모든 길이 사라져버린 것이다.

—91년 9월. 노은림의 유고 일기 중에서

"우린 교통사고로 상한 줄만 알았어요. 길거리에서 발견한 택시 운전사가 경찰서로 데리고 갔고 경찰서에서 이리로 왔으니 말이에요. 외상은 없기에 머리를 다쳤나 싶었는데 그것도 아니고. 호주머니에서 약이 나왔어요. 보니까 결핵약이더군요. 피라지나마이드 들은 거 보니까 상태가 좋은 건 아닌 거 같구."

나이는 여경이만이나 먹었을까, 금테 안경을 얌전하게 긴 얼굴이 흰 청년 의사는 은림의 보호자로 나타난 명우를 보자 복도 한편에 서서 가운 호주머니에 손을 찌르고 천천히 말했다.

"폐결핵……. 몇 기나 되었을까요? 심합니까?"

그가 물었다.

"우리는 요즘 몇 기라는 말은 쓰지 않아요……. 뭐 요즘은 약이 좋으니까요. 우선 큰 병원으로 가서 진찰을 받으십시오. 약이 주머니 속에 있었던 걸로 봐서 본인은 알고 있는 것 같으니까 그런 경우라면 약을 꾸준히 드시도록 하고요. 하지만 요즘 아무리 약이 좋다고 해도 약 드시는 걸 소홀히 하면 안 됩니다. 결핵이란 건 결코 소홀히 할 병은 아닙니다. ……잠시 쉬신 후에 돌아가셔도 좋습니다."

인턴은 피곤하다는 듯이 안경 속의 눈을 여러 번 깜박이더니 돌아섰다. 그가 망연해 있는데 의사가 다시 돌아섰다.

"참, 잘 드셔야겠습니다. 거의 영양실조 상태입니다."

친절한 젊은 의사가 가고 그는 응급실로 들어섰다. 안개 낀 밤이라서였을까. 교통사고 환자가 실려 오고 실려 나가고 있었고 그들이 지르는 비명 소리가 귀를 찢도록 크게 들렸다.

지나가면서 얼핏 보니 남자의 두 다리가 피투성이였다. 피투성이가 된 옷을 작은 가위로 찢으며 의사들이 남자를 빙 둘러싸고 있었다. 오직 비명만이 지금 그가 의지할 수 있는 단 하나의 구원의 통로인 듯했다. 하지만 듣는 이들에게 그건 지옥에서 들려오는 듯한 비명 소리였다.

그는 다리를 다친 사내에게서 눈을 떼고 두리번거리며 은림을 찾았다. 제일 먼저 눈에 띈 것은 가방이었다. 그와 만난 지 벌써 열흘이 지났지만 아직도 그녀는 갈색 가죽 가방을 들고 다닌 것 같았다. 그 가방이 놓여 있는 침대 모서리에 은림은 창백해진 얼굴로 앉아 있었다. 그녀의 시선은 비명을 지르는, 지금은 의사와 간호사들에게 둘러싸인 침대로 가 있었고 그 눈은 사로잡힌 듯 그 사내의 고통에 붙박여 있었다.

"괜찮아?"

명우가 다가가 물었지만 은림의 시선은 계속 피투성이 사내에게 머문 채였다.

"노은림."

그가 다시 묻자 은림이 고개를 돌렸고 얼굴에 화들짝 화색이 돌았다.

"왔어요? 미안해요. 내가 전화번호를 가르쳐주었어요. 폐 끼는 건 안했시만 연락할 사람이 이 부노."

은림은 입술을 깨물었다. 사내가 다시 비명을 질렀다. 다시금 지옥에서 튀어나오는 것 같은 소리였다. 그를 발견하고 조금 풀어졌던 은림의 얼굴이 다시 굳어졌고, 그와는 대조적으로 무표정한 얼굴에 다만 짜증만을 실은 간호사들이 샌들을 끌며 부지런히 우왕좌왕하고 있었다.

"잃어버린 건 없니?"

"응."

은림은 가방을 내려다보더니 대답했다. 명우는 나가자고 은림의 팔을 끌었다. 명우가 은림의 점퍼를 입혀주고 은림의 그 가벼운 가방을 들었다. 은림은 잠자코 응급실을 빠져나오다가 아직도 비명을 지르는 사내 쪽을 다시 바라보았다. 명우가 은림의 어깨를 안듯이 잡아끌었다. 둘은 안개 자욱한 병원 뜰로 나와 명우의 차에 탔다.

사방이 안개였다. 병원 앞뜰의 나트륨등조차 안개 속에서 희뿌옇게 보였다. 아까 수유리 그의 오피스텔에서 바라보았을 때는 흐릿하던 밤안개가 강변으로 달릴수록 짙어졌다. 방금 그들이 빠져나온 응급실에서는 누군가 또 지옥에서 보내는 듯한 비명을 지르고 있을 테지만, 병원 앞 광장에는 온통 안개뿐이었고 그 안개가 방음벽이라도 되는 듯 이상하게 고요했다. 눈으로 보이지 않으면 그뿐일까, 생각하면서 명우는 은림의 갈색 가방을 뒷자락에 먼저 실은 다음 시동을 걸고 담배를 한 대 물었다. 강형철 경사라는 사람은 참으로 순박한 느낌의 목소리를 가지고 있었다.

길거리에서 쓰러진 '노은림이라는 처녀'가 참으로 안되어 보였던 모양이었다. 길거리를 헤맬 처지로는 보이지 않는데 어디가 몹시 아파 보였다고, 자기도 어릴 때 여동생을 길거리에서 잃었다고, 그는 시키지도 않은 말까지 하며 병원을 가르쳐주었다. 그는 잠시 경찰이 이렇게까지 친절할 수도 있는 걸까 생각하다가 혼자 웃었다. 그들은 이십 대를 저 제복들과 맞서 싸웠는데 이제 노은림이 김명우를 그 친절한 경찰의 도움으로 다시 만나게 될 줄 상상이나 했었을까. 하지만 그는 멀쩡하게 차에 오르는 은림을 보자 갑자기 긴장이 풀렸고 온몸에서 힘이 다 빠져나가는 느낌이었다.

여경을 떼어놓고 여기까지 달려오는 동안 그 안개 속에서 그는 많은 상상을 했었다. 은림이 죽었거나 은림이 중태이거나 그도 아니면 혼자 죽어가고 있는 것 같은 환상들. 그날 그렇게 보내는 게 아니었다고, 아무리 갈 곳이 있다고 해도 그 빗속에 파란 비닐우산을 들려서 그렇게 보내는 게 아니었다고 말이다. ……강 경사라는 충청도 말씨의 사람이 급한 것 같지는 않았다고 그토록 말을 했었지만 그는 입술이 바싹바싹 말라가고 있는 것 같았다. 만일 은림에게 만에 하나 돌이킬 수 없는 일이 생긴다면 그는 정말로 자신을 용서할 수 없을 것 같아서였다.

그가 담배를 쥔에 문 개로 이동을 키는 당인 은림이 그가기어 옆에 팽개쳐둔 담배를 꺼내 입에 물었다.

"담배 피우지 마라!"

말은 생각보다 날카롭게 나왔다.

은림이 놀란 듯이 그를 바라보았다. 응급실 어귀에서 그에게 노은림이라는 여자의 보호자가 되느냐고 물었고, 그가 그렇다고 고개를 끄덕인 그 순간부터 그는 정말로 은림의 보호자가 된 것만 같았다. 의아해하는 은림의 손에서 명우는 거칠게 담배를 빼앗아 안개 속으로 던져버렸다.

"왜…… 그러는 거예요?"

은림이 당황한 듯 입술을 물다가 천천히 입을 열었다. 그는 아무 말도 하지 않았다. 차를 출발시키는 엔진 소리가 으르렁거렸고 은림은 굳은 표정이었다. 왜 이렇게 화가 치밀어 오르는지 그도 알 수 없었다. 잠시 샐쭉한 표정을 짓던 은림이 담뱃갑에서 다시 한 대를 뽑았다.

"내가 정말."

"난 안……."

둘은 동시에 입을 열었고 상대방이 동시에 입을 여는 것을 보자 또 동시에 입을 다물었다.

"말해봐."

"먼저 하세요."

"왜 몸을 그렇게 함부로 하지?"

"……."

"그래서 쓰러지고. 그래서 다른 사람이 이 안개 속으로 달려오게 하고."

명우는, 달려오는 동안, 안개 때문에 억지로 속도를 줄이고 달려오는 동안 내가 얼마나 걱정했는 줄 알아, 라는 말은 하지 않았다. 은림의 눈꼬리가 날카롭게 올라갔다.

"귀찮을 거라는 생각은 했어요. 하지만 안개 낀 밤을 골라 일부러 몸이 아팠던 건 아니에요."

"귀찮아서 하는 말이 아니야. 서른이 훨씬 넘었어. 이제 자기 몸쯤은 자기가 간수를 할 나이."

"난 안 죽어요!"

그의 말을 가로막으며 아주 낮게, 하지만 날카롭게 은림이 입을 열었다.

"누가 죽는다고 했어?"

그는 버럭 소리를 질렀다. 은림이 앉은 자세에서 그대로 굳어지고 있었다. 트럭 한 대가 맹렬한 속도로 그의 차 앞으로 끼어들었다. 액셀러레이터를 밟아 추월을 할까 하다가 놀란 그가 브레이크를 밟았고 두 사람의 몸이 급하게 앞으로 출렁거렸다. 천천히 다시 속력을 내는데 앞에 무언가 길가에 가득한 더미가 보였다. 지나치면서 보니 멈추어 서버린 자동차들의 더미였다. 추돌 사고가 난 모양이었다. 차들이 앞차의 꽁무니를 받으며 연속해서 한 다섯 대쯤 길가에 처박혀 있었다. 그는 조심스레 차선을 미쳤다. 사람들이 사고가 난 차들을 보면서 서행을 하고 있었다. 그도 조심스레 속력을 줄였다.

은림은 아까 뽑아 든 담배를 물고 불을 붙였다.

"고집불통이군."

그는 브레이크를 밟느라 늦추어진 속도를 다시 올렸다. 그래서 은림의 몸이 이번에는 다시 뒤로 급격하게 출렁거리다가 갑자기 다시 앞으로 반으로 접혔다. 안전벨트를 매지 않았다면 튕겨져 나갈 듯한 자세였다. 그녀는 손으로 급히 입을 막았다. 은림의 손가락 사이에 있던 담뱃불이 꺼지는 소리가 파스스 났다. 이상한 느낌에 그는 문득 옆을 바라보았다. 손가락 사이로 액체가 떨어지고 있었다. 피였다.

성산대교가 얼마 멀지 않은 길가에서 그는 비상등을 켜고 급하게 우측으로 차를 세웠다. 그의 얼굴이 은림의 것보다 더 하얗게 질려 보였다. 그는 얼결에 주머니의 손수건을 꺼내 그녀의 손을 닦아주었다. 안개의 입자 속에서도 손수건에 묻은 피 색깔은 선명했다. 입술까지 하얗게 변해서 은림은 시트에 몸을 기댔다.

"……괜, 괜찮겠니? 다시 병원으로 갈까?"

은림은 고개를 저었다. 뭐라고 더 말할 기운도 없는 모양이었다. 명우는 시트를 70도쯤의 각도로 펴주었다. 시트에 기댄 은림이 눈을 감았다. 그는 손을 들여다보았다. 손수건에, 그리고 그의 손에 피 빛깔이 선명했다. 그는 차에서 내려서 손에 남은 피를 마저 닦아내고 손수건을 안개 낀 길가에 버렸다. 희뿌연 밤안개 속으로 피 묻은 수건이 떨어져 내렸다. 그는 담뱃불을 붙이고 잠시 그 길가를 서성였다. 마치 꿈속에서인 것처럼 안개 속에서 차들이 나타났다가 안개 속으로 사라졌다. 은림이 앉아 있는 그의 차 뒤꽁무니에서 번득번득 비상등이 번쩍였으나 이내 안개의 입자에 휩싸여 보였다. 모든 게 안개로 뒤덮여버렸다. 우주를 달려온다는 위력을 가진 빛조차도 안개의 벽을 다 뚫지는 못하는 것이다.

"……강이 어디야?"

얼마쯤 시간이 지났을까, 뒤에서 말소리가 들렸다. 은림이었다.

"왜 나왔어. 앉아 있지."

"아니야. 잠깐 아찔했어. 저기가 강인가?"

은림은 입 안에 고였던 피 냄새가 싫었던 모양인지 연속해서 침을 뱉으며 움푹 팬 공지를 가리켰다.

"아니야, 저긴 그냥 웅덩이일 거야. 강은 한참 더 가야 돼. 다리가 보이면 그 아래가 강일 거야. 강은 왜?"

"그냥……."

은림은 길가에 잠시 쭈그리고 앉아 그 웅덩이를 내려다보았다. 명우는 담배를 끄고 그녀의 곁에 앉았다. 은림의 머리카락에 잔 이슬 같은 안개의 알갱이가 덮여 있었다. 명우가 바라보는 걸 느꼈는지 은림이 고개를 돌렸다. 은림의 겁은 눈동자만 안개 속에서도 살아 빛나고 있었다. 명우는 문득 그와 은림이 우주 속에서 고립된 듯한 고적감을 느꼈다. 뿌연 전조등을 켜고 이 길을 달려가는 저 자동차들 중에서 누가 은림과 그의 이야기를 기억해줄 것인가 하는 생각이었다. 그러자 그는 그를 찾아와 돈을 내밀며 자서전을 부탁하는 사람들을 이해할 것도 같은 기분이었다. 그러니까 그들은 무서웠던 것이리라. 이 안개 속에서 타인과 이토록 뿌옇게 차단당해본 사람만이 아는 그 두려움…….

"미안해요. ……갑자기 정말 죽을지도 모른다는 생각이 들었어. 피까지 토한 건 처음이야."

은림은 말을 마치고 괴로운 듯 눈을 오래 감았다 떴다. 그녀의 속눈썹에도 안개의 알갱이가 맺힌 듯 반짝이고 있었다.

"언제부터 그랬니?"

"한 두어 달 됐어요."

"왜 약을 먹지 않았어?"

"자꾸 잊어버렸어."

은림은 힘이 없는 목소리로 말했다. 왜였을까, 약 먹는 걸 잊어버렸다는데 그는 갑자기 가슴이 아파졌다. 그는 목소리를 한결 누그러뜨려 말했다.

"요즘은 약이 좋아서 괜찮대. 열심히 약을 먹어. 바보 같은 생각하지 말고. 나랑 약속할 수 있지?"

은림은 명우를 바라보다가 고개를 떨구고는 잠시 그대로 멈춘 듯 앉아 있다가 말했다.

"아까 응급실에서 비명 지르던 사람들. 남의 일 같지가 않았어. 언제부터인가 나도 그렇게 비명을 지르고 있었던 것 같았던 거야. 아무도 듣지 못했었지만 아주 오래전부터 그랬던 것 같아. 잠깐 그 비명 소리가 내 것인 거 같은 환각에 빠졌었어."

은림의 목소리는 차근차근했지만 떨리고 있었다. 명우는 은림을 제 쪽으로 끌어당겨 머리를 감싸 안았다. 그도 그런 생각을 했었다. 뭉크의 〈절규〉라는 그림을 보았을 때처럼 그도 아까 응급실에서 그런 생각을 했었다. 나도 오래전부터 저렇게 비명을 지르고 있었던 것은 아니었을까 하고. 은림이

138

힘없이 그의 어깨에 몸을 기댔다.

"서울 오면 묵기로 약속이 돼 있었던 언니가 있었는데 찾아가니까 한 달 전에 이사를 갔대. 가방을 들고 길거리에 서 있는데, 기가 막혀. 기가 막히지 않겠어? 갈 데도 없는데 말이야. 그래서 조금 걷는다는 게 그만 너무 무리를 했나 봐. 경찰이 묻길래 염치없이 형 전화번호를 가르쳐줬어. 아무도 모르게 죽는구나 겁이 나잖아."

"연락 잘했어."

명우는 그에게 기댄 은림의 습기 찬 머리카락을 쓸어내리며 대답했다.

"명우 형, 밉원, 내가 죽으면 누가 날 기억에 둘까? 아내서도 없고 엄마도 가고 오빠마저. 동료들도 떠나고."

명우는 은림을 바라보았다. 먼 곳을 바라보는 은림의 옆모습은 서늘해 보였다.

"쓸데없는 소리."

"형은 죽는다는 거 생각 안 해?"

은림이 그를 향해 얼굴을 돌리며 물었다. 그는 잠자코 담배를 빨다가 그녀를 바라보며 말했다.

"난 그런 생각 안 해."

"난 해. 만일, 죽고 나면, 죽어서 저세상이 있다면 누군가 물을 거라는 거 생각해. 이렇게 말이야. 네 나이 서른둘, 뭘 하고 살았니? 대체 뭘 하고 살았던 거니, 하고."

"일어나 가자. 가서 따뜻한 거 마시고, 그러면 기운이 날 거야."

명우는 차가운 안개의 알갱이를 느끼며 은림을 일으켜 세워 차로 돌아갔다.

"아무 걱정 말고 좀 자. 집에 가서 깨울게."

시동을 걸며 그가 문득 바라보니 은림의 눈가에 눈물이 얼룩져 있었다. 언제 울었을까 명우는 차를 출발시키며 생각했다.

"명우 형, 우리 옛날에."

은림은 칠십 도 각도로 뉘어진 시트에 기대, 차창으로 와와 달려드는 안개와 이제 그의 차가 접어드는 강물 위의 노란 등 켜진 다리와 그리고 앞서 가는 차들의 오렌지빛 안개등을 바라보며 입을 열었다. 명우가 힐끗 바라보자 은림은 입을 다물었다.

"옛날에, 뭐?"

"옛날에. 생각해보면 옛날도 아니지만 그때. 그때 말이야…… 아니야, 옛날이야기가 이제 와서 무슨 부질이 있겠어."

은림은 입을 다물었고 이내 눈을 감았다. 하고 싶은 말이 무엇인지 더 묻고 싶었지만 그녀가 막 잠에 빠진 거라고 생각하며 그는 조심조심 차를 몰았다.

여경은 침대 모서리에 기대어 담배를 피우고 있었다. 그가 열쇠로 문을 열고 들어갔을 때 여경의 눈이 재빠르게 은림의 눈과 마주쳤다. 여경의 얼굴과 은림의 얼굴이 동시에 창백해졌고 여경이 자리에서 일어나 블라우스의 두 번째 단추를 잠갔다. 잠그지 않아도 되는 거였지만, 전혀 흐트러지게 보이는 것도 아니었지만 거의 반사적인 행동처럼 보였다. 은림의 눈길이 그런 여경을 보자 재빨리 아래로 내리깔렸다. 여경이 그도 없는 빈 방에서 혼자 밤을 지새우는 걸 본 건 처음이었다. 아까 그가 전화를 받고 나서 급하게 방을 나설 때 여경은 분명 담배 한 대 피우고 혼자서 집으로 가겠다고 말했던 거였다. 그는 갑자기 정부와의 밀회를 들킨 남편처럼 어색해졌고, 그래서 돌아가지 않은 여경에 대해 조금 화가 났다.

"안녕하세요. 노은림 씨 되시죠?"

먼저 입을 연 것은 여경이었다. 그 말투 때문이었을까, 그 말투에 필시 숨겨져 있을 것 같은 가시 때문이었을까, 그도 아니면 단지 명우의 오버센스였을까, 명우의 미간이 순간 움츠러들었다. 명우는 은림을 소파에 앉혔다.

"전…… 문여경이라고 해요. 뭐 따뜻한 거라도 드릴까요?"

분명 여경의 행동은 과장되어 있었다. 저러는 여경이가 아니었다. 왜였을까, 명우는 갑자기 여경이 아주 나쁜 방식으로 은림을 모욕하고 있다는 생각이 들었다. 그것 또한 오버

센스였는지 모르지만 명우는 될 대로 되라는 기분으로 주전자에 물을 올려놓고 가스레인지를 켰다. 따뜻한 걸 주어야 할 텐데 커피 말고 무엇이 있는지 기억이 나지 않았다. 언젠가 어머니가 보냈다며 형수가 가지고 온 유자차가 있던가 싶었다. 혹시 버린 것은 아닐까 하는 생각이 들었지만 그는 찬장을 열고 구석을 뒤졌다. 커피 깡통만 가득한 찬장 구석에서 유자차는 형수가 가지고 온 그대로 신문지가 둘둘 말린 병 속에 들어 있었다. 다행이었다. 명우는 찻잔에 유자차를 듬뿍 떠 넣었다.

"여경이도 유자차 마실래?"

그는 무심한 듯한 목소리로 물었다. 이 방 안에 은림과 들어선 이래 처음으로 명우와 여경의 눈이 오래 마주쳤다. 여경의 눈동자가 야릇하게 빛났다. 마주친 시선을 비껴 잠시 눈길을 떨구고 있다가 여경이 생긋 웃었다.

"난 가봐야 돼요. 너무 늦었어. 걱정이 돼서 기다렸던 것뿐인데. 그럼 편히 쉬시다 가세요."

이번에는 가시가 돋치지 않은 말투였다. 여경은 바바리코트를 입었다.

"주차장까지만 바래다줄래요? 그럼 편히 쉬세요."

"아, 네. 안녕히."

은림이 말을 얼버무렸다. 명우가 은림을 바라보았으나 은림은 이내 시선을 내리깔았다.

명우는 은림에게 유자차를 건네주고 여경과 복도를 나섰다. 모두 퇴근을 하거나 잠이 들었을 오피스텔 복도는 캄캄했다.

명우의 구두 소리가 저벅저벅 났고 그 위로 여경의 구두 소리가 또각또각했다. 엘리베이터가 도착할 때까지도 여경은 말이 없었다. 명우도 아무 말도 하지 않았다. 하지만 엘리베이터 문이 닫히고 나자 여경은 뜻밖에도 풀이 죽은 듯 입을 열었다.

"화를 많이 내려고 했는데 저 여자 얼굴을 보는 순간에 아니라는 생각이 들었어."

명우는 엘리베이터의 수자가 변해가는 것만 미네려보고 있었다. 화가 많이 난 듯한 얼굴이었다. 그런 명우의 얼굴을 힐끗 바라보고 여경이 다시 말했다.

"화내지 말아요. 난 단지 그냥 노은림이라는 사람을 보고 싶었을 뿐이야⋯⋯."

"자기 얼굴을 너에게 보이고 싶지 않아 하는 사람도 있어⋯⋯. 넌 어떻게 언제나 너만을 생각하니?"

명우의 격한 반응에 놀란 듯 여경의 눈이 둥그렇게 치켜떠졌다.

"그렇게 그 여자를 잘 이해하나요?"

명우는 입을 다물었다. 아까는 은림에게 그리고 지금은 여경에게 화를 내고 있는 자신을 사실은 스스로도 잘 설명해

낼 수가 없었다.

엘리베이터가 1층에 도착하자 그들은 로비를 지나 바깥으로 향하는 문을 열었다. 졸고 있던 수위가 인기척 때문인지 감았던 눈을 떴다가 다시 감았다. 문을 여니 다시 안개가 그들을 감쌌다. 그들은 안개 속으로 발을 내디뎠다.

"……나 명우 씨 이해해…… 저런 얼굴을 하고 있다니…… 나보다 겨우 여섯 살 위인데…… 저렇게 절망적인 표정을 하고 있다니…… 나 화 안 났어요. 그리고 나 때문에 화났다면 풀어요……."

여경이 명우의 팔짱을 끼면서 말했다. 명우는 조금 머쓱한 기분이 되어서 여경의 팔을 풀고는 그녀의 손을 잡았다. 여경이 명우를 올려다보며 방긋 미소를 지었다.

"하지만 안심하진 말아요. 운전하고 집으로 가는 길에 갑자기 화가 치밀지도 모르니까…… 왜 하필 형한테 전화를 했을까, 남편이 감옥에 있다고 해도 시댁 식구도 있을 테고 자기네 아버지 어머니 그도 아니면 오빠 언니 동생 하다못해 친구도 있을 거 아냐? 왜 형한테 전화를 하는 건지…… 그리고 그 남자가 혼자 사는 집까지 따라오는 건 뭐야? 나라면 그렇게 안 해. 정말 그렇게는 안 할 거야…… 말을 하다 보니까 정말 불쾌해지는걸……. 혹시 질투한다고 그럴지 모르겠지만…… 아니 질투를 한다고 해도 할 수 없어…… 저 여잔 사실 좀 예의가 없는 거 아닌가? 내 말이 상식적이지 않아?"

"……."

"내일이면 가는 거겠지?"

그는 망설이다가 고개를 저었다. 여경이 잡고 있던 손을 뿌리치며 걸음을 멈추었다. 그는 여경과 얽혀 있던 손을 빼내 주머니 깊숙이 찔러 넣었다.

"그러면?"

"……모르겠어."

"부모님은 어디 계신대?"

"돌아가셨어. 한 분은 미국에 계시고……."

"그럼 형제라도 있을 거 아냐?"

답답하다는 듯 여경이 다시 물었다.

"오빠가 하나 있지. 내 동창인데…… 걘 정신병원에 있어."

"미쳤단 말이야?"

여경이 물었다.

그는 담배를 꺼내기 위해 와이셔츠 주머니를 뒤적였다. 담배는 아까 차에 두고 내린 모양이었다. 그는 입가를 맨손으로 슥슥 문질렀다.

"그래."

"정말 기가 막히는군. 어쩌면 그렇게 불행이 골고루……
아니 그게 문제가 아니라…… 그렇지만 말이야…… 그렇다
고 해도 왜 그 여자를 명우 씨가 맡아야 해? 더구나 남녀가

어떻게 한방에 묵어? ……내가 만일 어떤 남자를 데려다 내 방에서 같이 먹고 자고 하려고 한다면 명우 씨 기분이 어떻겠어?"

"난 널 이해할 거야. 또 믿구."

"그래 명우 씬 날 믿어도 돼…… 난 그런 일은 하지 않을 테니까…… 하지만 난 아니야. 기분이 안 좋아."

"그건 잘못된 생각이야."

"기분이 안 좋다는 데 옳고 그른 게 있어?"

여경은 생각보다 강경했다. 명우는 걸음을 멈추었다.

"친구의 동생이라 그런지 남 같은 생각이 안 들어. 만일 명희가 저 지경이 되었더라도 은철인, 걘 은림이 오빠야, 지금 병원에 있는, 나처럼 했을 거야……."

"명희 언닌 죽었다 깨나도 저 지경까지 갈 사람은 아니구……정말 친했던 친구의 동생이라는 느낌뿐인 거야?"

마지막 말을 하면서 여경은 턱을 치켜들었다.

"여경아."

"자꾸 끼어드는 것만 같아 느낌이 안 좋아."

그는 여경의 손을 잡았다. 여경은 뿌리치지는 않았다. 어린아이처럼 의존적인 어머니와 두 동생을 먹여 살리는 여경의 손이었다. 산다는 것은 비에 젖은 옷을 억지로 껴입는 것처럼 힘든 일이라는 걸 더 깨달아야 한다고 말하던 그녀였다. 그는 여경의 어깨를 한 팔로 감싸 안았다. 치켜졌던 여경의 눈이 순하게 가라앉았다.

"어떻게 해볼게, 걱정하지 말고 가. 안개가 심하니까 운전 조심하고."

떼를 쓰는 듯이 보였던 여경의 표정이 가라앉았다.

"명우 씨, 그럼 아침에 일어나서 전화해."

그는 고개를 끄덕였고 여경은 차에 올랐다. 여경이 시동을 걸고 조명등을 켜자 노란빛이 직선으로 뻗어갔고, 원통형으로 생긴 그 빛 속에서 안개가 피어났다. 그가 손을 흔들려는데 여경이 창문을 열었다.

"명우 씨."

"응?"

"우리 만난 지 얼마나 되었죠?"

명우는 대답 없이 여경을 바라보았다. 하지만 바라보는 여경의 눈은 절박해 보였다.

"우리 만나는 그 시간 동안 나는 명우 씨한테 좋은 사람이었었나?"

거의 세 계절을 만나는 동안 한 번도 그에게 하지 않은 질문이었다. 그와 마주친 눈에 금세 눈물이 고였다. 무엇이 저렇게 여경을 절박하게 하는지 명우는 잠시 의아했다. 은림의 병원으로 달려가기 전에 침대에 마주 누웠을 때만 해도 결혼 같은 것은 하지 않겠다고 당당하게 말하던 여경이 아닌가. 명우가 의아하게 바라보았지만 여경은 눈길을 내리깔지 않았다. 명우는 대답 대신 손을 내밀어 여경의 짧은 머리칼을 귀 뒤로 넘겨주었다.

"말해줘요. 날 사랑하는지."

명우는 고개를 끄덕였다. 물론이야, 라고 말하고 싶었다. 네가 봄날에 다가왔을 때 비에 젖은 채 내 방문을 두드렸을 때, 난 벌써 일이 그렇게 될 줄 알았던 거 같애. 하지만 그는 입을 다물었다. 여경이 없었다면 지난 한 해는 힘들었을 것이었다. 물론이었다. 그는 말하고 싶었다. 넌 나랑 손을 잡고 산에도 가고 점심 도시락을 싸가지고 강변에도 나가보았던 최초의 여자야.

여경이 웃었다. 보조개가 들어간 볼이 어여뻐 보였다.

"내가 내일 와도 괜찮을까? 그 여자한테 맛있는 거 해주고 싶은 생각이 들었어. 지금 방금. 나 안개 속에서 잘 운전하고 갈 수 있게 인사해줘요. 자!"

여경은 아직도 눈물이 그렁그렁한 눈을 감고 창 너머로 얼굴을 내밀었다. 그는 안개에 젖은 여경의 흰 이마에 입을 맞추었다. 그의 찬 입술에 닿는 여경의 이마는 참으로 따뜻했다.

"내일 아침에 전화하는 거 잊지 마."

여경의 차는 흰 배기가스를 뿜으며 안개 속으로 사라졌다. 갑자기 텅 비어버린 주차장에 그는 서 있었다. 드문드문 몇 대의 차가 안개 속에서 무덤처럼 침묵하고 있었다. 갑자기 그는 아주 쓸쓸한 기분이 되었다. 산다는 것은, 이런 안개 낀 밤에 서 있는 것 같았다. 아주 가까운 앞과 아주 가까운 뒤만 볼 수 있는 일 같은 것, 아니다. 어쩌면 안개 낀 밤보다 더 뿌연 일이리라. 왜냐하면 산다는 것은 한 치의 앞조차도 보여주지 않는 일이니까 말이다. 산다는 것은 이렇게 안개 낀 밤보다 그러니까 더 지독한 것인지도 모른다.

그는 다시 방으로 돌아왔다. 은림은 잠들어 있었다. 떨구어진 고개 아래로 머리카락이 흩어진 채였다. 힘없는 두 팔을 소파 팔걸이 아래로 늘어뜨리고 열려진 입에서는 편안한 숨이 흘러나오고 있었다. 야윈 볼은 붉게 상기되어 있었다. 명우는 열었던 문을 조심스레 닫고 책상 앞에 조용히 앉았다. 침대에 있는 표표를 덮어줄까도 잠시 생각했지만 그러면 은림이 깨어날지도 모른다고 생각했고, 그래서 그는 한밤중에 은림이 깰 때까지 그 자세로, 은림을 지켜보고 있었다.

6

황량한 추억의 시간들

사랑을 해보지 않고 상처도 받지 않는 것보다

사랑을 해보고 상처도 입는 편이 훨씬 더 좋다는

어떤 작가의 글을 읽었다. 아마 이 작가는

평생 한 번도 사랑을 해보지 않았으리라.

사랑을 해본 사람이라면, 그러고 나서

그것이 끝나고 난 뒤의 무참함을 한 번이라도 느껴본

사람이라면 결코 이런 말은 할 수 없을 테니까 말이다.

만일 누가 내게 묻는다면 나는 대답하리라.

생애 단 한 번 허용된 사랑이라고 해도

그 단 한 번의 사랑이 무참히 끝나고 말 것이라면

선택하지 않겠다고. 그저 사랑을 모르는 채로

남아 있겠다고.

—88년 2월, 노은림의 유고 일기 중에서

그는 커피 전용 스푼으로 가득가득 커피를 붓고 물을 부었다. 언제나 아침이면 우선 음악을 틀고 그리고 갈아놓은 커피를 끓이는 게 그의 일과였다. 책으로 빽빽한 오피스텔에 퍼지는 커피 향기를 맡으며 그는 담배를 피워 물었고 그러면 출근이 따로 없는 그의 하루가 시작되는 것이었다.

그가 커피를 끓이는 동안 욕실에서 나온 은림이 가방 속에 세면도구를 다시 챙기고 있었다. 그는 커피 메이커의 스위치를 누르다 말고 문득 스치는 기억을 느꼈다. 언제나 칫솔을 안주머니에 꽂아가지고 다니던 시절을. 칫솔을 가지고 다닌다는 건 정착하지 못한다는 것의 다른 이름이었다. 언제 어떤 곳에 가더라도 가장 인간답게 자신을 가꾸기 위한 최소한의 장비가 바로 칫솔이었다. 서른두 살, 은림은 아직도 칫솔을 가방에 넣어가지고 다닌다.

어제 그들은 7년 만에 함께 같은 방에서 밤을 새웠다. 물론 은림은 침대에서 그는 소파에서 잠들었지만 말이다. 소파에서 잠든 은림을 침대에 눕히고 그는 불을 껐다. 한번 깨어나고 나니 그도 은림도 쉽게 잠들지 못했다. 하지만 그는 은림이 깨어 있다는 걸 알면서도 밤새 은림에게 한마디도 건네지 않았다. 은림이 어둠 속에서 아주 조그만 목소리로, 명우 형, 자요? 하고 물었지만 그는 대답하지 않았다. 왠지 대답하지 말아야 한다는 생각이 들었던 것이었다. 그러고서 새벽녘에야 잠이 들었다. 깨어보니 은림이 창가에 서 있었다.

"잘 잤니?"

그가 은림을 돌아보며 물었다. 세수를 한 뒤라서였을까, 은림은 한결 맑은 표정이었다.

"네. 저 땜에 불편했지요?"

"아니…… 아침 식사부터 할까 아니면 커피 한잔 마시고……?"

"커피 주세요."

은림은 맑게 웃었다. 은림은 팔짱을 끼고 방 안을 둘러보고 있었다. 명우의 생각이 은림이 둘러보고 있을 방 안을 함께 더듬는다. 창가의 싱글 침대와 그 위에 붙은 판화 한 점과 그리고 책상과 책장과……. 명우는 문득 책장에 아직도 많은 마르크시즘 서적이 남아 있다는 생각을 했다. 그러고 보니 이상한 일이었다. 서울로 올라와 남의 자서전을 대필해주는 일을 시작한 이후로는 한 번도 펴본 일이 없는 책들이었지만, 그리고 댓 번의 이사를 하는 동안 쓸모 없는 책을 골라 버리는 것은 이사 과정 중의 하나였지만 명우는 그 책들을 한 권도 버리지 못했다. 왜 그런지는 그도 알 수 없었다. 여전히 박스에 넣어 노끈으로 꾸려서 이사를 했고 그러고는 짐을 풀 때면 그것을 나란히 책장에 꽂아놓았던 것이다.

명우는 싱크대 위에 엎어진 채로 놓인 머그잔을 두 개 들고서 혹시나 그 사이에 먼지가 묻지 않았나 살펴본 다음 커피를 따랐다.

"어제 그 아가씨, 사귄다는 그 사람?"

아마 여경과 강가에서 찍은 사진은 책상 위에 놓여 있을 텐데, 은림은 책상을 지나 책장 앞에 서서 책을 꺼내 이리저리 들추어보면서 이제사 말을 꺼냈다.

"응."

"꽤 똑똑하게 보였어. 감성도 예민해 보이고."

"그래?"

그는 짧게 대답했다.

"잘 어울려 보였어요."

그제야 은림은 책을 들추던 손을 멈추고 그를 향해 고개를 돌렸다. 무엇을 알고 싶은 걸까, 그는 어색하게 웃으며 다 끓은 커피를 머그잔에 따랐다.

"재혼해야죠."

"커피 마시자."

그는 말을 돌리며 커피 두 잔을 들고 탁자로 왔다. 소파로 온 은림이 그가 건네주는 커피를 받으면서 손에 든 책을 그에게 내밀었다. 그는 은림이 건넨 책을 받아 들었다. 길쭉한 바늘이 섬세한 직물의 올을 꿰는 사진이 표지를 장식하고 있는 일본 학자의 인식론 책이었다.

그는 천천히 책을 들추어보았다. 연필로 줄이 그어지고 자잘한 메모들, 그리고 그 위에 붉은 사인펜으로 몇 가지 줄이 더 쳐져 있었다. 그가 몹시 좋아했던 책 중의 하나였고 많은 후배들을 가르칠 때 교재로 사용하기도 한 책이었다. 그는 이상스런 감회에 젖어서 몇 페이지를 넘겨보았다.

맨 뒷장의 흰 속표지에는 이런 문구가 씌어져 있었다.

아 우리도 하늘이 되고 싶다.

짓누르는 먹구름 하늘이 아닌

서로를 받쳐주는

우리 모두 서로가 서로에게 푸른 하늘이 되는

그런 세상이고 싶다.

—박노해, 『노동의 새벽』 중에서 「하늘」

"그땐 이 시들이 마치 『성서』의 구절들 같았어요."

그들은 마주 보고 웃었다. 마치 옛 애인들이 숲을 지나다가 자신들이 어려서 서로 사랑하던 시절의 맹세를 조각해놓은 나무 둥치를 발견한 것처럼 그들은 약간은 들떠 있는 듯도 했다.

"우리처럼 책장을 한 가지 사상으로만 가득 채웠던 세대가 또 있을까?"

그가 커피에 설탕을 두 스푼 집어넣고는 천천히 저으며 말했다.

"그리고 그 책들이 이제는 아무 쓸모가 없을지도 모르는데도 이렇게 짊어지고 다닐 세대가 또 있을까?"

은림이 말을 받았고 둘은 마주 보며 잠시 유쾌하게 웃었다.

"대학 1학년 때 헤세의 소설을 읽고 있는데 우리 과 선배가 오더니 날, 비난했어. 그런 낭만적인 소설을 읽고 있다고. 내가 말했었지, 읽지도 않았으니 낭만적인지 아닌지 아직 모르겠군요, 읽고 나서 낭만적이면 치워버릴게요. 난 그 선배랑 시간만 나면 으르렁거렸었어."

"그땐 그랬어."

둘은 오래된 친구처럼, 친구가 이제사 만나 옛이야기를 하는 것처럼 웃었다. 그로서는 참으로 오래간만이었다. 친구들과, 동기들과 연락을 끊고 산 지도 벌써 오래였다.

"그런 소설 하나에까지도 신경이 곤두설 만큼 참담한 시절이 있었다는 걸 이제 사람들은 알지 못할 거야. 나까지도 기억이 어렴풋한걸……."

"그래 그땐 그랬지……."

"선배는 틈만 나면 날 붙들고 말했어. 저기 끌려가는 사람들이 보이지? 저기 광주의 묘지가 보이지? 저기 총칼을 앞세운 무리가 보이지? 누이들이 피를 흘려가며 철야를 해도 한 달에 최저생계비에도 못 미치는 돈을 받고 있는데 너의 그 비싼 원피스가 부끄럽지 않니? 은철 오빠는 동생인 나한테 그런 고민을 떠넘겨도 좋은가 어떤가 고민하는 눈치였구. 그래서 오빠한텐 나도 나대로 시치미를 떼고 있었는데 말이야, 유독 그 선배만 나한테 집요한 거야. 그래. 형 말대로, 그래 그땐 그랬지. 그렇지만 그것이 나의 삶을 어떻게 좌우했을까? 그가 쿠데타를 일으켰을 때 나는 학교를 잘 다니고 있었고 그가 대통령이 되고 나서도 난 대학 입학 시험을 잘 봤고 그랬어. 그가 광주에서 사람들을, 같은 피를 나눈 사람들을 죽이고 있을 때, 난 식구들하고 야유회를 다녀오고 있었어. 김밥하고 주스하고 과일하고 통닭 같은 거 싸가지고 말이야. 우리 아버지는 작은 회사의 사장이었고 자본주의 사회의 필수 과정인 불황이 있었을 뿐이지. 그게 나의 삶을 좌우할 수 있었을까?

사악한 적이 눈앞에 있어서 운동을 시작한 건 아니야. 그래 그 독재자가 조금만 덜 사악했다면, 만일 역사가 발전만 하면서 흘러갔다면 물론 운동 같은 건 시작하지도 않았겠지만, 그래도 다 그것 때문만은 아니었어. 괴롭긴 했었지. 끌려가는 사람들 갇히는 사람들 사라지는 사람들. 하지만 잠시 괴롭다고 삶을 수정하는 바보는 없으니까, 그렇다고 내가 다방에 가서 커피를 안 마시고 대신 맹물만 마시고 나오는 것은 아니니까…….

그런데 말이야 신기하게도 어렴풋하게나마 은철이 오빠에게 마르크스 이야기를 듣고 나서 나는 선배를 찾아갔던 거야. 그리고 말했지. 나 공부하고 싶어요. 그리고 확신이 더 들면 그때 싸우게 해주세요. 그때가 대학교 1학년 겨울이었는데 생각해보면 그때 난 참 귀여웠었던 거 같아."

은림은 흰 손으로도 커피잔을 잡은 채 웃었다. 잠시였지만 은림에게서 예전의 그 얼굴이 떠올랐다. 확신에 찼던 얼굴이었다. 명우는 고개를 끄덕이면서 정말로 그랬을 거라고 생각했다. 저렇게 검은 눈을 반짝이며 말했으리라. 그는 가슴 저 깊은 곳에서 솟아나는 어떤 아릿함을 느꼈다. 이상한 감정이었다. 그건 뜻밖에도 어쩌면 질투 같은 거였다. 러시아의 눈동자처럼 진한 눈빛을 받아들였을 그녀의 선배에 대한 질투였다. 아직도 그의 마음속에 이런 감정이, 비록 그것이 아무리 희미하다 해도 남아 있으리라고는 생각하지 않았다. 명우는 당황스러운 마음에 담배를 물었다.

"마르크스를 진리라고 받아들이려는 모양이구나, 하고 그 선배는 오해를 했었지……. 한데 아니었어요. 난 그 지구의 절반을 지배하는 이데올로기를 창시한 마르크스라는 사람이 바보 같은 게 그렇게 매력 있었어."

"바보 같다구?"

그가 물었다.

"응. 그의 친구 엥겔스도 말이야. 도무지 쓸데없는 짓을 했잖아. 자신들이 노동자도 아니면서 노동자들이 왜 저렇게 비참한지를 연구하다니. 그런 점이 나랑 통할 것만 같았던 거야. 고민하지 않아도 되는 걸 고민하는 게 맘에 들었단 말이야. 사는 건 그런 거라고. 어차피 고통스러운 거라고 돈 많은 엥겔스를 만나서 묵은 포도주를 마시고 그리스 고전을 논하고, 그 문장의 유려함에 대해서 서로 현학을 겨루기만 했대도 충분히 재미있었을 거 아냐? 충분히 책도 여러 권 쓸 수 있었을 거고 인기도 있었을 거야. 그런데…… 그들은 마치 예수처럼 말이야. 그들도 바보 같았던 거야. 그러니까 만일 예수라는 사람이 십자가에서 죽어가는 마지막 순간에, 하느님 어찌하여 날 버리시나이까 하고 울부짖던 말이 아니었다면, 버림을 받고 있으면서 왜 버리느냐고 울부짖었던 바보 같은 그 말이 아니었다면, 그러니까 그건 정말 그때까지는 버리지 않을 거라고 굳게 믿고 있었다는 말도 되니까. 내가 그를 위선자는 아니었을까 의심할 뻔했던 것처럼 말이야…… 우리 선배들 역시 그랬지. 선배들의 삶은 꼭 오지로 떠나는 선교사들을 닮아 있었어. 왜 〈미션〉이라는 영화 본

적 있지? 폭포를 기어올라가서 죽음을 당해서는 폭포로 떠내려오고, 그 친구의 시체를 묻은 신부가 또 그 절벽을 오르고…… 그 사람들이 믿은 건 뭐였을까, 대체 뭘 믿고 저토록 무모하기까지 한 걸까. 신부들에게는 하느님 아버지가 약속한 천국이 있었지만 우리에겐 어떤 아버지도 없었는데…… 있었다면 가난과 고문과 투옥일 뿐이었는데…… 그런 생각이 날 끌었어…… 모르겠어. 난 원래 선배들 지적대로 늘 비과학적이었지만 날 매료시킨 건 그런 거였어. 그런 바보 같은 사람들하고 지내다 보니까 자유라든가 역사라든가 그런 말만 들어도 괜히 눈물이 핑 돌구 말이야.

지기믜 위해서 산이 받을 가스 있는 끼무나. 이노북 이바석인 공동체를 이룰 수도 있는 거구나. 사람으로 태어난 것이란 게 참 대단한 거구나 하는 생각, 그것도 참 비과학적인 거지만…… 난, 그런 생각에 감동받았던 거 같애. 그리고 오빠가…….”

은림은 말을 하다 말고 담배를 들었다. 그가 들고 있던 라이터를 켜고는 은림의 담배에 불을 붙여주었다.

“오빠가 거기 끌려갔다가 나와서 이상해지니까 그때부터서야 실감이 왔던 거야. 그때부터는 동물적인 적개심과 공포심이 함께 생겨났던 거지. 하지만 그래도 말이야, 나는 가끔 생각했어. 그게 다는 아니었다고, 날 매료시킨 건 날 끌어들이고 날 거기 오래 머무르게 했던 건, 단지 공포심과 적개심만은 아니었다고…… 그래서 생각했지. 그건 그럼 무엇이었을까, 선배들로 하여금 절벽을 기어오르게 하고, 오빠를 미치게 만들고…… 날, 나로 하여금 명우 형을 잃고서도 거기 오래 머무르게 만들었던 건…… 그게 설사 비과학적인 거라고 하더라도…… 그게 설사 비과학적인 거라서 내가 86, 87 후배들한테 그렇게 비난을 당했지만 그래도 찾아내보고 싶었어. 그건 뭐였을까 하고."

은림이 고개를 들었다. 명우는 은림이 누구보다 오래 남았다는 생각을 했다. 과학적이던 명 선배보다, 합리적이고 이성적이라고 자부하던 자신보다, 비과학적이라고 그녀를 비난하던 후배들보다 은림 혼자 오래오래 남아 있었다. 은림은 지금 그것이 다 오빠 때문은 아니라고 이야기하는 것이다.

"난 지난겨울에, 사람들 다 떠난 회관에 앉아 있다가 불현듯 그걸 생각해낸 거야. 우리를 떠나지 못하게 한 건, 그토록 매료시켰던 건, 그건…… 바로 인간에 대한 신뢰였어."

은림의 검은 눈이 반짝이며 그를 바라보았다. 잠시였지만 은림은 정말 그녀의 말대로 매혹당한 듯이 보였다.

"난 어쩌면…… 정말 유토피아를 꿈꾸었던 건지도 몰라. 이 세상에 없기 때문에 이름이 유토피아라지? 이 세상에서 우리가 상상했던 모든 좋은 세계에 대한 상상을 사회주의 속에 다 가져다 부어놓고, 그것이 단지 꿈으로 끝날 수도 있다는 상상은 해보지도 않았어. 다 이루어질 수 있다고 믿었어, 굳게 믿었지. 그리고 아직도…… 아직도…… 그 미망에, 사로잡혀 있으니까."

은림은 어렵게 이야기를 마치면서 눈길을 떨구었다. 그는 잠자코 담배를 물었다. 은림이 코를 훌쩍이며 다시 고개를 들었다.

"내가 너무 옛날이야기를 하고 있나요?"

그는 아무 말도 하지 않았다.

"이상해요. 요즘은 사람들을 만날 때마다 그런 생각이 들어. 여학교 때 체육 시간에 체육복을 가지고 가지 않은 날이 있어요. 그러면 체육복이 없어도 운동화로 갈아 신고 운동장에 나가서 서 있어야 제. 교련 했고 뛰 니고. 아이들은 모두 자주색 체육복을 입고 있는데 나 혼자 하얀 칼라를 단 검은 제복을 입고 있을 때의 기분 같은 거. 그건 정말 이상한 일이었어. 교실에 있을 때, 그러니까 모두 교복을 입고 있을 때 체육복을 입고 있는 건 괜찮은데, 왜 체육복 속에서 교복 입은 나는 그렇게 어색해 보였던지."

은림은 어색하게 웃으며 입을 다물었다. 어머, 여기서도 나 혼자 교복을 입어서 미안하군요 하는 얼굴이었다.

"형은 뭘 하고 지내요?"

"……글을 써."

"무슨 글? 소설?"

그는 고개를 저으며 담배에 불을 붙였다. 은림이 그의 책장을 돌아보며 밝은 얼굴로 다시 말했다.

"형이 학교 다닐 때 대학 문학상 받았다는 이야기는 오빠한테서 들은 기억이 나요. 심사를 맡았던 문학평론가 교수가 아주 칭찬을 했다던데."

"난, 다른 글을 쓰고 있어. 말하자면 자서전 같은 거. 내 것이 아니라 다른 사람의."

그는 그런 화제가 길어지는 것을 원하지 않는다는 것을 보여주기 위해 빈정거리는 투로 말했다. 은림의 얼굴에 의아한 빛이 떠올랐다.

"그럼…… 위인전 같은 걸 말하는 거예요?"

설마 하는 얼굴로 은림이 천천히 말했다.

"그래. 그럴지도 모르지. 현대의 위인들. 그러니까 말하자면 자본주의 사회에서 잘 살아남은 사람들, 이긴 사람들, 돈이라든가 성공이라든가 그 이외에는, 어떤 것도 애초에 꿈꾸어보지 않은 사람들의 자서전. 네 말대로 하자면 한 번도 바보가 되어보지 않았던 사람들."

은림의 얼굴이 천천히 굳어졌다. 그는 거기엔 봉림전자 사장도 있어, 라고 말하지는 않았다. 그렇지만 갑자기 목구멍으로 치욕감이 밀려왔다. 그와 인터뷰를 하면서 봉림전자의 사장이 바로 그 정봉출이라는 것을 알았던 순간이 떠올랐다.

그 시절의 은림이 떠올랐다. 하루 종일 자주색 가운을 입고 납땜을 하던, 고된 노동에 퉁퉁 부은 발로 그를 찾아오던 은림을. 은림은 입술을 물더니 커피잔을 내려놓았다.

그도 은림도 잠시 침묵하고 있었다. 은림이 잔기침을 해댔다. 그러고는 방 안을 둘러보았다. 침대맡에 손바닥 반만 한 액자에 가서 그녀의 눈길이 멎었다. 은림은 일어나 그리로 다가갔다. 그러고는 사진을 손에 들고 한참을 들여다보았다.

"형을 닮았군요. 정말, 형을 닮았어요. 연숙 언니가 이렇게 예쁜 아기를 낳다니."

그는 은림을 돌아보지 않았다.

―난 이렇게 생각했어. 형이, 형이랑 결혼한 그 연숙 씨가 아이를 낳으면 혹시나 내 이름자 중에 하나를 넣어주진 않을까 하고

지난주에 은림이 했던 말이 떠올랐다. 그때 이상스레 빛나던 눈동자와, 될 대로 되라는 생각에 잠겨 듣고 있던 그의 마음이 생생하게 떠올랐던 거였다.

"……명지는 보고 싶지 않아요?"

"응, 일전에 봤어. 한 달에 한 번쯤 보러 가."

"연숙이 언니도 잘 있구요?"

그는 고개를 끄덕였다. 잘 있는 것의 의미가 어떤 것인지는 모르지만 적어도 건강하다는 의미에서는 그랬다. 그와 헤어진 그녀는 다행히 선배의 도움으로 부천의 한 여대 앞의 책방을 맡게 되었고 작년에는 그것을 아주 인수한 모양이었다. 명우도 명지의 양육비라며 돈을 좀 보냈다. 가게에 딸린 방

이 하나 부엌이 하나, 명지를 키우기에는 그렇게 나쁘지 않은 공간이었다. 무엇보다도 다른 가게가 아니라 책방이라는 게 그를 안도하게 했다.

"내가 명지 엄마를 많이 힘들게 했었어."

하지 않아도 되는 말이었지만 그가 덧붙였다.

"나를 몹시 미워했지. 연숙이가 명지 가진 걸 숨기고 이혼 서류에 도장을 찍은 것도 그래서였을 거야."

"우린…… 서로 자기를 미워하는 사람들하고 살았던 거군요."

무심히 은림이 중얼거렸다. 그가 의아하게 은림을 바라보았다. 은림은 잠시 당황한 듯했지만 이내 피식 하고 웃었다.

"왜요? 건섭 씨 나 안 좋아했어요. 당연하지 않아요? 다른 남자랑 도망가려고 했던 여잔데."

"……아기는 그래서 안 가졌던 거니?"

그가 돌아보자 은림이 눈을 내리깔았다. 남의 이야기 하듯 웃음까지 보이며 말하던, 그녀의 사진을 든 어깨가 팔목까지 주욱, 하고 선을 그으며 굳어지는 게 보였다.

은림은 명지의 사진을 제자리에 놓고 돌아와 자리에 앉았다.

"미안하다. ……말하기 거북하면."

"아니에요, 하나 가졌었는데. 사산해버렸어요."

말을 잘못 꺼냈다는 걸 느꼈지만 어쩔 수 없었다. 잠시 침

166

묵하다가 은림은 담배를 물었다.

"사내아이였대요. 임신 7개월째였는데. 파업이 너무 길어져 버렸어서."

"임신 7개월 한 배를 가지고 농성하는 사람이 어딨니? 노조에서 그 정도 배려도 없었단 말이야?"

그가 어이없다는 듯이 물었다.

"……빠져나갈 수가 없었어요."

"봉쇄가 되었던 거구나."

"아니, 그런 건 아니구. 우린 점점 불리해지고 있었어요. 회사에서 하도 극성스럽게 회유를 하니까 하나, 둘씩 탈퇴자가 늘어서 우린 이 구 고급뿐이었어요. 배가 좀 아프기 시작해서 집에 가서 쉬어야겠다고 생각했지만. 모르겠어. 나갈 수가 없었어. 집행부들이 너무 외롭게 보였어. 위원장 언니, 쟁의부장, 홍보부장. 모두 누렇게 얼굴들이 떠가지고 사람 하나씩 줄어들 때마다 가슴이 철렁거리는 표정을 짓는데…… 차마 집에 간다고 할 수가 없었어. 나 하나쯤 사라져도 어차피 대세에는 지장도 없겠지만…… 나 하나만이라도 이렇게 남아 있다는 걸 보여주고 싶었어. 혹시라도 그들에게, 너무나 지쳐가고 있는 그들에게 위안이 될까 해서."

"그렇다고 바보같이."

은림이 피식 웃었다.

"바보 같지? 내가 생각해도 그래요. 모두들 그렇게 이야기하대. 난 정말 혁명을 하기에는 너무 감상적인 사람이야. 그런 생각도 많이 했어. 이런 내가 운동을 하고 있으니 우리가 진 건 아닐까 하고. 애초부터 내가 운동이란 걸 하겠다고 뛰어든 게 잘못이었어. 하지만 다시 날 그 자리에 갖다 놓는대도 이제는 정말 바보 같지 않을 건지는 아직도 자신이 없어."

"그러니 몸이 나빠지지. 유산하는 게 여자들한테는 큰일이라던데. 그 후로 약이랑은 좀 먹었니?"

그가 조심스레 물었다. 설핏 웃기까지 하던 은림의 눈길이 얼른 아래로 떨구어졌고 가늘게 떨리고 있었다. 갑자기 이상한 기분이 그를 휩쌌다.

"……아니야. 그, 건 오래, 되었어요. 옛날 일인걸…… 그건…… 그건, 7년 전 일이야."

명우의 시선이 숙여진 은림의 얼굴에 가서 꽂혔고 거기서 움직이지 못했다. 떨구어졌던 은림의 눈길이 천천히 그를 향해 들려졌다. 눈물이 고인 눈이었다. 마치 은림이 그래요, 당신의 의혹이 바로 사실이에요, 하고 말이라도 하듯이 은림의 눈물 고인 눈을 보고 그의 얼굴이 일순 핼쑥해졌고 은림은 입술을 물었다.

"7, 년, 전……이라고?"

"울산에 내려가서 좀 있다가, 알았어. 공장에서 이미 난 일을 조직하고 있던 때였는데. 우리 부부는 그때 울산에서 함께 살고 있었으니까 당연히 난 건섭 씨 아기를 가진 셈이었지. 내가 파업 현장에서 병원으로 실려가니까 건섭 씬 병원까지 따라와서 수술실로 들어가는 나를 위해 보호자 도장을 찍었어. 좋은 사람이지. 그 지역 사람들이 위문을 와서 건섭 씨한테 말했지. 얼마나 상심이 크세요. 그러면 건섭 씨는 대답했어. 괜찮습니다."

은림은 쓰게 웃었다. 이런 일이 있을 거라곤 그는 한 번도 상상하지 않았었다. 여경과 그토록 많은 밤을 지새웠어도 여경은 아직도 임신한 적이 없었다. 피임 도구를 특별히 써본 일도 없었다. 그런데 그 하룻밤에 은림은 아이를 가졌던 것이다. 그것은 어떤 인연이었던가. 명우는 담배를 손에 든 채 □ 군데 머뭇했다. 아이는 태어난 적 없으므로 안다. 뱃속의 아이가 죽는다는 것은, 혹은 그 아이를 죽인다는 것은 어떤 의미인지를. 명지 같은 아이가 아주 작을 때 그 아이를 없애버리는 것이다. 단지 아직 얼굴을 보지 못한 자식이니까, 그래서 아직은 죄책감 같은 건 없으니까, 없애서 해부된 개구리처럼 알코올 비커에 담가놓거나 비닐에 둘둘 말아 쓰레기통에 던져버리는 일인 것이다.

"그 후로 우린 좋은 동지처럼 지냈어. 아니, 솔직히 말하면 좋은 동지처럼은 아니었어요. 사이가 좋아야 마땅하지만 그럴 수 없는 동지처럼. 건섭 씬 날마다 일이었고 술이었어. 우린 부부처럼 살 수 없었어요. 오누이처럼 살았지. 언젠가 술을 먹고 그가 달려들기에 받아주려고 생각했어요. 무슨 염치가 있다고 내가 그를 뿌리치겠어요. 그런데 갑자기 그가 울음을 터뜨려버렸어. 그때 나도 따라서 울었어. 젊은 남자를, 젊고 건강한 저 사람을 내가 불행하게 만들어버리는구나 하고 생각하니까…… 그는 나를 용서할 수 없어서 나랑 헤어질 수 없었던 거야. 그러다가 작년엔 정말로 헤어지려고 합의를 했는데 건섭 씬 덜컥 들어가버렸어."

"왜 내게, 말하지 않았지? 네가 떠난 후에도 한참을 난 결혼을 하지 않고 있었는데."

그는 무겁게 물었다. 갑자기 화가 치밀어 올랐던 것이었다. 그날 함께 도망을 치지 않았다고 해서 그녀를 헌신짝처럼 마음속으로 버린 것은 아니었다. 일이 그렇게까지 되었더라면 사람들이 이해를 하는 데도 훨씬 도움이 되었을 것이었다.

"왜 말하지 않았느냐고? 글쎄 왜 그랬을까."

은림은 담배를 물었다. 혼자서 보글보글, 커피 메이커가 자동 온도를 작동시키며 다시 끓기 시작했다. 명우는 무엇인가가 제 마음속에서 그렇게 끓어오르기 시작하고 있음을 느꼈다.

하지만, 치밀어 오르는 노여움 속에서 그는 자신의 질문이 바보 같았음을 깨달아버린다. 하룻밤을 그녀와 보내고 도망가자는 맹세를 했었고 그리고 날이 밝자 헌신짝처럼 그녀를 내버려두고 도망친 건 그 자신이 아니었던가. 만일 입장이 바뀌었다면, 그러면 연락을 했겠는가 말이다. 그는 사실은 자신에 대해서 화가 나고 있는 것을 알았다. 7년 전의 일에 대해서, 단 하룻밤에 대해서 이토록 혹독한 대가를 치러야 하는 것에 대해서, 이미 저질러버렸던 지난날에 대해서 그는 갑자기 치밀어 오르는 무엇을 느끼는 것이었다.

둘 사이로 무거운 침묵이 파고들었다. 또옥, 또옥 수돗물이 뇌수로 떨어지는 것처럼 선명하고 괴로운 침묵이었다.

"형을 괴롭히려고 말을 꺼낸 건 아니야. 만일 내게서 정리되지 않은 기억이라면 이렇게 말하지도 못했을 거야. 다 지난 일이야. 나 이제 아무 느낌도 없어요."

가볍게 은림이 말을 꺼냈지만 그것조차 무거움을 가두어 버릴 수는 없었다. 늘신 건립을 더 침묵했다. 눈이 마주칠 때마다 은림은 엷게 미소를 지었지만 그로선 내내 목이 졸리고 있는 기분이었다.

"……날 용서할 수 있었니?"

"……처음엔, 힘들었지."

은림은 고개를 숙이고서 손톱의 거스러미를 뜯는 시늉을 했다. 명우는 손톱까지 타들어온 담배를 끄고 다시 한 대를 붙였다. 그의 손이 몹시 떨리고 있었다.

"처음엔 그랬어. 하지만 나중엔 그것조차 내 미련이라는 걸 알았고, 그래서 미워하는 것도 그만두었어. 사실을 이야기하자면, 사실은……."

은림은 설풋 웃었다. 이야기를 이어나가기가 힘든 듯 머리를 귀 뒤로 넘기는데 벨이 울렸다. 여경인 것 같았다. 은림과 그의 얼굴에 동시에 안도의 느낌이 스쳤고 명우가 일어나 문을 열었다. 생각대로 여경이었다.

검정색의 짧은 반바지에 연한 비둘기색 줄무늬 니트를 입고 여경은 방긋 웃었다. 금속 장식이 드문드문 박힌 검은 헤어밴드 때문이었을까. 여경은 아주 발랄해 보였다. 시든 화분에 물을 주어본 일이 있는가. 물을 주고 잠시 그 화분을 잊은 사이 이파리들은 싱싱하게 되살아난다. 어젯밤과 오늘 아침에 여경의 얼굴을 본 사람이 있다면 아마도 이런 비유가 너무도 적확하리라는 것을 알 것이었다. 밤은 여경에게는 적이 아니었다. 밤은 그녀에겐 휴식의 공간이었고 다시 살아나는 부활의 시간이었다. 문을 열어주며 여경과 눈이 마주친 명우는 자신도 모르게 환하게 웃었다. 하지만 순간 말을 다 마치지 못하고 입을 다문 은림을 의식했고 그러자 웃고 있는 자신이 미워졌다.

"커피 향기 좋아요."

여경은 커다란 가방을 들고 들어섰다. 갑자기 방 안이 이제까지와는 다른 빛깔로 가득 차는 것 같았다.

"잘 주무셨어요, 두 분? 아직 아침 전이시죠? 저는, 김밥을 좀 싸왔어요."

여경은 찬합을 풀며 말했다. 검은 커튼을 걷은 것처럼 갑자기 방 안이 환해지는 기분이었다. 어디선가 새소리가 새삼

들리기 시작한대도 어색할 것 같지 않은 그런 느낌이었던 것이다.

"김밥 좋아하세요? 게으름뱅이 명우 씨 때문에 이렇듯 늦게까지도 아침을 드시지 않고 있을 줄 알았다니까요. 여기 된장국도 있어요."

여경은 보온병을 꺼냈다. 찬합을 열자 젖은 바닷김의 냄새가 풍겼고 시금치의 초록색과 볶은 소고기의 갈색과 그리고 당근의 주홍빛과 달걀의 노란빛이 어우러진 예쁜 김밥이 보였다.

"맛이 없더라도 좀 드세요."

여경은 주방으로 가서 명우의 젓가락을 가져다 은림에게 쥐어주었다.

"……고마워요."

은림은 천천히 말했다. 셋은 마주 앉아 김밥을 먹고 된장국을 마셨다. 은림의 얼굴은 좋아 보이지 않았다. 겨우 김밥을 씹고 있는 것 같았다. 명우는 그런 은림에게 자꾸 신경이 쓰였다. 결국 그가 은림을 망쳐놓은 것이었다. 건섭까지 불행하게 만들어버린 것이었다. 그는 이렇게 앉아 여경이 싸온 김밥을 은림 앞에서 태연히 먹고 있는 자신이 뻔뻔하게 느껴져서 슬그머니 젓가락을 놓아버렸다.

"그런데 생일이 언제세요?"

여경이 은림에게 물었다. 꾸역꾸역 김밥을 먹던 은림이 의아한 눈초리로 여경을 바라보았고 여경은 그런 은림을 향해 방긋 웃었다.

"제가 별자리 점을 보아드릴게요. 전 4월생이고 산양자리이거든요. 명우 씬 처녀자리예요. 우습죠, 처녀자리. 처녀자리의 특징은요, 말 그대로 처녀처럼 군다는 거예요. 까다롭고 수줍고 그러면서 예민하고. 명우 씨한테 그런 거 느끼시죠? 자 말씀해보세요. 몇 월생이세요?"

"······난 음력으로는 호랑이띠예요. 양력으론 1월생이고."

"으음 그러면요, 그러면 물병자리예요. 물병자리의 특징은요, 1년 중 가장 추운 시기에 태어났기 때문에 이성이 아주 발달해 있다는 거예요. 누구보다도 가장 신랄한 비판력을 가졌죠. 하지만 그 강한 비판력도 느낌이라든가 직관이라든가 감정의 흐름 앞에서는 무기력해요. 그래서 그들은 정직하죠. 남이야 어떻게 되든 말든 정말로 정직해요. 지나치게 솔직하다는 말이 맞겠네요. 자신이 좋다고 생각한 일이면 이 세상 사람들이 다 말려도 하지만 싫어하는 일이라면 이 세상 사람들이 그로 인해 다 구원받는다고 해도 하지 않죠. 하지만 가장 왕성한 창조력을 의미하기도 해요. 어때요, 제 성격 분석이?"

은림은 조용히 웃었다. 여경은 주방으로 가서 마실 물을 떠다가 은림 앞에 놓아주며 다시 말했다.

"물 드시면서 많이 잡수세요. 그러니까 이 물병자리들은

요, 절대로 남이 시키거나 반복적이고 단조로운 일을 해서는 안 돼요. 언제나 창조적이고 새로운 일을 해야만 하는 거죠. 국이 좀 짜지는 않나요?"

명우는 그녀들이 이야기하는 것을—주로 여경이 재잘거리는 편이었지만—바라보며 마악 담배를 물고 있었다. 하지만 성냥을 그었을 때, 그리하여 팍, 하는 소리와 함께 성냥의 머리통에 불이 올랐을 때 마치 섬광처럼 그에게 어떤 기억이 스치고 지나갔다.

—언닌 나보고 또 비과학적이라고 하겠지만 내 사주는 온통 불이래. 불하고 나무뿐이래, 그래서 훨훨 타고 있대……

그네 은림의 니이 그꼴에잇이었네. 비로 지금 여경의 니 였다. 지금의 여경처럼 저렇게 조잘대기를 좋아했었고, 지금의 여경처럼 아침이면 반짝이는 얼굴로 그를 향해 웃었었다. 다만, 여경이 별자리를 믿는 반면 은림은 사주를 믿었던 것이 다르다면 다르고 또, 그때 은림은 언제나 놀림처럼 비과학적이라고 비난을 당했지만 지금 여경을 비과학적이라는 이유로 비난하는 사람은 없었으며, 다시 그리고, 그때 은림과 그는 사랑이란 것을 우리가 이렇게 해버려도 되는 것일까, 이런 일이란 건 고통받는 민중들의 삶을 생각할 때 너무나도 사치스러운 일은 아닐까 생각했었으며 다시 그리고, 그때 그는 그런 은림을 사랑했었지만 이젠 여경을 사랑한다는 것이었다. 명우는 잠시 목덜미를 핥고 지나가는 소름을 느낀다.

여경은 은림과, 지난날 그가 사랑했던 은림과 지나치게 닮아 있다는 걸 처음 깨달았던 것이다.

7

세 여자

어제 미순 언니 아기의 돌잔치에 갔다.

만일 우리 아이가 태어났다면 미순 언니 아기보다

한 살이 많을 것이었다. 아이의 재롱을 보고 떠들다가

집으로 돌아와서 한참을 멍하니 앉아 있었다.

술에 취한 건섭이 자다가 벌떡 일어나 내게 말했다.

이제 그만해. 제발.

하지만 이제 제발 그만하자고 말하고 싶은 것은 나였다.

나를 죽는 날까지 고문하고 싶은 기분은 알지만

이제 그만 헤어지자고 내가 말했다.

건섭은 찬장으로 가서 소주를 가져다 병째 나발을 불었다.

그러고는 나를 쓰러뜨렸다. 제발 이러지 말라고 애원하자

그는 주먹으로 내 뺨을 후려쳤다. 그러고는 밖으로

뛰쳐나가버렸다. 코피가 많이 흘러서,

오늘 하루 종일 이불 빨래를 했다.

—89년 3월, 노은림의 유고 일기 중에서

무슨 밀을 끼냈는지 은림이 오랜만에 활짝 얼굴을 펴고 웃었다. 그런 은림의 눈이 명우의 깊은 눈길과 마주쳤다. 명우는 얼른 시선을 내리깔았다.

여경의 목소리가 그 틈을 비집고 들어섰다.

"저 실은, 이렇게 아침부터 김밥을 싸가지고 와서 아부를 했던 건, 그리고 별자리 점까지 자세하게 봐드린 건, 실은 부탁이 있어서예요. 음식 값이기도 하고 복채이기도 한 걸 좀 받아야 되겠는데요."

여경이 은림을 바라보았다. 명우의 얼굴은 순간적이었지만 굳어졌다. 여경이 설마 쓸데없는 이야기를 꺼낼까 봐 조금은 조마조마한 심정이기도 했다. 하지만 여경은 쑥스러운 듯 좀 더듬거리기까지 하면서 입을 열었다.

"저, 당신을 그리고 싶어요. 전 미대를 졸업한 해부터 지금까지 3년 동안 그림에 손을 대지 못했었어요. 그런데 어젯밤에 댁을 보면서, 갑자기 그리고 싶어졌어요. 그러니까 당신을 그리고 싶어요. 제 모델이 되어주시겠어요?"

"전…… 전 그런 걸…… 할 만한."

당황한 은림이 대꾸했지만 여경은 아랑곳하지 않았다.

"그냥 앉아만 계시면 되는 일인데요, 뭘. 만일 제가 여기서 나간 다음에 명우 씨한테 물어보시면 제가 이런 말을 꺼내는 게 제게는 얼마나 어려운 일인지 아실 거예요. 이렇게 그림이 그리고 싶었던 건 처음이에요."

말을 마치면서 여경은 힐끗 명우 쪽을 돌아보았다. 명우는 잠시 어리둥절했지만 나쁠 것은 없다는 생각이 들어서 동의한다는 표정으로 가볍게 고개를 끄덕였다.

"생각해보겠어요."

은림이 입을 다물었다. 그때 전화벨이 울렸다.

"네 김명웁니다."

전화기 멀리서 소음이 들렸다. 사람들이 왁자하게 떠드는 소리였다.

"여보세요."

그가 다시 말했다.

"저 명지 엄마예요."

전화를 받던 그의 얼굴이 설핏 굳어졌다. 그녀가 이렇게 전화를 걸어오기는 처음이었다. 언제나 명우 쪽에서, 예를 들어 명지를 데리러 가겠다든지 명지는 잘 크고 있는지 궁금해서 먼저 전화 연락을 했던 터였다. 갑자기 그는 불안을 느꼈다. 아주 급한 일이 아니라면 전화를 할 그녀가 아니었고 그것은 아마도 명지의 일이리라.

"애가 전철을 타고 가다가 몹시 토했어요. 여기 지금 오피스텔 근처 전철역이에요. 실례가 되지 않는다면 잠시 들어가서 애를 좀 안정시킨 다음에 가고 싶어요. 안 된다면 하는 수 없구요."

토했다니 그는 우선 별일 아닌 것에 안도의 숨을 내쉬었다.

그는 눈녹 전화를 받는 자신을 뻔히 바라보는 여경과 뒷모습으로 앉아 담배만 피우는 은림을 바라보았다. 하지만 그는 수화기를 붙들고 말하고 있었다.

"애는 어떤데? 그래요. 얼른 와요, 애가 문제지. 여긴 907호실이야."

"무슨 일이에요?"

여경이 먹던 그릇과 수저를 치우며 물었다.

"명지……하고 그 애 엄마야. 지나가는 길인데 명지가 아프대. 오라고 했는데."

말을 해놓고 보니 두 여자의 얼굴 위로 복잡한 표정이 지나가는 것이었다. 명우는 주머니에 손을 찌르고 은림을 바라보았다. 연숙이 은림에게 어떤 감정을 품고 있을지 갑자기 그게 걱정이 되었던 것이다. 하지만 오래전의 일이었을 뿐이다. 그는 창가로 가서 한길을 내려다보며 서 있었다. 신호등이 바뀌자 사람들이 길을 건너고 버스는 여전히 비뚤비뚤 서 있다가 떠나곤 했다.

"……그렇다면 저는 가보는 게 좋겠군요."

여경이 별로 좋지 않은 기분인 듯 말했다. 갈 곳도 없는 은림이 그녀를 따라 엉거주춤 일어섰다.

그때 벨소리가 울렸다. 분명 전철역이라고 말했던 연숙이었다. 그렇다면 이렇게 빨리 도착할 수가 없었다. 이 정도 시간에 벨을 누를 수 있는 거리라면 로비의 공중전화밖에는 없다. 그렇다면 연숙은 로비의 공중전화를 이용하고 있었단 말일까. 로비의 공중전화에서 거기가 전철역이라고 말했던 것인가? 어쨌든 그가 천천히 다가가 문을 열자 어깨 위로 축 늘어진 아이를 안은 여자가 서 있는 게 보였다. 큰 체구에 짧은 커트 머리, 큼직큼직한 눈과 코와 입이 결코 아름다운 편은 아니었지만 차분하고 가라앉은 인상이었다. 여자와 아이의 옷에서는 시큼한 토사물의 냄새가 풍겼다. 들어서는 연숙의 눈이 은림의 눈과 정면으로 부딪쳤다.

"언니…… 오랜만이에요."

은림은 천천히 말했다. 누가 보아도 어울리지 않는 인사말이라는 걸 그녀 자신이 잘 안다는 듯 은림의 인사에는 자신이 없었다. 태연하게 들어서던 연숙의 얼굴이 은림에게 꽂힌 채로 푸릇푸릇, 마치 경련이라도 일어날 것처럼 굳어졌다. 명우는 얼른 명지를 받아 들었다. 언제나 명랑하던 아이는 눈만 깜박이며 힘없이 제 아빠의 품에 안겼다. 명우는 명지를 침대에 누이고는 따뜻한 수건을 만들어 명지에게 가져가 그애의 손과 발을 닦고는 토사물이 묻은 타이즈를 벗겼다.

"어떻게 된 거요?"

"방학동 작은어머니 환갑에 갔었어요. 아침에 어제 만들어 두었던 새우튀김을 먹였는데 그게 체한 모양이에요. 웬만하면 그냥 집까지 가려고 했는데. 이렇게…… 오고 말았어요."

이렇게…… 하고 말을 마무리 지으면서 연숙은 명우 대신 은림을 정면으로 마라보았다. 세 여자 중에서 가장 당황한 은림은 얼른 고개를 숙였다. 들이마시는 은림의 숨소리가 훅, 하고 풍길 정도였다.

"약은 먹였소?"

"아까 먹였어요."

"그러길래 애한테 음식을 조심해서 먹여야지!"

명우는 늘어진 아이를 침대 속에 눕히며 날카롭게 말했다.

"그런 말을 할 자격이 있는 사람인가요, 당신이!"

연숙도 지지 않고 날카롭게 뱉었다. 아주 큰 소리였고 지나치게 날카로운 반응이었다. 자리에 선 채로 한때는 식구였던 세 사람을 바라보던 은림과 여경의 눈이 머쓱해졌다.

명우는 명지에게 이불을 덮어주면서, 자신이 실수를 했다는 걸 그제서야 깨달았다. 연숙은 변하지 않았던 것이다. 아직도 집착이 남아 있었다. 명지를 보러 갈 때마다 차갑고 냉랭하게 그를 대해왔지만, 될 수 있으면 그와 마주치기를 원하지 않는다고 연숙과 함께 서점을 경영하는 연숙의 친구가 말했었지만, 그때는 깨닫지 못했었다. 그것 역시 집착의 한 형태라는 걸. 연숙의 친구가 어느 날엔가는 다시 그에게, 그녀가 사실은 그와 결합하고 싶어 한다고 말했을 때도 그는 그걸 깨닫지는 못했었다. 헤어진 부부에게 건네는 주위의 의례적인 충고겠거니 생각했던 것이다. 지난번 명지를 데려다주러 갔을 때 뜻밖에도 연숙은 서점에 앉아 있었다. 언제나 명지를 데려다줄 때면 대면을 피하기 위해 내실에 앉아 있는 게 보통이었는데 말이다.

내실로 통하는 커튼을 젖히며 연숙은 차나 한잔하고 가지 않겠느냐고 물었다. 난데없는 제의였지만 그는 흔쾌히 그에 응했다. 그가 들어서자 연숙은 아이를 재우고는 그에게 말했었다.

—결혼하자는 남자가 있어요.

그는 결혼을 하기를 바란다고 말했다. 아직 너무 젊고, 그리고 그런 후에는 명지를 자신이 맡았으면 하는 말도 비추었다. 그러자 연숙은 세워 앉은 무릎을 도사리며 갑자기 적의에 찬 시선을 보냈다.

—아이는 안 돼요. 아이를 뺏기느니 차라리 독신으로 늙

어 죽겠어요. 난 아이가 원한다면 꼽추하고도 결합할 수 있지만.

연숙은 비장한 어조로 말했다. 그때도 그는 깨닫지 못했었다. 그것은 재결합을 원하는 소리였는데도 그는 전혀 몰랐던 것이다. 헤어진 지 3년이 지났고 무엇보다 그 자신이 그저 거짓의 사슬에서 풀려났다고 생각했을 뿐 연숙의 심정에 대해서는 헤아려보지 못한 탓이었다.

하지만 지금 이 순간, 당신에게 자격이 있느냐고, 이 미묘한 관계의 여자들 앞에서, 이 여자들의 존재를 무시하고, 그녀가 목숨보다 더 소중하다고 하는 명지가 아픈 것까지도 잊어버리고 그녀가 소리쳤을 때 명우는 비참하게 깨닫는 것이다.

명우는 잠자코 명지의 머리만 쓰다듬고 있었다. 이불을 덮은 아이는 금세 눈을 감았고 잠이 들었다. 벌린 입술이 앵두처럼 붉었다.

"앉지들."

감정을 가다듬고 일어서면서 명우는 그제서야 세 여자를 바라보며 말했다. 세 여자 누구도 먼저 움직이려고 하지 않았지만 명우가 먼저 자신의 작업 의자에 털썩 앉아 담배를 피워 물었고 이어 여경이 소파에 앉았다. 그리고 연숙이 천천히 자리에 앉았고 맨 마지막에 은림이 앉았다. 소파에 세 여자가 나란히 앉은 것이었다. 바라보고 있자니 명우는 갑자기 웃음이라도 터질까 봐 겁이 났다. 옛 애인과 옛 아내와 현

재 애인을 이렇게 나란히 앉혀놓고 바라보는 행운을 가진 남자가 또 있을까.

잠시 침묵이 계속된 후에 명우 앞에 놓인 담배를 끌어다 은림이 담배를 물었고 이어서 연숙이 담배를 물었다. 그리고 맨 마지막에 여경이 담배를 집었다가 도로 놓았다. 명우가 잠든 명지를 힐끗 보고는 일어나 공기정화기를 켰고 그리고 다시 돌아와 앉았다.

"커피 한잔 하겠소?"

"좋지요."

명우가 묻자 연숙이 대답했다. 몹시 비꼬인 듯한 목소리였다. 명우는 다시 일어나 포트에 남은 커피를 연숙에게 따라다 주고는 커피 메이커의 스위치를 껐다. 커피 메이커가 혼자서 보글거리는 소리를 내고 있었다는 걸 사람들은 그제서야 알아차렸다. 적막이 찾아왔고, 그 적막이 몹시 부담스럽게 느껴졌으니까 말이다.

"명지 깨면 내가 집까지 데려다주겠소. 염려 말고."

"가란 말인가요?"

연숙은 명우의 말이 다 끝나기도 전에 말을 이었다. 가시 돋친 말투였다. 숨기려고 하지도 않는 적의였다. 그리고 그 적의에는 사실은 애증의 냄새가 너무 짙게 배어 나오고 있었다. 명우는 잠시 입을 다물었다. 여경과 은림의 눈이 마주쳤다. 예민한 두 여자가 그런 느낌을 감지하지 못할 리가 없었다. 명우는 한숨을 내리쉬었다. 이런 이상한 상황이 일어나리라고 꿈엔들 생각을 해보았을까.

할 말이 많은 쪽은 연숙 같았다. 연숙은 담뱃재를 톡톡 털면서 다리를 꼬았다. 평소의 연숙답지 않은 행동이었다. 성격이 좀 팍팍하긴 했지만 경거망동을 하거나 경솔하지는 않은 그녀였다. 그러니 아마도 명지를 데리고 이 오피스텔로 오려고 마음먹기까지는 단지 아이의 구토라는 원인만 작용하지는 않았을 것이었다. 많이 생각했을 것이다. 어쩌면 연숙은 조심스레, 명지를 사이에 두고 화해를 모색하려고 했는지도 모른다. 명우는 그런 연숙의 마음을 순간적으로 헤아렸지만 헤아렸다고 해도 별수가 없었다.

연숙은 깊이 담배를 빨고 있었다. 담배를 든 팔꿈치가 몹시 떨리고 있는 걸로 봐서 흥분한 것 같았다. 그리고 명우의 예감은 적중해서 그 화살은 곧 은림에게로 날아갔다.

"넌, 언제부터 여기 있었지?"

떨고 있다가 연숙이 갑자기 은림을 향해 돌아서면서 물었다. 더 참을 수 없다는 듯한 태도였다. 치밀어 오르는 격정을 참느라 입술이 힘겹게 비틀리고 있었다. 조강지처가 첩에게 닦달을 하는 듯한 당당함까지 풍겨 나와서 명우는 잠시 어안이 벙벙할 지경이었다. 당황한 것은 명우뿐만은 아니었다. 은림도 또 그 옆에 앉은 여경도 놀란 표정이었다.

"어제 왔어."

제지하듯 명우가 대신 입을 열었다.

"당신에게 질문하는 게 아니에요!"

연숙이 말을 막았다.

"언제 왔지, 여긴?"

집요한 수사관처럼 연숙이 다시 물었다. 은림이 고개를 들었다.

"언니 전, 7년 만에."

"변명 같은 건 필요 없어! 서울에 올라와서 이래도 되는 건가? 니 남편이 지금 어떻게 하고 있는데 니가 이래도 되는 거야!"

"왜 이래?"

명우가 연숙을 제지했다.

"왜 이러냐구요? 내가 이 여자한테 이럴 권리쯤 없나요? 내 인생을 바꾸어놓은 여잔데 한 번쯤 이런 한풀이도 할 수 없나요?"

여경의 눈동자가 동그랗게 치떠졌고, 빳빳이 치켜졌던 명우의 목에 힘이 풀리고 머리가 툭 하고 떨어져 내렸다. 명우는 제 머리칼을 부비며 고개를 숙였다.

"서울엔 언제 왔니?"

연숙이 아주 낮게 목소리를 깔아 다시 말했다.

"……열흘 전쯤요."

"어디서 묵고 있지, 지금?"

"아직 안 정했어요."

"아직 안 정한 게 아니라, 여기 머무르고 있는 거겠지? 그도 아니면 아직 감옥에 있는 사람하고 이혼 신고를 못 한 겔 테고. 어떻게 내가 온다는데 태연히 여기에 앉아 있을 수가 있는 거니? 어떻게 이렇게 뻔뻔스럽게."

"언니 우린…… 언니 그러지 말아요. 난 언니한테 잘못한 거 없어요. 그건 아주 옛날 일들이에요. 대체 왜 이러세요."

은림은 애원하듯이 말했다. 연숙의 얼굴로 희미하게 웃음기가 지나갔다.

"대체 왜 이러세요? 옛날 일이에요? 잘못한 게 없다구? 내가 널 용서할 줄 알아? 니늘 둘이 날 바보로 만들었어. 우리 같이 가리봉동에서 자취할 때 내가 물었었지? 명우 씨하고 너하고 이상한 사이라는 소문이던데 정말이야? 그때 너는 말했어. 언니 우린 동지예요. 난 얼마나 내 자신을 책망했는지 몰라. 동지애라는 건 그런 의심을 받을 정도로 소중하고 애틋한 거구나. 그래, 설마 남편이 있는 여자가 그럴 수가 있을까. 결혼을 할 때까지도 나는 몰랐어. 사람들이 수군거려도 믿지 않았지. 그런데 어느 날 나는 발견한 거야. 나는 껍데기하고 살고 있다는 걸. 너하고 저 인간하고 어떤 일들을 벌였었는지 너무 늦게 알아버린 거야. 동지애? 동지애 좋아한다. ……니들 때문에 망친 인생들이 하나둘인 줄 아니? 니들은 이렇게 떠나버리면 그만이었던 걸, 우린 희망을 걸었던 거야. 희망을 걸고 속고 버림받고. 알아? 떠나면 그만인 니들이 그런 걸 알기나 해?"

연숙은 울고 있었다. 아마도 희망이라는 단어를 말할 때부터, 그러니까 희망을 걸었다고 말했던 때부터였을 것이다. 은림의 시선은 멍하니 저쪽 벽에 붙박여 있었다. 명우가 천천히 고개를 들었다. 일자무식하게 나오려고 하면 누구든 가장 무서워지는 법이었다. 여경이 자리에서 일어나 탁, 탁 찬합을 쌌다. 명우의 시선이 여경을 따라 움직였다. 하지만 그것 역시 멍한 시선이었다.

"전 이만 가봐야겠어요. 가봐야 할 시간이에요. 명우 씨 이따가 전화 주세요."

여경은 문을 닫고 나갔다. 다시 적막이 무겁게 남아 있는 세 사람을 짓눌렀다. 연숙이 조금만 눈치가 있는 여자였다면 은림이 아니라 여경이 그녀가 적대해야 할 인물이라는 걸 알았겠지만, 아니 평소의 그녀였다면 틀림없이 그것을 이보다 더 쉽게 알아차렸을 테지만 상황이 너무 좋지 않았다.

"이제 다시 우리 명지 볼 생각 말아요."

무슨 생각을 한 걸까, 갑자기 벌떡 일어서면서 연숙이 입을 열었다.

"당신같이 더러운 아빠를 기억하게 하느니 차라리 아빠가 죽었다고 하는 편이 나아!"

연숙은 명지가 덮고 있는 이불을 거칠게 들추었다. 그때까

지 힘없이 의자에 앉아 있던 명우가 연숙의 팔을 잡았다. 무
서운 얼굴이었다.

"아이는 아파! 아프다구!"

"아프면! 설사 죽는다 한들 당신이 무슨 참견이야!"

연숙은 발악하듯 소리쳤다. 놀란 명지가 힘없이 눈을 떴
다. 명우가 연숙의 팔을 잡고 애원하듯이 말했다.

"알았어. ……내 차로 데려다주겠소. 설사 내가 나쁜 놈이
고 이 자리에서 죽어 마땅한 놈이라 하더라도 명지는 아파요.
우선 이 애를 편안하게 집까지 데려갑시다. 명지 엄마 제발."

팽팽히 치떠 있던 연숙의 눈이 천천히 아래로 내리깔렸고
명우는 명지를 안았다. 아이의 팔이 명우의 팔 아래로 축
늘어졌고 아이의 얼굴이 명우의 어깨에 묻혔다. 잠깐 아이의
눈이 은림과 마주쳤지만 아이는 곧 눈을 감았다. 은림은 한
때는 부부였던 두 사람이 일어서서 방을 나가는 걸 망연히
바라보고 서 있었다.

명우가 앞장을 서고 이어 연숙이 따라가면서 연숙은 한
번 더 뒤돌아보았다.

"나쁜 계집애. 남편을 감옥에 두고 어떻게. 넌 천벌을 받을
거야."

은림은 그 자리에 못 박힌 듯 서 있었다. 연숙을 제지하려
던 명우가 그것마저 포기하고는 문을 닫으려다가 얼핏 돌아
보았다. 은림이 침대 가로 다가가고 있었다. 그러고는 명지가

누워 있던 자리에 두 손을 넣어보는 것이었다. 마치, 그렇게라도 명지를, 그 체온을 느끼고 싶다는 듯이.

은림은 혼자서 소주를 마시고 있었다. 벌써 창밖에는 짧은 가을 해가 저물고 있었다. 오피스텔로 들어선 명우는 열쇠 꾸러미를 현관 옆에 달린 고리에 걸어두고 은림과 마주 앉았다. 벌써 빈 병이 하나 탁자에 놓여 있었다. 마주 앉은 명우는 이제 그런 은림을 만류할 힘도 없었다. 이렇게 긴 하루는 그에게 처음인 것만 같았다.

"여경 씨한테 전화 왔었어요. 세 번이나. 전화해달래요."

말을 이어가면서 은림이 명우에게 잔을 권했다. 명우는 고개를 저었다. 은림은 손을 거두어 제 잔에 소주를 따랐다.

"미안해요. 건강을 생각해야 한다고 나도 생각해요. 그래도 오늘은 마시고 싶었어요. 미안해요, 형."

그의 시선이 따갑다고 느껴졌는지 그녀가 말했다. 그녀의 얼굴엔 풀어진 웃음이 가득했다. 울음과 웃음의 중간쯤으로 보이는 그런 표정이었다.

"명지는 어때요?"

"……괜찮아."

"연숙이 언닌?"

두 사람의 눈이 마주쳤다. 은림이 한 손으로 얼굴의 반쪽을 쓸어내렸다.

"연숙이 언니 너무 많이 약해졌어요. 그런 사람 아니었었는데. 서울 와서 옛날 사람들 만나기 싫어. 모두들 저래요. 꼭 날 보는 것만 같아서."

그의 생각도 그랬다. 그때 전화벨이 울렸다. 명우가 전화를 들었다. 여경이었다.

"나예요."

"……."

"여경이라구요. 듣고 있어요?"

"듣고 있어."

그가 대답했다. 피곤했기 때문에 그의 말투는 날카로웠다.

"제 중을 길 사람이 누구라고 생각해요?"

"여경아, 난 지금 몹시 피곤해."

"나도 피곤해요. 세 번이나 전화했었어요. 왜 전화 안 했어요? 은림 씨가 말 전해주지 않았어요?"

"지금 막 돌아왔어."

"그래서 막 전화 걸려던 참이었겠죠? 마악 수화기에 손을 대는데 마침 벨이 울린 건가요?"

"너마저 왜 이러니? 이따가 만나서 이야기하지."

"왜 전화 안 했는지 알고 싶어요."

"방금 돌아왔다고 했잖아."

그가 날카롭게 뱉었다. 잠시 침묵이 이어졌다.

"언제나 당신은 참으로 당당하군요. 그래요, 좋아요 한마

디만 할 기회를 주세요. 당신은 전화하지 않아요. 어젯밤에
도 내가 헤어지면서 아침에 전화해달라고 했지만 당신은 하
지 않았어요. 트집을 잡는다고 생각하지 말아요. 오래전부터
느껴왔던 일을 그저 가까운 예를 들어 말하려는 것뿐이에
요. 그래요, 이제 알 것 같아요. 당신이 왜 전화하지 않는지
내가 맞춰볼까요? 그건 바로, 당신이 나한테 전화하고 싶지
않기 때문이에요.

경인고속도로를 달리는데 갑자기 당신 차 뒤에서 커다란
트럭이 당신 차를 뭉개가지고는 당신이 응급실로 실려 갔거
나, 그래서 의식도 불명인 채로 누구의 주소도 대지 못하고
그저 주민등록증에 적힌 대로 경찰에서 연락처라고 알아낸
것이 고작 당신의 빈 방이어서, 텅 빈 당신 오피스텔에 자동
응답 녹음기만 돌아가거나 하는 것이 아니라, 갑자기 수사관
들이 당신의 오래된 경력을 가지고 당신을 체포해 가서 당신
이 지금 보안사 지하실에 있기 때문이 아니라, 그저 하고 싶
지 않으니까 하지 않는 거예요. 이제사 그걸 알았어요. 내 말
이 맞지요?"

"여경아."

"네, 문여경이 여기 있어요. 노은림 씨는 거기 있죠. 지금
무얼 하고 있나요? 당신과 나의 이런 대화를 듣고 있겠죠?
당신을 이혼시킨 사람이 바로 그녀였군요. 당신 무엇이 두려
웠나요. 노은림이라는 여자가 그저 친한 친구의 여동생이 아

니라 그런 사이였다고 말을 했다면 이 문여경이가 펄펄 뛰면서 하이힐이라도 벗어서 당신의 머리통을 후려칠까 봐 겁이 났나요?"

"술 먹었니?"

"아니요. 그렇게 한가하지 않아요. 사랑 싸움 때문에 일을 팽개칠 정도로 어리석지도 않구요. 자 이제 진짜 하고 싶은 말이 남았어요. 난 당신들을 이해할 수가 없어요. 당신들은 너무 이상한 관계를 맺고들 있어요. 그리고 이상한 방식으로 서로를 상처 입히는 것 같아요. 그리고 지나치게 과거에 얽매여 있어요. 난 거기 끼어들기 싫어요. 난 아직 당신들보다 젊고, 난 당신들처럼 집착해야 할 과거도 없어요. 오늘 당신의 옛 부인이 당신의 옛 애인을 모욕하는 자리에서 나 또한 어떤 모욕감을 느꼈는가는 사실 아무 문제도 안 돼요. 나는 그냥 당신이 싫어졌어요. 당신을 둘러싸고 있는 사람들 그 방식들…… 그런 게 싫어요. ……너무 구질구질해요. 내 말은 이게 끝이에요. 나한테 할 말 없어요?"

"……"

"할 말이 없냐구요?"

"……전화할게. 오늘 일은 내가 사과하고."

그의 말이 다 끝나기도 전에 전화는 거칠게 끊겼다. 그는 잠시 그 자리에서 전화기에 손을 얹은 채 서 있었다. 그러고는 은림이 줄곧 그를 바라보고 있다는 걸 등 뒤로 느꼈다.

그가 돌아보자 은림은 시선을 아래로 떨어뜨리더니 말했다.

"내일 여기를 떠나겠어요. 아까 이모네 집과 통화가 되었어요."

그는 아무 말도 하지 않고 책상 앞으로 가서 노트북을 켰다. 이럴 때 만일 할 일이라도 있었다면 훨씬 더 견디기가 쉬웠을 것 같았다. 하지만 이제 할 일이 없었다. 그는 얼마 전후배가 권한 일이라도 맡아야겠다고 생각했다. 여류 작가가 방송으로 내보낸 드라마를 소설로 각색하는 일이었다. 하고 싶지 않은 일이었지만 이런 식으로 책상 앞에서 멍청히 있는 것보다는 나을 것 같았다. 그는 다시 노트북을 끄고 두 손으로 머리를 부볐다. 그의 등 뒤에서 훅, 하고 신음을 뱉는 소리가 들렸다. 그는 돌아보지 않았다.

은림의 말이 맞았다. 모두들 너무 약해져 있었다. 연숙도, 그리고 은림도. 은림은 저렇게 약한 여자가 아니었다. 저렇게 자학하듯이 앉아 소주나 마시고 그러는 여자가 아니었었다. 그리고 무엇보다 여경의 말이 맞았다. 그들은 아주 이상한 방법으로 과거에 집착하고 있었고 이상한 방법으로 서로에게 상처 입히고 있었다. 구질구질했다. 여경이 옳았다. 그는 두 손으로 얼굴을 감싸 안았다.

8

기억 속에서 무너지는 나날들

아직까지 잘 참아내고 있는 것은

내 가슴 깊은 곳에서 아직도 떨리고 있는

그 마지막 현(絃) 때문이다.

모두가 떠나버린 이곳에 혼자 남은 외로움이

이 눅눅한 습기 속으로 흩어지지만은 않을 거라는 생각.

동구권은 무너져도 노동운동은 계속되어야 한다는 믿음.

내 외로움 속에 혼자 주저앉지는 말고

더 고달픈 이들에게 먼 선율이라도 들려주기 위해 애써야지.

그래서 가끔 그런 생각들이 나를 주저 없이

외로움 속으로 들어서게 한다.

비가 쏟아지는데 건섭은 돌아오지 않는다.

벌써 사흘째 아무 소식도 없다.

—92년 8월, 노은림의 유고 일기 중에서

싸늘한 바람이 너른 뺨에 와서 부넛실 때마나 고같이 싸아했다.

벌써 한기가 느껴지는 저녁이었다. 그는 귤을 쌓아놓은 리어카 앞에 서 있었다. 아직 귤이 나오기는 이른 계절이라서였을까, 노란 귤껍질에는 군데군데 푸른 자국들이 남아 있었다. 아마 거리에 넘쳐나는 이런 귤의 빛깔에서 이 푸른빛이 다 지워지면 정말로 겨울이 오리라. 푸른빛은 아마도 아직은 지우지 못한 여름의 흔적일 테니까 말이다.

그는 철 이른 오리털 점퍼를 입은 중년의 사내에게서 그것을 한 봉지 받아 들었다. 사내는 묻지도 않았건만 연신

"답니다. 맛이 좋아요!"

하며 싱글거리고 있었다.

그는 한길에서 어두운 골목길을 향해 돌아서 걸었다. 귤이나 벌써 등장한 군고구마나 군밤 한 봉지를 사 들고, 사내들이 코트 깃을 올리며 골목길을 오르고 있었다. 퇴근길에 동료들과 나눈 술기운을 차가운 밤공기 속으로 푸우푸우 내뿜는지 그들의 입에서는 가끔씩 하얀 입김이 쏟아져 나오기도 했다. 아직 낙엽도 떨구지 못한 버드나무가 저만치 보였다. 차가운 가을바람에 이리저리 나부끼며 나무는 파랗게 질린 것처럼 보였다. 그 앞에서 잠시 침을 뱉고 나서 그는 붉은 벽돌색의 3층 건물을 바라보았다.

처음 여경을 만나러 이곳에 왔을 때는 봄날이었다. 주택가 담장 위로 훌쩍 키가 커버린 목련의 흰 꽃이파리가 등불처럼 환하던 그때 그는 아마 이곳에 멈추어 서서 뛰고 있는 심장의 소리를 들었던 것 같았다. 다시금, 자신의 생의 어느 날 이렇게 기쁜 마음으로 이렇게 두근거리며 누군가를 방문할 수 있으리라는 희망 따위는 버린 지 오래되었던 날들이었다. 그랬기 때문에 그 가슴 뜀이 신기하고 소중했던 기억. 그때 흰 면 니트 스웨터에 흰 광목 플레어 스커트를 입은 여경이 마치 바위투성이 계곡을 지나 이리로 오는 한 마리 산양처럼 그에게 다가왔었다.

그는 조심스레, 1층과 2층의 계단을 돌아 올라갔다. 마치 추억의 자취를 거슬러 올라가는 물고기처럼 그의 가슴도 뛰고 있었다. 3층에 오르자 '여명화실'이라는 간판이 붙은 나무 문이 보였다. 흰 형광등 빛이 그 문틈 사이로 비어져 나오고 있었다. 그는 잠시 망설이다가 문을 열었다. 학생들은 모두 돌아갔는지 고요한 화실, 구석 자리에서 화구를 챙기고 있던 여자가 놀란 듯 고개를 들었다. 여경과 함께 화실을 운영하고 있는 여자였다.

"어머 웬일이세요."

긴 파마 머리를 틀어 올린 여자는 짙은 밤색 카디건을 여미며 조심스레 말했다.

"어떻게 하죠, 여경인 없는데."

여경이 없는 것은 그도 알고 있었다. 들어서는 순간 열 평 남짓한 화실을 빠르게 훑어보았던 것이었다.

여자는 잠시 망설이더니 의자를 그의 앞에 내밀며

"잠시 앉으시죠. 차라도 한잔."

하고 말했다. 당황한 빛이 그의 얼굴로 스치고 지나갔다.

"어딜…… 갔나요?"

"저기…… 어떻게 하죠? 며칠 전에 바람 좀 쐬고 온다고 차 가지고 떠났어요."

"……그랬군요."

그는 짧은 바바리 주머니에서 담배를 꺼내 입에 물었다. 여자는 두 손을 마주 잡고 곤란하다는 듯 비벼댔다. 그는 들고 있던 귤 봉지를 그제서야 여자에게 내밀었다.

"……드십시오."

여자는 잠시 망설이다가 봉지를 받아 들고 입을 열었다.

"저 먹으라고 가져오신 것도 아닌데 받아도 되는지 모르겠네요."

여자는 좀 웃더니,

"앉으세요. 그래도 이렇게 오셨는데 차라도 한잔하셔야죠. 모과차가 좀 있어요."

하고는 작은 쪽문을 밀고 안으로 들어갔다. 테레빈유의 냄새가 풍기는 방에서 그는 담배를 물고는 화실을 둘러보았다. 잘생긴 서양 사람들의 얼굴을 조각해놓은 흰 석고상들이 주욱 늘어서 있는 창가, 이젤, 그리고 쌓인 도화지들. 입구에서 먼 쪽으로 발등에 붉은 꽃이 송글거리는 슬리퍼가 한 짝 보였다. 저것은 여경이 신던 것일까, 그는 물고만 있던 담배에 불을 붙였다. 그러고 보니 이곳에 와본 것도 꽤 오랜만이었다.

"앉으세요. 불편하시겠지만."

여자는 모과차를 끓여가지고 나오면서 그에게 나무 의자를 하나 권했다. 그는 그녀와 마주 앉아 모과차를 받았다. 칠판이 놓인 화실 한편 바구니에도 모과가 가득 쌓여 있었다.

"향기가 좋군요."

그가 모과차를 한 모금 마시며 말했다.

"네, 많이 드세요. 이맘때가 되면 여경이가 새벽같이 경동시장으로 가서 한 바구니를 사와요. 그런데, 싸우셨어요?"

그가 뜨거운 모과차를 한 모금 삼키려는데 여자가 말했다. 그가 좀 난처한 듯 찻잔만 바라보자 여자는 재미있다는 듯이 웃었다.

"여경이, 걔가 외곬인 데가 있어서요. 뒤끝은 없는 앤데. 아마 한계령에 간 것 같아요. 제가 산장 전화번호를 좀 알아봐 드릴까요?"

여경이하고 동창이라는 그녀는 몇 번 볼 때마다 언제나 차분해서 여경보다 언제나 한두 살쯤 위로 보였다. 명우는 여자의 차분한 눈빛을 얼른 피하며 차가운 머리칼을 쓸어 올렸다.

"됐습니다……."

말이 끊겼다. 별 이야기도 없이 마주 앉아 마시기에 모과차는 너무 양이 많았고 너무 뜨거웠다. 그렇다고 여자가 끓여준 모과차를 몇 모금만 마시고 남길 수도 없어서 그는 난처한 기분이었다. 여자도 침묵이 좀 거북했는지 잔기침을 자주 해댔다.

"화실은 잘됩니까?"

"그저요. 여경이가 워낙 잘하니까."

다시 말이 끊겼다. 그는 남은 모과차를 서둘러 마셨다. 흡, 하고 소리를 낼 만큼 목이 뜨거웠지만 내색하지 않으려고 그것을 꿀꺽 삼킨 다음에 그는 자리에서 일어섰다.

"여경이 오면 연락드리라고 할게요."

여자는 뒤에서 명랑한 목소리로 말했다.

그는 뒤돌아서 화실을 나왔다. 나오는데 언뜻 캔버스에 누군가 그리다 만 스케치가 보였다. 무슨 화분 같은 걸 들고 선 여자의 얼굴 같았다. 왠지 끌리는 기분이 들어서 좀 더 들여다보고 싶었지만 여자가 그를 어색해하는 것 같아 그는 그냥 화실을 나왔다.

여경에게 연락이 없는 지 벌써 1주일째였다. 화가 좀 가라앉을 때까지 기다리자 싶어 그도 전화를 하지 않았던 거였다. 이렇게 불쑥 찾아와 반갑게 놀래주자 마음먹었던 것은 사실, 그 일이 별일도 아니라고 생각했기 때문이었다. 잘도 토라지고 잘도 돌아오던 여경이 아니었던가. 그러니 이렇게 그녀를 찾아오고 함께 나가 소주라도 마시면서 이야기를 두런거리면 금방 예전으로 돌아가질 줄 알았는데 그만 헛걸음이 되고 만 것이었다. 여태까지 한 번도 화실을 비우고 훌쩍 떠나버린 일이 없는 그녀였다. 그 역시 여경이 언제나 그 자리에 서 있을 줄만 알았던 것이었다. 이럴 줄 알았으면 진작 전화를 했어야 했다고 그는 생각했다. 여경이 언제나 그 자리에 있을 거라는 생각 때문에 그만 차일피일 이렇게 되어버리고 만 것이었다.

그는 물고 있던 담배를 손톱으로 짓이겨 꺼서는 쓰레기통에 던지고 다시 길을 내려갔다. 골목 한구석에는 포장마차 불빛이 환했다. 그의 발길이 '황혼의 집'이라는 상호가 붙은 그 포장마차 앞에 잠깐 머뭇거린다. 푸른빛과 흰빛이 교차된 비닐 포장 위로 가까이 다가앉은 남자와 여자의 그림자가 선명하게 비추어졌다. 꼼장어를 굽는 냄새가 피어오르고 인적이 점점 더 드물어지는 골목엔 포장마차 비닐이 바람에 펄럭이는 소리만 들려왔다. 가끔 그가 이렇게 늦게 여경의 화실을 찾아오는 날이면 둘은 저기 들어가서 대합탕을 시켜놓고 소주를 마셨다. 얼굴이 좀 검은 뚱뚱한 아주머니가 시중을 들고 비쩍 마른 그의 남편이 요리를 하는 친절한 집이었다.

그녀와 그가 들어서 삐그덕거리는 나무 의자에 앉으면 아주머니는 웃으며 말하곤 했다.

"내합탕하고 소수 하나지?"

그날에, 그들이 대합탕을 먹으며 소주를 마시던 그때, 마치 오늘의 그가 그러하듯이 어떤 쓸쓸한 사내가 이 골목을 돌아 내려설 때, 그때 그들의 그림자도 저렇게 비추어졌을까.

오피스텔로 돌아온 그는 전화기 앞으로 갔다. 11시 10분이라는 표지 이외에 어떤 표시도 없었다. 한 통도 전화가 걸려오지 않았던 것이었다. 그는 갑자기 낯선 여인숙에 당도한 여행자처럼 제 방 안을 돌아보았다. 고요했다. 아마도 전화벨마저 울리지 않았던 이 방 안에는 하루 종일 이렇게 무거운 침묵만 가득 차 있었으리라. 명우는 주방으로 다가가 커피 메이커의 스위치를 올려놓고 바바리코트를 벗어 침대에 던지고는 소파에 무너지듯 주저앉았다.

처음 서울로 올라와 서울 국번의 전화를 그의 방에 매달았을 때 그는 동생 명희와 J시의 부모에게 전화를 걸었다. 그러고 나니까 더 전화 걸 데가 없었다. 그리고 걸려오는 전화역시 없었다. 하지만 가끔 전화벨이 울리기도 했다. 라면을끓여 먹고 책을 뒤적이고 있으면, 갑자기 난데없이, 마치 우연의 신호를 보내려는 듯이 벨이 울리기도 했던 것이다. 그러면 그는 전화기 앞으로 다가가 전화벨이 몇 번 더 울릴 때까지 수화기 위의 허공에 손을 멈추고 가만히 기다렸다. 누구일까 생각하는 그 시간을 아끼고 싶었던 거였다. 그러고는생각했다. 아아, 이것은 혹시라도 구원일 수 있을까. 무슨 구원을 바랐던 것일까. 가족 이외의 누구에게도 전화번호를 가르쳐주지 않았었다. 그러므로 대개의 전화는 잘못된 것이었다. 그의 전화번호를 쓰던 곳이 학원이었던 모양인지 아이들과 학부형들의 목소리뿐이었다.

―거기 속셈학원이죠?

―아닙니다. 잘못 거셨습니다.

―거기 속셈학원이죠?

―아닙니다. 여긴 가정집이에요.

― 분명 속셈학원이었는데요.

―아니에요.

―거기 속셈학원이죠?

—아닙니다. 아니에요, 아니라구요!

실수는 누구나 하는 법이었다. 그도 그래왔으니까 말이다. 어느 날 아침 그는 중국집에 전화를 걸었다. 마침 부엌 벽에 그 전화번호가 붙어 있었기 때문이었다. 밤을 새우고 난 후였을까, 그는 거의 오후가 된 줄 알았었다. 졸리운 듯한 여자가 전화를 받았다.

—여보세요. 여보세요…….

—여보세요. 여기 동구빌라 지하인데요. 자장면 두 그릇만…….

—지금 몇 시야. 우린 지금 영업 안 해요.

망연히 전화가 끊겼다. 그는 시계를 들여다보았다. 아침 7시 30분이었다. 시계를 바라보던 눈길을 천천히 떨구고 그때 그가 개지 않은 이불에 피곤한 몸을 누이려다가 잠깐 엎어져 울었던가 아니던가.

그는 옷을 갈아입으려 일어섰다. 침대맡에 걸쳐둔 추리닝으로 갈아입으려다 문득 그는 뒤를 돌아보았다. 누군가가 곁에 있는 것 같은 느낌이 들어서였다. 빈 책상과 주방의 간단한 살림 도구 외에는 아무것도 없었다. 그는 바지를 벗고 감색 추리닝으로 갈아입었다. 벗어서 걸쳐둔 옷을 침대에서 집어 올리려는데 은림의 모습이 떠올랐다. 명지가 누워 있던 침대에 두 손을 가만히 대어보던 그 모습이었다. 그녀가 가버린 후 은림을 생각하면 왜 자꾸만 그 모습만 떠오르는지 그도 알 수 없었다. 이모네 집으로 가겠다고 했던 은림은 그다음 날 아침 다시 가방을 챙겨 떠난 후 그의 전화기에 한 번의 녹음을 남겨놓았었다.

—나 은림이야. 녹음기에다 이야기하려니까 이상하다. 서울서 만나기로 한 사람하고 어렵게 연락이 되었어요. 그리구 이모네 집 근처 삼양동에 방을 얻었어요. 취직자리 알아보고 있는 중이구요. 이상하다. 기계에 이야기하려니까. 다음에 또 걸게요…….

그랬다. 은림도 어딘가로 숨어들었던 거다. 그러고는 아직 전화 한 통 없었다. 여경도 사라지고 연숙도 명지도 사라지고 그는 이제 뒤통수에 깍지를 낀 채로 혼자 앉아 있는 것이었다.

열 살 때였던가. 그의 집은 남쪽 바다의 J시로 이사했다. 해군기지가 있고 바다가 있고 그리고 벚꽃이 유명한 소도시였다. 어느 날 봄볕이 따스하다 싶자 갑자기 시가지는 사람들로 가득 찼다. 그러면 나뭇가지마다 꽃들이 피어나기 시작했다. 꽃을 보러 몰려든 사람들의 바람이 이루어진 것처럼, 그도 아니면, 누군가가 밤사이에 요술 지팡이를 가지마다 톡톡 두드려놓고 간 것처럼 꽃은 일제히 피어났다. 아무리 같은 벚꽃이라지만, 그래도 음지와 양지가 있고 바람이 부는 곳과 불지 않는 곳이 따로따로인데 어떻게 꽃들이 그렇게 일제히 피어날 수 있는 건지 그는 알 수 없었다. 게다가 이렇게 많은 사람들은 대체 그동안 어디에서 살고 있었는지도 그는 알 수 없었다. 거리로 나서면 사람들에게 밀려 저절로 발걸음도 두둥실 시내까지 걸어가지곤 했었다. 그러면 그는 벚꽃이 핀 나무 밑을 지나다니면서 또 생각했었다. 이렇게 예쁘고 연한 꽃이파리가 어떻게 저 딱딱한 나뭇가지를 뚫고 나오는 걸까. 눈을 들면 푸른 하늘 밑으로 시리게 핀 꽃잎들은 해방 직후 일본으로 밀항했다는 외삼촌이 일본에서 보내온 그림엽서 속의 사진처럼 보였다.

풍선이 솟아오르고 솜사탕이 부풀려지고 사진기의 플래시가 터졌으며 쉴 새 없이 음악이 흘러나오던 거리. 그리고 바람이 불면 꽃이파리는 할랑할랑 떨어져 내렸다.

그러던 어느 날 아침 눈을 떠보면 거리는 텅 비어 있었다. 사람들은 모두 떠나버린 것이었다. 텅 빈 거리에 눈처럼 하얀 꽃이파리만 퍼붓고는 나무란 나무에는 꽃잎이 하나도 붙어 있지 않았다. 필 때처럼 그렇게 일제히, 밤새 그 거리에 등을 돌리고 떠나버린 사람들의 싸늘한 마음 때문인지, 그도 아니면 마녀가 가지마다 황폐의 마법을 걸어놓은 것인지 이상한 적요가 도시를 덮었다. 거리로 나가보면 마치 모든 것이 꿈이었다는 듯이 일상이 계속되고 있었다. 오복자전거포에서는 빵꾸 난 자전거에 바람을 넣고 있었고 우체부가 느릿느릿 걸어오다가 고바우상회 영감과 농담을 하고 개들은 이리저리 몰려다니며 쓰레기통을 뒤지기도 했다. 터져버린 풍선의 잔

해와 꺾어진 솜사탕 막대기와 하수도 구멍 어귀에 말라 비틀어진 꽃이파리들 무더기가 아니었다면 정말로 이 모든 것이 꿈이라고 생각했을지도 모른다.

명우는 요즘 들어 부쩍 그때 생각을 많이 했다. 그때의 설렘과 그때의 허망함, 모여듦과 흩어짐. 개화와 낙화. 그리고 남는 적요…….

누군가 벨을 눌렀다. 그는 잠시 그 자리에서 숨을 멈춘 듯 앉아 있었다.

"……오빠 없어? 나야."

명희의 목소리였다. 그는 멈추었던 숨을 그제서야 내쉬며 천천히 일어나 문을 열었다. 화장기가 없는 얼굴로 명희가 스웨터를 어깨에 걸친 채로 문 앞에 서 있다가 그의 방 안으로 들어왔다.

"뭐 하고 있었어? 일하는 거 방해한 건 아니야?"

"아니. 지금 막 돌아온 참이야."

"커피 한잔 얻어먹고 싶어서 왔어. 괜찮아?"

명희는 소파에 앉으면서 들고 온 작은 플라스틱 통을 내밀었다.

"백화점에서 갓김치 좀 사와 봤더니 맛있어. 냉장고에 두고 먹어."

그는 동생이 들고 온 작은 플라스틱 김치통을 냉장고에 넣고 커피를 잔에 따라서 소파에 앉았다.

"……참견하고 싶지는 않지만 오빨 보면 좀 그래."

마주 앉아 커피를 마시던 명희가 망설였지만 이야기는 해야 하겠다는 듯, 천천히 입을 열었다. 무슨 소리야, 하는 표정으로 명우가 동생을 바라보았다. 명희는 담배를 가져다가 탁자에 톡톡톡 두들긴 다음 다시 입을 열었다.

"요즘 여경이 만났어?"

"그건 왜?"

그가 물었다. 명희가 잔을 내려놓고 팔짱을 끼었다.

"어젯밤에 여경이한테 전화 왔었어. 술이 잔뜩 취했더라구. 걔 지금 어디 있는지 알아?"

명우는 내밀 내민 실내화 새빌이를 비웠다. 쓰레기통에다 재를 붓고 적신 휴지로 깨끗이 닦아낸 다음 다시 한 번 물로 닦고 그러고 나서 다시 냅킨을 한 장 깔고, 걸러내고 남은 커피 가루를 부었다. 그렇게 하면 재떨이가 지저분해지지도 않고 나중에 청소하기도 좋았던 것이다.

명희가 재떨이를 부시는 오빠의 뒷모습을 바라보다가 입을 열었다.

"한계령이래……."

"……."

"난 걔가 그러는 거 처음 봤어. 대학 4학년 때 집안 망하구 아버지 돌아가시구, 그러고 나서 동생들하고 엄마 살림 도맡아서 해온 아이야. 웬만한 일 가지고 화실 일 팽개치구 그럴

애가 아니야. 정말 이런 건 처음 봤어."

그는 들고 있던 재떨이를 가지고 탁자로 돌아왔다. 그의 표정은 몹시 굳어 있었다. 명희는 담배 연기를 내뿜으며 조심스레 방 안을 둘러보다가 말을 돌렸다.

"그런데 그 은림인가 하는 여자는 갔어?"

"응."

"오빠도 알다시피 난 과거의 일 같은 건 별로 관심이 없어. 하지만 그 여자랑 오빠랑 있는 거 보면서 사실은 여경이가 아니라도 나도 묻고 싶었어. 어쩔 작정이냐구 말이야."

"뭘, 어떻게 해?"

"대책이 없는 여자 같던데."

명희는 아주 사무적인 표정을 지으며 말했다. 갑자기 명우는 이 여동생의 얼굴에서 아주 먼 타인을 느꼈다.

"여경이가 그런 말을 했니?"

"여경인 아주 동정적으로 말했어. 대책이 없다는 표현은 내 판단이야."

명우는 숨을 깊이 내쉬며 입을 다물었다. 명희는 제 오빠를 물끄러미 바라보았다. 찬찬히 마음을 짚어보려는 것 같았다.

"정말 이제 해결이 된 거야? 그 여자가 오빠한테 노리는 게 단지 이틀 밤 자고 가는 거였냐구?"

명희는 찬찬히 추궁을 해 들어올 기세였다. 그는 기대었던 상체를 좀 일으키며 입을 열었다.

"그것뿐이 아니었다 해도 너한테 이런 말 들을 이유는 없다고 생각한다."

"여경인 내 후배야. 내가 권한 것은 아니지만 결과적으로 나 때문에 오빠랑 그렇게 된 거고."

"그래서?"

그의 턱이 완강하게 치켜졌다. 오누이의 눈이 마주쳤다. 둘다 팽팽한 눈길이었다. 먼저 눈길을 떨군 건 명우였다. 그는 대답 대신 담배를 물고 불을 붙였다.

"나도 네 생활에 대해서 간섭하지 않았잖니? 나도 네게 하고 싶은 말이 많았단다. 하지만 빌어먹게도, 우린 서로한테 어쩔 수 없게, 예의 같은 걸 지키기 위해 모르는 척 그렇게, 살고 있지 않니?"

그는 말을 이어나가기가 힘들다는 듯 말했다. 명희의 얼굴이 설풋 굳어졌다.

"오빠 좀 비겁하다."

명우의 눈길이 날카롭게 치들렸다. 손가락 사이에서 혼자 타들어가는 생담배 타는 연기가 가늘게 떨며 피어오르고 있었다.

"나에 대해 오빠가 하고 싶은 말이 무언지 알아. 하지만 난 아직 그것 때문에 문제를 일으킨 적은 없어. 안 그래요?"

피하고 싶지 않다는 듯 명희가 물었다. 정면으로 맞붙어보자는 것 같았다. 파르르 떨던 명우의 눈길이 툭 하고 떨어졌다. 할 말이 없었다. 일이 공교롭게 하필이면 그렇게 되었다고 말한다 해도 그랬다. 변명이라는 게 원래 길어지게 마련이고 그리고 언제나 대개는 구차스러운 것이었다. 그랬다. 명희는, 그리고 명희의 방에서 자고 갔던 남자들은 문제를 일으키지는 않았었다. 어제 자고 갔던 사내가 오늘 나타나서 오늘 자고 가려는 남자에게 시비를 걸었던 일도 없다. 그들은 깔끔했다. 명우는 담뱃불을 껐다. 무슨 말을 더 할 수 있을 것인가. 그가 시인하는 듯한 표정을 보이자 명희가 이어 말했다.

"하지만 오빠는 아니야. 오빠 옛날 애인을 데려다 방에서 묵게 하고, 그거 참아준 것도 여경이니까 한 거야. 그리고 명지 엄마까지 불러들였어. 것뿐인가, 명지까지. 여경이가 왜 오빠의 그 과거들을, 예쁘지도 않은 과거들을 주르르 세워놓고 봐야 해? ⋯⋯내가 오빠를 좋아하긴 하지만 난 기본적으로 성인이 된 이상 서로의 사생활에 대해서는 간섭하지 않아야 된다고 생각하는 사람이야. 하지만 이번 일은 좀 그래. 그래서 말해야겠다고 생각한 거야."

"⋯⋯."

"오빠 세상을 몰라. 너무 오랫동안 꿈만 꾸면서 살았어. 나쁘게 말하자면 너무 철이 없이 살았다고나 할까. 이런 표현 미안해. 하지만 그래도 할 말은 해야 되겠어. 여자들, 생각보다 굉장히 교활한 족속들이야⋯⋯. 나이 들어서 너무 순진한 것도 죄야. 안 그래?"

그는 아무 말도 하지 않았다.

"여경이……. 그래, 걔 이제 스물여섯이야. 뭘 알겠어? 대학 4학년 땐가 아르바이트하던 회사의 유부남한테 실컷 놀림만 당하고 나서 아마 연애도 오빠가 처음일 거야. 얼굴도 그만하면 이쁘고 학벌도 나쁘지 않아. 집안이 좀 어렵긴 하지만 대신 본인이 능력이 있어. 여자가 결혼하는 데 그 정도 조건이면 훌륭한 편이야. 이런 말하면 좀 그렇지만 오빤 뭐야? 누가 뭐래도 한 번의 이혼 경력이 있어. 게다가 지금은 명지를 걔 엄마가 키우고 있다고 해도, 한국이란 사회에서 아이라는 게 언제 아버지한테 올지 모르는 거야. 우리 집안이 유산을 물려줄 것도 아니구 더구나 오빠는 내로라하는 직업도 없어."

"그래, 무슨 이야긴 줄 알겠다……."

명우가 말을 끊었다. 명희가 잠시 머쓱하더니 담배를 끄고는 명우를 바라보았다.

"미안해, 맘을 상하게 하려는 건 아니야. 나 여경이 아껴요. 요즘 세상에 참 보기 드물게 순수한 아이야. 오빠랑 잘되었으면 해요. 그게 결혼이든 아니든 상관없지만 적어도 그런 이상한 꼴을 보이는 건 그래요."

명우는 먼 곳을 보고 있었다. 모르는 사이에 천장 한구석에 거미가 거미줄을 쳐놓은 것이 보였다. 저 거미는 어떻게 9층까지 올라와서 언제 저 구석진 영토를 점령했을까 그는 그런 생각을 했다.

"다음 주에 어머니가 올라오신다고 전화 온 걸 내가 오빠도 나도 바쁘다고 오시지 말라고 했어요. 이번 신정 땐 같이 내려가요, 오빠."

명희는 잠시 더 앉아서 커피를 마시다가 제 방으로 내려갔다. 다섯 살이나 차이가 나는 누이동생이었지만 그럴 때 명희는 꼭 다섯 살 연상의 누이 같았다. 그는 탁자 위에 흩어진 커피잔을 개수대에 가져가 씻어서 엎어놓은 다음 책상 앞에 앉았다.

—오빤 세상을 몰라. 너무 오랫동안 꿈만 꾸면서 살았어. 나쁘게 말하자면 너무 철이 없이 살았다고나 할까. 이런 표현 미안해. 하지만 그래도 할 말은 해야 되겠어. 여자들 생각보다 굉장히 교활한 족속들이야. 나이 들어서 너무 순진한 것도 죄야. 안 그래?

그는 담배를 새로 물었다. 그리고 성냥을 켜고 손을 둥그렇게 말아 불빛을 들여다보다가 불을 붙였다.

—난 어쩌면…… 정말 유토피아를 꿈꾸었던 건지도 몰라. 이 세상에 없기 때문에 이름이 유토피아라지? 이 세상에서 우리가 상상했던 모든 좋은 세계에 대한 상상을 사회주의 속에 다 가져다 부어놓고, 그것이 단지 꿈으로 끝날 수도 있다는 상상은 해보지도 않았어. 다 이루어질 수 있다고 믿었어, 굳게 믿었지 그리고 아직도…… 아직도…… 그 미망

에…… 사로잡혀 있으니까.

명우는 담배를 깊이 빨아들였다.

—우린 점점 불리해지고 있었어요. 회사에서 하도 극성스럽게 회유를 하니까 하나둘씩 탈퇴자가 늘어서 우린 아주 조금뿐이었어요. 배가 좀 아프기 시작해서 집에 가서 쉬어야겠다고 생각했지만…… 모르겠어. 나갈 수가 없었어. 집행부들이 너무 외롭게 보였어. 위원장 언니, 쟁의부장, 홍보부장. 모두 누렇게 얼굴들이 떠가지고 사람 하나씩 줄어들 때마다 가슴이 철렁거리는 표정을 짓는데…… 차마 집에 간다고 할 수가 없었어. 나 하나쯤 사라져도 어차피 대세에는 지장도 없겠지만 내 쪽에만 비치고 이렇게 남아 있다는 걸 보여주고 싶었어. 혹시라도 그들에게, 너무나 지쳐가고 있는 그들에게 위안이 될까 해서…….

—난 당신들을 이해할 수가 없어요. 당신들은 너무 이상한 관계를 맺고들 있어요. 그리고 이상한 방식으로 서로를 상처 입히는 것 같아요. 그리고 지나치게 과거에 얽매여 있어요. 난 거기 끼어들기 싫어요. 난 아직 당신들보다 젊고 난 당신들처럼 집착해야 할 과거도 없어요. 오늘 당신의 옛 부인이 당신의 옛 애인을 모욕하는 자리에서 나 또한 어떤 모욕감을 느꼈는가는 사실 아무 문제도 안 돼요. 나는 그냥 당신이 싫어졌어요. 당신을 둘러싸고 있는 사람들 그 방식. 그런게 싫어요. 너무 구질구질해요. 당신들은 이상한 사람들이

야. 이상한 방식으로 얽혀 있어.

불현듯 그는 다시 뒤를 돌아보았다. 이상했다. 누군가가 자꾸만 자신을 엿보고 있는 것 같았다. 누군가가 오래전부터 그를 따라다니며 다, 알고 있어, 하고 말하는 것만 같았다. 명우는 담배를 끄고 자리에서 일어섰다.

1주일 전쯤 여경을 안은 채 바라보던 수유리와 삼양동의 불빛이 보였다. 멀리서 보기엔 아름답던 술집의 네온사인과 멀어서 아련하게 떨고 있던 정릉 어딘가의 불빛들……

이제 혼자서 그 불빛들을 바라보며 그는 제 얼굴을 쓸어내렸다. 며칠째 면도를 하지 못한 턱으로 까칠한 수염이 깔끄러웠다.

한참을 거기 서 있다가 그는 창가로 다가가 문을 조금 열었다. 높은 곳에 모여 있던 바람이 밀려들었다. 그의 머리칼들이 일제히 뒤로 날리기 시작했다.

그는 그 바람 속에서 여경이 여학교를 다녔다는 정릉과 은림이 방을 얻었다는 삼양동 쪽을 눈으로 더듬어보았다. 은림과 그가 닿지도 못할 약속 때문에 괴로워하고 있을 때, 아마 여경은 저기서 고등학교 시절을 보냈으리라. 최루탄 냄새에 코를 막고 분식집에 들어가 손수건으로 눈물을 씻으며 그보다 더 매운 떡볶이를 먹었을지도 모른다. 그때, 그 하얀 최루탄 속을 뛰면서 은림과 그는 처음으로 서로가 서로를 진심으로 원하고 있다는 것을 깨달았던 그때.

그는 어두운 창밖에 희미하게 비친 제 모습을 바라보았다. 까칠하고 창백한 얼굴의 남자가 서 있다. 그리고 그의 모습과 겹쳐지는 저 불빛 속에, 저 듬성듬성하고 단조로운 노란 불빛들 어딘가에는 은림이 있을 것이다. 삼양동 꼭대기 연탄 가게와 슈퍼마켓이라고 이름을 붙인 작은 가게와 세탁소, 그리고 비디오 가게를 지나 은림은 깊이 파묻혀 혼자 앉아 있을 것이었다. 은림은 원래 어두운 것을 싫어했다. 공단 근처의 지하 방에 살 때 그러므로 그녀는 마치 음지에서 잘못 돋아난 양지식물처럼 시들어갔었다. 언제나 밝은 창가에 앉고 싶어 했고 햇볕이 쨍쨍한 여름날을 좋아했었다.

당신한테만 알려주는 비밀인데, 난 여름을 아주 좋아해요. 하지만 아무 여름날이라고 내가 다 좋아하는 건 아니구. 그러니까 이런 조건들을 갖추고 있어야 해. 첫째로 기온이 아주 높고 뭉게구름 피어나는 하늘이 파란 건조한 날씨에, 둘째로 바람이 아주 많이 불고, 셋째로 키가 큰 나무의 나뭇잎들이 햇볕에 반짝이며 팔랑거려야 해요. 그러면 나는 살고 싶어져요. 내 안에서 어떤 생명력이 막 생겨나는 것만 같거든…….

아마 은림은 새로 얻은 방에 촉수 높은 알전구를 매달았으리라. 이곳에서 바라만 보자면 작은 바람에도 후두둑 떨어져버릴 것 같은 저 작은 불빛들도 그러니까 사실은 그녀의 작은 방의 어둠과 맞서는 유일한 빛이 되리라…….

그는 불빛들을 바라보다 책상 앞으로 다가가 앉았다. 책상 서랍에서 '먼 데서 온 여인'이라는 글씨가 박힌 방송용 대본을 꺼내 펼쳐놓고, 그는 천천히 노트북 스위치를 켰다. 그는 손가락을 열 개 펴서 자판 위에 올려놓아 보았다. 손가락들은 곧게 뻗어 있었다. 흰 손이었고 게다가 노동의 흔적인 옹이 같은 건 어디에도 없었다. 한때 그는 용접공으로 근무한 적도 있었지만 그건 다만 한때였을 뿐이므로 손은 다시 예전의 원형을 회복하여 바야흐로 게으른 자의 표상처럼 그저 길쭉할 뿐이었다. 그는 유명한 여류 작가가 썼다는 방송용 대본을 펴놓고 소설로 리라이팅을 시작했다.

강가엔 가을이 깊었다. 붉고 누런 낙엽들이 강물 위로 떨어져내려 가만히 맴을 돈다. 거의 1년 동안 비어 있던 호화로운 별장이 수런거리기 시작한 것은 바로 그런 날이었다. 그녀가 나타난 것이다. 고급 승용차가 멎고 나이가 많은 듯한 기사가 내려 문을 열어주자 한 여인이 내렸는데 시폰 스카프를 두른 데다 선글라스를 낀 채였으므로 별장을 관리하고 있는 노인조차 그녀가 3년 전에 이곳을 떠나 사라졌던 그녀라는 걸 알지 못하는 것 같았다……

거기까지 쓰고 그는 손길을 멈추었다. 무언가가 그의 마음속에서 와르르 무너져 내리고 있었다. 느낌이 하도 생생해서 그는 잠시 숨을 멈추고 있었다. 막을 수도 없고 외면할 수도 없는 느낌. 하지만 그게 무엇인지 그는 아직 그 정체를 감지할 수 없었고 그래서 그저 크게 숨을 들이쉬고 그 느낌이 멈추기만을 기다리는 수밖에 없었다.

9

지금의 나는 생각하지,

한때 나는 왜 인간이었을까

오늘 명우 형에게 재미있는 일본 소설을 건네받았다.

일본 고등학교 교과서에 실린 짤막한 소설이었는데

나카시마 아츠시란 사람의 「산월기」라는 소설이다.

과도한 욕심을 가지고 살던 시인이 실종되어

훗날 친구에게 사람을 잡아먹는 포악한 호랑이로

발견되는데 그 호랑이의 말이 재미있다.

"이제까지는 내가 줄곧 왜 호랑이가 되었을까 생각했는데

얼마 전에 문득 정신이 들고 보니 나는 왜 이전에

인간이었나 하고 생각하고 있질 않겠나.

나는 나 자신의 과거를 전부 잊어버리고

한 마리 호랑이로 미쳐 돌아다니며 오늘처럼

길에서 자네를 만나도 자네를 잡아먹고 아무런 죄의식도

가지지 못할 걸세……, 아아 얼마나 슬프고 비통한 일인가?"

우리 사장이 이 글을 읽는다면 무슨 생각을 할까.

조회 때마다 우리들을 세워놓고

가난했던 지난 시절을 이야기하지만 그는 이미

우리들을 잡아먹는 호랑이가 다 되었는데.

명우 형이 나의 일본어 실력이 많이 늘었다고 칭찬해줬다.

—86년 7월, 노은림의 유고 일기 중에서

"호랑이."

"그래 임마, 호랑이……. 이렇게 말했어. 내가 하도 엉뚱해서 외워두었는데 말이야. 그래, 뭐 예전엔 호랑이가 왜 됐나 그랬는데 요즘은 내가 왜 인간이었나 한다나 어쩐다나? …… 그것도 밤 3시에. 내가 처음엔 웬 미친놈인가 해서 끊어버리려고 했는데 가만히 들어보니까 이게 어디서 들어보던 목소리야. 명우 네놈일 줄 생각이나 했었겠냐? 기가 막혀서. 네놈 전화번호 알아내는 데 장장 보름이나 걸렸다. 자 받아라."

경식은 그의 앞으로 소주잔을 내밀면서 웃었다. 아마도 은림이 처음 그를 찾아온 날 밤에 그가 비몽사몽 간에 전화를 걸었던 것이 그에게였었나 보다. 그의 옛 전화번호는 어떻게 기억해냈는지. 물론 맨정신이었다면 그는 경식의 전화번호를 외우지 못했을 것이었다. 그러고 보면 사람의 맨정신이라는 게 사실은 얼마나 맹숭맹숭한 정신인 것인지도 알 수 없는 일이었다. 하지만 그렇다 해도 이상한 일이었다. 왜 하필 경식이었는지, 그러니까 여경이라거나 출판사를 경영하는 후배라거나 그런 사람들이 아니라 왜 경식이었는지 알 수 없었다. 그는 소주잔을 받고는 경식의 잔에도 가득 채워준다. 거의 삼사 년 만의 만남이었다. 두 사람의 잔이 부딪쳤다. 그리고 잔을 비우고 나서 서로의 눈길이 부딪친다. 아주머니가 커다란 쟁반에 순대와 곱창을 가지고 와서 지글거리는 철판에 푸짐하게 볶아댔다. 철판에서는 김이 펄펄 오르고 있다.

"근데 호랑이가 무슨 말이냐?"

경식이 빈 그의 잔에 다시 소주를 따라주며 물었고 그는 그냥 웃었다. 그랬었구나 하는 생각이 떠올랐다. 은림의 초보적 일본어를 중급으로 끌어올려준답시고 가르쳐준 「산월기」가 떠올랐다. 호랑이가 된 시인의 넋두리도.

"녀석, 실없기는. 그런데 우리가 마지막으로 본 게 그러니까 연대에서 열렸던 노동절 집회였던가?"

경식이 물었다.

"80년?"

명우가 잠시 생각에 잠겼다가 대답했다.

"아니 90년 아니냐?"

"글쎄 91년 같기도 하다."

"이젠 정말로 전설의 고향이로구나."

둘은 웃으며 다시 잔을 부딪쳤다.

"왜 그렇게 꽁꽁 숨어 살았니?"

경식이 물었다.

"숨어 산 건 아니야."

"요 몇 년간 네 소식을 아는 사람이 아무도 없었어."

"……그냥 그렇게 됐다. 넌 결혼은 했냐?"

"그럼. 돌 된 딸내미도 있는걸."

분위기를 바꾸려는 명우의 말에 경식은 웃으며 말했다. 그 말투가 하도 자랑스러워서 명우도 빙긋이 웃으며 고개를 끄덕였다. 하지만 경식은 명우의 반응이 단지 고개를 끄덕여주는 것으로만은 성에 안 차는지 양복 안주머니에서 수첩을 꺼내고는 사진을 한 장 그에게 건넸다. 아마도 지난여름이었던가 보다. 푸른 버드나무 그늘 아래서 머리를 분수처럼 위로 치켜 맨 꼬마와—아직 남자라고도 여자라고도 할 수 없는—그의 부인이 웃고 있는 사진이었다.

"다행히 날 안 닮아서 예쁘지? 이름이 민주야."

그가 사진을 건네자 경식은 혼자서 사진을 한 번 더 들여다보고 흐뭇하게 웃었다. 연한 갈색 양복에 감색 물방울 넥타이, 검고 촌스러운 그의 얼굴에는 그런 양복들이 아직도 어울리지 않았다.

"마누라가 몸이 약해서 아쉽게도 이 애 하나로 자식 바람은 끝내야 할 것 같아. 그래서 요즘은 페미니스트가 되었지."

"페미니스트?"

"그래, 임마. 우리 딸이 이담에 커서 우리 마누라쟁이들처럼 차별받고 그런다는 생각을 하면 지금부터 몸이 오싹해. 그러니 나는 이제부터 페미니스트가 되는 거야. 우선 남녀고용평등법을 확실하게 실시하라! 이렇게 외치고 또 혼수 문제며 이런 불평등도 모두 끝내는 거야. 그게 또 일견으로는 확실한 노후 보장도 되는 거 아니겠니?"

둘은 격의 없이 웃었다. 불긋불긋 익어가는 곱창을 볶으며 경식은 말을 이어갔다.

"그날 밤 3시에 너한테 전화받고 나서 나도 사실은 잠을 못 잤어."

"호랑이 얘기라면 이제 그만해라."

그는 잠깐 그날 사실은 은림이 그에게 찾아왔었단 말을 할까 하는 생각을 하다가 그냥 그렇게만 말했다.

"호랑인지 뭔지 무슨 이야긴지 하나도 모르겠지만, 난 그래도 니가 말하려는 게 무슨 이야긴지 알 것만 같았거든. 모르겠어. 갑자기 옛날 생각이 나고. 친구 녀석들 다들 술 먹고 나면, 술 먹고 들어와서 마누라 자고 자식들 자고 그럴 때 가끔 잠이 안 오면 무슨 생각들 할까, 그런 생각이 드니까."

경식은 소주잔을 들다 말고 천장을 올려다보았다. 먼지 낀 형광등이 미세하게 떨리고 있는 게 느껴졌다. 주인아주머니가 다가와서 넓적한 철판 밑에 있는 불을 줄이고 남은 야채를 더 넣고 들깻가루랑 마늘 다진 것을 넣어 다시 음식을 볶았다. 잠시 침묵이 계속되었다. 아글바글한 곱창집 한구석에서 박수 소리가 터지고 한 여학생이 좌중의 시선을 받으며 일어섰다. 생머리가 길게 내려오고 발목까지 오는 조끼를 입은 여학생이었다.

"긴 머리 긴 치마를 입은 난 너를 상상하고 있었는데 짧은 머리에 찢어진 청바지가 너의 첫인상이었어."

박수 소리는 노랫소리에 맞추어 울리고 남학생들의 환호 소리는 커져갔다. 경식과 명우의 눈길이 그들에게 머물렀다가 다시 돌아왔다.

"대학생들인가 보지?"

"응."

"우리하곤 참 다른 거 같지."

"다르지……. 달라야 하고. 안 다르면 어떻게 하겠니? 다만 어떻게 다른 것인가는 저들의 몫으로 남겠지."

"그래, 그럴 거야. 그나저나 넌 생계는 어떻게 이어가니?"

"그럭저럭."

"글을 써보지 그러니?"

경식은 탁자 모서리에 두 손을 짚고 그에게로 몸을 바짝 기울인 채 말했다. 그가 피식하고 웃었다. 명우가 대답을 피하자 경식은 주머니에서 명함을 꺼내 그에게 내밀었다. 경화

통상 대표라는 직함이 거기 붙어 있었다.

"뭐 하는 데냐?"

"구멍가게다. 컴퓨터 판매업소야. 용산 전자상가 안에 있어. 재작년에 감옥에서 나와서 차렸지. 어려운 일 있거든 한번 와. 컴퓨터 싸게 좋은 걸로 맞추어줄게. 돈은 좀 벌고 있거든. 내가 돈 벌고 요즘은 대신 마누라가 유가협에 나가. 내가 현장 가고 빵에 가고 하는 동안 출판사 다니면서 나 뒷바라지해줬으니 늦었지만 요즘은 내가 돈 벌고 지 하고 싶은 일 하라고 하는 거지. 참 마누라 자랑은 팔불출이라고 했지만, 내가 뭐 대학원에라도 다니라니까 싫다는 거야. 그래서 그랬나? 연애 시절부터 우리 경운이가 유난히 제 형수될 사람을 따르기는 했지."

동생 경운의 이야기를 꺼내놓고 검은 그의 얼굴이 더 어두워졌다. 뒷자리의 여학생은 노래를 끝냈는지 박수 소리가 요란하고 철판에서 지글거리는 곱창볶음 소리는 빗소리처럼 잦아들었다. 명우는 잔을 들어 건배를 청했다. 멋쩍은 이야기를 꺼냈다 싶었는지 경식도 설핏 웃으며 잔을 들었다. 둘은 씁쓸한 얼굴로 잔을 들어 소주를 마셨다. 노래가 끝나고 갑자기 조용해진 술집의 허름한 창 밖으로 훼에엥 바람 소리가 지나간다.

대학 3학년 때이던가, 어느 겨울날 그는 경식으로부터 장문의 편지를 받고 은림의 오빠인 은철과 함께 그의 고향집을 방문했던 적이 있었다. 명우와 은철 그 둘을 경식에게로 찾아가게 만든 그 장문의 편지란 것의 내용은 지금은 확실히 기억나지 않지만 아마도, 어떻게 살아야 할 것인가, 논바닥같이 갈라진 부모님 얼굴을 눈물로 패게 하면서 우리는 떠나야 하는가, 대체 이 역사를, 이 비뚤어짐을 어쩌란 말인가 등등의 이야기였을 것이었다. 그때 경식은 과의 한 여학생에 대한 연정으로 혼자서 끙끙거리고 있었다. 하지만 굳이 기억을 뒤져보지 않더라도 아마 경식은 편지에 그런 이야기는 쓰지 않았을 것이었다.

한강 변에 나가 강물이 아름답다고 느끼는 것도 죄스러운 시절이었다. 왜냐하면 그 한강이 강원도 어느 산골짜기에서 발원하여 홍천의 내린천을 지나 북한강과 남한강으로 양수리에서 합쳐지고 양수리를 지나 팔당으로, 팔당을 지나 잠실과 여의도와 노량진을 지나 서해로 이르기까지 그 물결에 스며들었을 민중들의 한과 땀과 눈물을 헤아려본다면 그것은 결코 아름다울 수만은 없기 때문이었다. 세상에, 스물한두 살의 나이에, 강가에 나가서 강물을 아름답다고 생각하는 것에조차 죄책감을 가졌던 세대가 또 있을까? 강물이 그런데 하물며 사랑이야.

경기도의 남쪽 어느 해안 지대에 그의 집이 있었다. 바다라고 하지만 염전으로나 겨우 사용하는 갯벌이 펼쳐진 곳이었다. 전형적인 농부의 아들인 그는 소를 몰고 집으로 들어

오며 명우와 은철을 맞았는데 그때서야 비로소 경식은 경식
같았다. 그는 정녕 농부의 아들이었던 것이었다. 시위를 하다
가 같이 잡혀가도 처음에 그는 늘 친구들과는 따로 분류되
곤 했다. 중국집 배달부거나 대학가의 어느 레스토랑의 심부
름꾼이라고 생각했을 뿐 대학생이라고 해도 형사들이 도통
믿어주지를 않았던 것이다. 물론 나중에 그가 정말 대학생이
라는 게 밝혀지고 나면 더 두들겨 맞곤 했지만 말이다.

그들은 외양간을 개조한 그의 집 골방에서 죽처럼 진득한
밀주를 마시며 밤을 새웠다. 밤이 이울었을 무렵 고등학교
교련복을 입은 그의 동생 경운이 막 독에서 꺼낸 김치를 한
보시기 가지고 그들의 방에 얼굴을 내밀었다. 경식이 농부의
아들처럼 생겼다면 경운은 선비의 아들처럼 생겼다고 해야
할까, 아무튼 형제는 형제라고 믿기지 않을 만큼 달랐다. 은
철이 들어서는 경운에게 농주를 내밀자 경운은 대번에 얼굴
을 붉혔다.

— 전 술 못해요.

— 짜아식, 못된 것부터 가르치기는. 얜 우리들이랑 달라.
얜 모범생이라구.

말리는 경식의 얼굴엔 그러나 동생에 대한 자랑스러움이
가득했다.

그리고 89년의 어느 날 명우는 한 대학에서 분신을 한 대
학생의 기사를 신문에서 읽었다. 어디서 많이 본 듯한 얼굴,

어디서 많이 들은 듯했던 이름. 불덩이가 된 채 건물의 옥상과 지상 사이에 멈추어 있는 그의 몸뚱이를 찍은 사진이 신문에 실렸다. 분명 떨어져 내리는 어느 순간에 누군가가 용케도 앵글을 맞추어 찍은 것이었겠지만 경운을 알았고 그리고 사랑했던 이들에게 그건 너무 잔인한 일이었다. 불행은 거기서 그치지 않았다. 전화도 없는 그의 집에 소식을 알리러 밤길을 달리던 이장이 오토바이를 타고 그의 집으로 가다가 비로 파인 웅덩이 때문에 사고를 당해 다리가 부러졌고 결국에는 소식을 들은 어머니가 쓰러져 돌아가셨다. 소식을 들은 경식은 짐승처럼 밤새 울부짖었다. 그랬다. 잔인한 시절이었다. 수줍은 청년을, 부끄러워서 형 친구들이 권하는 농주를 마시지 못했던 한 소년을 열사로 만들었던 그런 모진 시절이었다. 그 소년에게 농주를 권하던 호쾌한 청년 은철을 정신병자로 만들어버린 그렇게 무정한 세월들이었다. 찢어진 청바지를 입고 유행가를 부르며 가볍게 몸을 흔들어도 얼굴이 해맑을 수 있는 저 후배들을 붙들고 이야기하기에는 너무 복잡하고 미묘한, 이제는 다만 전설로 전해질 이야기들이라고 명우는 생각했다.

"그때는, 경운이 녀석 죽은 그때는…… 생각했었지. 그래, 자랑스러운 내 동생아, 내가 너의 죽음을 대신 살아주마, 결코 헛되지 않게 해주마. 그런데 요즘 나는 가끔 이런 생각해. 뭐하러 죽기까지 했을까 하고 말이야. 이렇게 될 줄 알았으면, 죽을 필요도 없었는데 말이야. 정말 모든 것이 이렇게 허무해질 줄 알았던들…… 장가도 못 가보고, 연애도 한번 못 해봤어. 87년 때 빵에 있었거든."

경식은 쓰게 웃으며 잔을 들었다. 그때 그의 와이셔츠 안 주머니에서 무선호출기가 울렸다. 슬픔으로 구겨졌던 그의 얼굴이 머쓱해졌다. 추억은 추억이고 열사는 죽었으니 열사이고 일상은 일상이니 삐삐는 울려대는 것이다. 그는 호출기를 꺼내 들여다보더니 자리에서 일어섰다.

"잠깐만."

경식이 일어나서 아래층으로 내려가고 난 자리에는 곱창볶음이 혼자 졸아들고 있었다. 그는 철판을 달구는 불을 끄고 담배를 물었다. 옆자리의 남학생이 여자들 둘 앞에서 웃고 있었다.

"그래서 말이야. 엄마 고양이가 물었지. 넌 고양이 맞아. 그런데 왜 그러니 도대체? 그러자 아기 고양이가 말했지. 엄마 정말 나 고양이 맞아? 그래. 대체 왜 그러냐니까? 그러자 아기 고양이가 말했어. 그런데 엄마, 애들이 나보고 왜 자꾸 개새끼래?"

앞자리에 앉은 여학생이 까르르 웃는다. 둘 다 모자를 썼다. 하나는 털실로 짠 듯한, 머리통이 동그랗게 드러나는 밤색이고 옆쪽의 여학생은 베이지색 베레모였다. 뚫린 귀에 물음표 모양의 커다란 귀고리가 달린 것도 비슷했다. 아마도 바라보지 않아도 판탈롱에 굽이 뭉툭한 검은 구두를 신었으리라. 그들을 몰래 엿듣고 있던 그도 빙그레 따라 웃었다. 누군가 저런 농담 시리즈를 일컬어 신세대가 자기 정체성을 찾기 위한 몸부림을 표현하는 유머라고 했던 것 같다. 그러니 그들은 우리들에게 이렇게 물을지도 모른다. 선배님, 우리 대학생 맞아요? 그런데 왜 우린 정치랑 역사에 관심이 없을까요? 벌써 93년이 저물어가는데 그들은 어쩌면 내내 자기 정체성을 찾으려 헤매어 다니는 세대가 될지도 모른다. 그사이에 유행이 오고 유행만 가서 구두 앞코가 뭉툭해졌다가 얇아지고 바지통이 좁아졌다가 넓어지고 그러고는 상인들은 짭짤한 수익을 올리겠지. 바야흐로 세기말이 아닌가. 그들은 그러니까 세기말 세대가 되리라.

잠시 후 목조 계단을 오르는 소리가 들리고 경식이 나타났다. 예전보다 살이 많이 붙은 그는 손수건을 꺼내 땀을 닦고 있었다.

"마누라쟁이야. 올 때 애 케이크 하나 사오라고. 젠장 이게 노예 사슬이라니까."

그는 삐삐를 보이며 쓰게 웃다가 팔목의 노란 금시계를 들여다보았다.

"일어날까, 그만?"

그가 시계를 들여다보자 명우가 말했다.

"아니야, 그런 건 아니구. 저기, 우리 자리를 좀 옮길까?"

경식이 조심스레 그에게 물었다.

"그러지 뭐."

명우가 흔쾌히 대답을 하고 나자 경식이 남은 소주를 들어 잔에 따랐다.

"실은 말이야. 은림이를 오라고 했었어."

경식은 말을 꺼내놓고 조심스레 명우의 눈치를 살폈다. 혹시나 그의 마음을 상하게 할까 봐 겁이 나는 듯한 경식의 태도 때문에 명우의 얼굴은 정말 어색하게 굳어져버렸다.

"그게 아니라, 딴 뜻이 있었던 게 아니구 은철이 말이야. 이번에 민중동문회에서 은철이에 대한 사업을 하기로 했거든. 변호사 구해서 정식으로 재판도 청구해보고 언론에도 더욱 적극적으로 피해 상황을 알리고 말이야. 그런 일에 우선 필요한 자금을 모금하는데 내가 그 일을 맡기로 했거든. 그래서."

"은철이 일이라면 누구든 앞장을 서야지."

어색하게 감겨드는 경식의 시선이 거북해서 명우는 말을 잘랐다.

"그래 고맙다. 이해해줘서. 그럼 이해해주는 김에 하나 더 얘기해도 될까?"

경식이 조심스레 물었다. 그의 얼굴 표정을 보자 명우는 그가 무슨 말을 꺼낼지 알 것만 같았다. 명우는 잔을 그러쥔 경식의 손을 바라보다가 천천히 고개를 저었다.

"아니, 됐다."

"알았다. 임마, 그러면 나가자. 요 앞 다방으로 오라고 했어. 은림이 말이야. 건강도 안 좋은데 걔 자꾸 술 먹게 하면 안 될 것 같아서. 폐결핵이래, 알고 있니?"

경식은 남은 소주를 마시고 식은 곱창볶음을 저어 입에 넣으며 말했다.

"내가 아는 의사놈을 소개해주었어. 이제껏 의료보험도 없이 살았길래 그것도 하나 만들어주고."

"고맙다."

그 말이 어울리지 않는다는 걸 알았지만 명우는 그렇게 말했다. 성식이 주머니에서 담배를 꺼내 물었다.

"은철이 생각을 하면 우리가 은림이한테 더 해도 되지. 게다가 은림인 끝까지…… 우리 집도 그렇지만 걔들 집안 풍비박산된 거 생각하면."

경식은 말을 이어가려다 말고, 명우를 바라보았다.

"애는 잘 크니?"

"응."

"연숙 씨도 잘 있고?"

"응."

"실은 지난봄인가 내 조카가 그 대학에 입학했길래 서점에 들러봤었어. 너에 대해서 원망이 아직도 다 풀리지 않은 것 같애. 말로는 아니라고 하는데."

"……."

"그런데 말이야 난 그때…… 그래 임마, 너는 말라고 하지만 나 말해야겠다. 나 너희 둘 생각하면 마음이 짠하다. 연숙 씨가 아니라 은림이하고 너 말이야. 그땐, 니들이 그때 일 벌이려고 했을 땐, 나도 말도 안 된다고 생각했던 축이었지만, 누구보다 반대를 했던 사람이었지만, 그땐 그랬잖니? 이렇게 나이 들고 애비가 되고 그러다 보니까 그건 아무 일도 아니었는데 싶은 거야. 안 맞는 사람들끼리 사느니 차라리 빨리 빨리 제 짝 찾아가는 것도 좋은 일이었는데. 뭐 운동을 그만 두겠다는 것도 아니었고, 패륜을 저지르는 것도 아니었는데. 그때 니들 나이, 그걸 판단하던 우리 나이 전부 다 겨우 스물대여섯이었어. 뭘 알았겠니?"

경식은 추억에 젖는 얼굴이었다. 자신의 첫사랑의 이야기를 꺼낼 때처럼 자못 감정이 고양되는 것 같기도 했다. 명우는 제 앞에 놓인 잔을 마시고 그런 경식의 어깨를 툭 치며 먼저 일어섰다.

명우가 만류했지만 경식은 술값을 냈고 둘은 거리로 나섰다. 한밤의 거리는 젊은이들로 왁자했다. 쇼윈도의 옷들은 화려하고 음악은 경쾌했다. 장신구를 파는 리어카 앞에는 발랄한 여대생들이 무더기로 몰려서서 달고 걸고 끼워보고 있었으며 한구석에서는 한 팔을 벽에다 짚은 젊은이가 토하고 있었다. 한때 그들은 이 거리를 쏘다녔다. 두부 한 모에 소주

한 병, 그도 아니면 애걸해서 서비스로 얻어낸 짬뽕 국물에 소주 한 병. 돈이 생기는 날은 잡탕찌개나 파전. 골목 하나하나에 그들의 숨결이 묻지 않은 곳이 없었다. 그들이 노래를 불렀고 그들이 손가락을 걸어 결사를 맺었고 친구가 끌려간 날 그들이 별을 보며 눈물을 씹던 곳. 이제는 살이 많이 오른, 그래서 뒷모습만 본다면 전혀 예전의 경식 같지 않은 경식의 뒷모습을 따라 걸으며 명우는 문득 그날 밤 술에 곤드레가 되어 경식에게 전화를 걸었던 자신을 이해할 것만 같았다. 어쩌면 그는 그날 밤 그 모든 것을 일시에 기억해냈던 것인지도 모른다. 마치 그가 그의 오피스텔에서 여경과 쾌적한 섹스를 치르는 동안 손님이 찬비 속을, 언제나 그 얇고 찢어지기 쉬운 파란 비닐우산 하나로 버티며 걸어 다녔다는 것을 깨달았듯이……빼앗긴 친구들…… 여경이 원한다면 요요마도 알고, 미도리도 알고, 여경이 원한다면 도봉산에도 다시 가고 테니스나 볼링도 다시 배울 수 있지만, 아무리 몸부림친대도 회복할 수 없는 것들도 있다. 은림이 아버지와 오빠와 남편을, 그리고 그의 아이를 잃었듯이, 잃어버린 그들. 다시는 회복될 수 없는 것들을 빼앗겼던 사람들. 잃어버린 그들…… 아아, 다시는 돌이킬 수 없는 말의 의미를 그는 갑자기 느껴버렸다. 그러자 그는 찬바람 속에서 목구멍을 타고 오르는 뜨거운 소주의 취기를 느꼈다.

앞서가던 경식이 문득 걸음을 멈추었다. 따라가던 명우도 걸음을 멈추었다.

"야, 명우야. 여기가 분명 약속다방 자리 아니냐?"

명우는 경식을 따라서 시선을 들었다. 카페 랑데뷰라는 네온사인이 휘황했다.

"참. 내가 두 달 전에 왔었을 때도 분명히 약속다방이었단 말이다."

명우도 알고 있었다. 얼마 전까지도 약속다방은 분명히 약속다방이었다. 그 대학에 들어온 사람이라면 누구나 이 다방에서 한 번쯤 약속을 했으리라. 그들에게 아마도 처음으로 커피 맛을 알게 하던 곳이었다.

"약속다방이 문을 닫다니. 90년대가 무섭긴 무서운가 보다. 그런데 고작 약속이 랑데뷰로 바뀌는 건가?"

둘은 고개를 흔들며 목조 계단을 올랐다. 널찍널찍한 크림색과 분홍색의 소파들이 둥글게 둥글게 모여져 있고 벽 네 귀퉁이에 설치된 멀티비전에서는 홍콩 MTV의 뮤직 비디오가 빠르게 흘러가고 있었다. 젊은 남녀들이 나란히 앉아 맥주를 마시며 비디오를 보고 있었다. 그 소음의 한구석에 검은색 카디건을 입은 은림이 보였다. 창가에 붙은 자리에서 몸을 될 수 있는 대로 작게 웅크리겠다는 듯이 등을 굽히고 창밖을 내다보는 모습이었다. 경식이 먼저, 이어 명우가 그의 뒤를 따랐다. 은림은 명우를 보자 좀 놀라는 듯했다. 하지만 곧 상냥하게 웃었다. 처음에 명우와 카페에서 만났을 때 그

참담하던 표정은 많이 사라진 것 같았다. 그래서 눈이 마주치자 명우도 밝게 웃어줄 수 있었다.

"은림아. 참 너 술 안 먹으려고 기껏 다방으로 나오라고 했더니 다방이 알아서 술집으로 바뀌어주는구나, 참."

경식의 너스레에 세 사람은 일제히 웃었다.

문을 열고 들어서기 전에 그는 방문 틈새로 삐져나오는 환한 빛을 보았다. 불을 켜놓고 나왔던가, 잠깐 의아한 생각이 들었다. 웬만하면 그런 실수는 하지 않는 그였다. 하지만 요즈음은 하도 제정신이 아닌 사람처럼 살고 있었으므로 그럴 수도 있는 것이었다. 언제는 커피 메이커를 켜놓은 채로 외출을 하기도 했었다. 돌아와보니 커피가 까맣게 졸아서 바닥에 붙어 있었다. 그제는 세수를 하고 나서 물을 잠그지 않아 하루 종일 세면대 위로 물이 흐르기도 하였었다. 이상한 가을이라고 생각하며 그는 열쇠를 찾았다.

분명 사람의 기척이 들렸다. 그는 907호라는 자신의 방을 한 번 더 확인한 다음 귀를 기울였다. 한참을 그러고 있다 보니 들리는 것은 노랫소리였다. 복도까지 들릴 정도로 커다란 노랫소리.

세월이 약이겠지요. 세월이 약이겠지요…….

그는 잠시 그 자리에 서 있었다. 여경의 목소리 같았다. 하지만 너무나 난데가 없는 일이어서 그는 열쇠를 든 손을 내려다보며 망연히 서 있었다.

잠시 정적이 흐르고 다시 노래가 계속되었다.

차표 한 장 손에 들고 떠나야 하네. 예정된 시간 속으로 떠나야 하네.
너는 상행선 나는 하행선 열차에 몸을 실었다.
사랑했지만 갈 길이 달랐다!
예정된 시간 속으로 떠나야 했다!!

소리는 높은 고음으로, 찌르듯이 올라갔다. 그는 열쇠를 꽂았다.

제일 먼저 눈에 띈 것은 침대 위에 벗어진 자디잔 물방울 무늬가 있는 감색 바바리였다. 책상 앞에 앉아 있던 여경이 전화 수화기를 얼른 내려놓는 게 보였다. 그러고는 고개를 숙인 채로 소파로 가서 앉았다. 노래를 부른 주인공이 그녀라고는 도저히 믿기지 않을 만큼 퀭해진 눈빛이 그의 잔상에 남아 아른거렸다. 천천히 문을 닫고 그가 안으로 들어섰다. 그는 우선 들고 있던 원고 봉투를 책상에 놓고 잠시 두 손을 비빈 다음 바바리를 입은 채로 책상의자의 바퀴를 굴러서 여경이 앉은 소파 앞으로 다가앉았다. 그의 낡은 골덴 바지와 여경의 물색 청바지가 무릎끼리 맞닿았다. 그는 두 손을 맞잡아 무릎 한가운데에 깍지를 낀 채로 고개 숙인 여경을 바라보고 있었다. 열쇠를 쥐어준 지 거의 6개월이 지났지만 여경이 그도 없는 방에 스스로 불을 켜고 들어온 것은 처음이었다. 명우는 그런 여경의 마음을 헤아리려고 찬찬히 그녀를 바라보았다. 천천히 여경이 고개를 들었다. 두 사람의 눈이 마주쳤다. 갑자기 전화를 붙들고 노래를 하는 여경의 모습이 떠오르자 그는 어쩔 수 없다는 듯 웃었다. 아니 노래 때문이 아니라도 그랬다. 아무리 화가 난 때라도, 그 화가 설사 여경이 때문에 치밀어 오른 것이라 하더라도 이렇게 가까이 서 노의 마 보면 미소를 참을 수가 없는 것이었다.

"뭘 하고 있었지?"

들켰다는 듯한 표정으로 여경이 고개를 들었다.

"전화를 걸었어요."

"전화를?"

"명우 씬 안 오고…… 그래서…… 700으로 시작하는 데 전화를 걸었던 거야. 반주를 해주거든요."

1주일 만에, 여경이 토라져서 한계령으로 뛰어간 지 1주일 만에 돌아오는 재회치고는 이상하게 코믹했다. 그는 코로 삐져나오는 웃음을 참으려고 마치 잠시 생각을 하려는 듯 코를 쥐었다가 펴며 다시 물었다.

"그래, 한계령엔 첫눈이 내렸디?"

"……."

"그렇게 가버리면 어떻게 해? 걱정했잖아."

그가 웃으며 묻자, 바라보던 여경의 눈에 눈물이 괴어오기 시작했다.

"거짓말."

여경은 겨우 말하고는 한 손으로 입을 막았다. 눈가에 고인 눈물이 넘쳐 흘러내렸다. 명우는 책상 위에서 티슈를 뽑아내서 여경의 눈물을 닦아주었다. 여경이 다가와 그의 품에 안겼다. 그녀의 머리카락에서 깊은 산의 냄새가 나는 것 같았다. 마치 어린 사슴을 안는 것도 같았다. 그는 여경의 등을 다독이며 소파에 나란히 앉았다. 여경은 몇 번 더 훌쩍이더니 코를 횡하니 풀었고 그러고는 부끄러운 듯 잔기침을 했다.

"연락도 없이 가버리니까 마음이 편했어?"

"왜 이렇게 늦게 다녀요? 술 마셨어요?"

대답 대신 여경이 물었다. 그는 고개를 끄덕였다.

"누구하고?"

"……옛날 친구하고."

여경은 입을 다물고 보라색 스웨터의 끝자락을 만지작거렸다. 명우는 그런 여경의 머리를 귀 뒤로 쓸어주었다.

"나 여기서 자고 가도 될까, 오늘?"

명우가 그녀를 빤히 바라보자 여경은 덧붙여 말했다.

"집이 너무 멀었어요."

둘은 누가 먼저랄 것도 없이 얼굴 가득 미소를 지었다. 처음 여경이 명우의 방에 들어섰을 때 여경은 그런 말을 했던 거였다. 둘은 처음처럼 마주 보고 맑게 웃었다. 그들은 가볍게 입을 맞추었다.

"다시는 그렇게 말없이 가지 마."

그는 마치 명지에게 그러는 듯이 여경의 머리통을 가볍게 한 대 쥐어박고 나서는 욕실로 들어섰다. 여경은 그가 샤워를 하는 동안 맥주를 마시며 창밖을 바라보고 있었다.

"피곤하지?"

샤워를 마치고 머리를 말리며 그가 묻자 여경은 고개를 끄덕였다. 명우는 침대맡에 매달린 노란 스탠드만 빼고 불을 모두 껐다. 노란 불빛의 명암 때문에 퀭한 여경의 얼굴은 아름답게 보였다. 크림색 실크 잠옷으로 갈아입은 여경이 여행 가방 속에서 테이프를 꺼내 명우의 카세트에 집어넣었고 이어 음악이 흘러나왔다. 비발디의 바순 콘체르토였다. 두 사람은 맥주 캔을 들고 침대로 갔다. 여경이 여기서 밤을 지새우는 날이면 커다란 베개를 등에 세우고 기다랗게 앉아 맥주를 마시곤 했던 것이다.

"명우 씨. 어렸을 때 이야기 좀 해줘요."

나란히 맥주 캔을 든 채로 앉자 여경이 불쑥 말했다.

"갑자기 무슨?"

"그냥. 난 명우 씨 어린 시절에 대해서 하나도 아는 게 없어."

명우는 캔을 들지 않은 한쪽 팔로 여경의 어깨를 감싸 안았다.

"말해줘요. 어떤 아이였는지 아주 어렸을 때부터 차근차근 이야기해줘요."

여경은 마치 그가 자서전을 부탁한 이들을 인터뷰할 때처럼 말했다.

"난 하다못해 당신의 어렸을 때 사진들을 본 일도 없어."

여경이 그의 얼굴을 올려다보았다.

"왜 갑자기 그런 걸 생각했지?"

여경이 잠시 눈을 내리깔았다. 그러고는 들고 있던 맥주 캔을 탁자에 올려놓고 명우의 손에 있던 것도 빼앗아 탁자에 올려놓았다. 그러고는 그의 목에 두 팔을 건 채로 말했다.

"나 명우 씨 아이를 갖고 싶어요. 나와 결혼해주겠어요?"

그가 여경의 얼굴을 마주 보려 했지만 여경은 그의 목을 감은 두 팔을 조여 그의 목덜미를 안은 채 다시 말했다.

"아무 말도 하지 말아요. 그냥 이대로 있어요. 나 생각했어요. 나 당신의 아이를 낳고 싶어요. 당신의 아이를 키우고 찌개를 끓이고 새우를 튀기고 그리고 거품을 잔뜩 낸 부드러운 수건으로 당신 등을 밀어주고 싶어졌어요. 매일매일 아침에 일어나서 당신 얼굴을 보고 밤에 잘 때 당신 얼굴을 보고 아무도 명우 씨를 감히 내 사람이라고 말하지 못하게. 나하고 결혼해주세요."

여경이 얼굴을 묻은 그의 어깨가 금세 축축해지기 시작했다. 여경의 눈에서 다시 눈물이 흘러내리는 모양이었다.

"울지 마라."

그가 말했다. 울지 마라, 라고 말하면서 그는 그저 마음으로만 슬프면 안 되는 것일까 하는 생각을 했다. 웃는 일이야 마음으로 몹시 우스운데 웃음이 안 나오는 일은 없는 거지만, 슬픔이야 마음으로만 깊이 슬퍼도 눈물은 안 나오는 경우가 많은 법인데. 하기는 눈물은 슬퍼서가 아니라 사랑하기 때문에 흘리는 거라고 연애소설을 전문으로 쓰는 어떤 삼류 소설가가 말했었다. 삼류 소설가라고 언제나 삼류 격어마 이야기하는 건 아니니끼 그의 말은 맞을 것이다. 더구나 그 삼류 소설가는 다시 말했다.

두 연인이 길을 걸어가는 장면이 있다.

여자가 묻는다. 남자의 팔에 매달려 아마, 삼류였으므로 솜사탕이라도 핥으며, 그리고 한 손으로는 풍선을 들고 콧소리 가득한 소리로 물었을 것이다.

―자기 나 사랑해?

남자는 말한다. 남자는 아마 삼류 소설이니까 잘생기고 부잣집에 살 것이다. 그도 아니면 그저 자기도 모르는 매력을 무진장 가지고 있어서 여자들이 줄을 서거나. 어쨌든 남자는 대답한다.

―그러엄.

여자는 기분이 좋아서 묻는다.

—만일 우리가 만나지 못했다면 우린 어떻게 됐을까 생각만 해도 끔찍해!

그러자 어쨌든 삼류 소설의 주인공처럼 무조건 매력적이고 괜찮은 남자는 대답한다.

—뭘 어떻게 해? 아마 어디선가 나는 자기와 비슷한 사람이랑 이렇게 걷고 있을 거고 자기는 아마 나랑 비슷한 사람이랑 이런 대화를 나누고 있겠지.

이 정도 되면 더 이상 그 삼류 소설을 삼류가 아니라고 그는 생각했다. 아니다. 어쩌면 사랑을 한다는 일이, 산다는 일이 사실은 훨씬 더 삼류에 가까운지도 모른다. 그래서 사실은 삼류 소설 속에 구질구질한 삶의 실체들이, 인정하고 싶지 않은 지겨운 진실들이 숨어 있는지도 모른다. 산다는 것은 일류 소설들처럼 정제되고 억제되고 그리고 구성이 뚜렷하며 인과 관계가 확실한 한 편의 드라마는 아닌 것이다.

남자 주인공의 말대로 은림을 보낸 후 사랑을 잃은 후에, 그는 다시 결혼을 했고 아이를 낳았고 그리고 지금 젊은 은림을 닮은 여경과 이렇게 누워 있지 않은가 말이다. 오늘 그녀를 삼양동 그 높은 꼭대기 방에 남겨놓고, 그 텅 비고 스산하고 어두운 방에, 바람이 사면의 벽으로 숭숭 새어 들어와 밤새 소용돌이칠 것만 같은 방에 그녀를 남겨놓고 돌아오지 않았던가.

여경이 그의 어깨에서 고개를 들었다. 그는 울고 있는 여경의 얼굴을 떼어내 두 손바닥으로 그녀의 뺨을 잡고 들여다보았다. 그러고는 여경을 눕혔다. 여경이 손을 뻗어 단 하나뿐인 빛인 스탠드를 껐다. 그러자 희미하고 푸른빛이 창을 통해 방에 가득 찼다. 아마도 오피스텔 너머 길가의 나트륨등과 네온사인과 자동차들의 빛이 각기 제가 비추어야 할 곳들을 비추고 남은 잔영이리라. 여경의 긴 듯한 단발머리가 푸릇한 불빛을 받아 푸릇해진 흰 베개 위에서 산호처럼 퍼진다. 그는 그런 여경의 입에 자신의 입술을 댔다. 입술은 따뜻했다.

"왜 그런 생각을 했니? 난 아이를 봐줄 여자를 스물네 시간 대줄 만큼의 돈도 없어."

명우가 물었다. 여경은 어둠 속에서 그의 까칠한 턱을 어루만지며 대답했다.

"사랑하니까."

그는 여경의 머리칼을 이마 위로 올려주고 여경의 옆자리에 누웠다. 사랑이라는 것이 아직도 남아 있을까, 묻고 싶었다. 소유욕도 아니고, 질투도 아니고 쾌락도 아닌, 그 무엇으로도 다 말해질 수 없는, 단지 사랑의 이름으로만 사랑이라고 말할 수 있는 그런 사랑이 남아 있는지 그는 알 수 없었다. 사랑을 버리고, 젊은 날 단 한 번 그를 찾아왔던 그 무시무시한 사랑마저도 포기하고 가야 할 곳이 아직은 있었을 때, 그런 때 존재하는 것이 사랑은 아니었던가.

그는 여경의 목 밑으로 팔을 두르고 다른 손으로 여경의 가슴을 가만히 토닥였다. 여경이 두 팔을 그의 목에 두르고 그의 뺨에 제 뺨을 가져다 댔다.

"사랑해요. 명우 씨, 영원히 사랑하고 싶어."

그는 여경의 등을 쓸어내렸다. 만일 입을 열 수 있다면, 여경이 스물여섯만 아니었다면, 여경이 그의 아이를 낳고 싶어 하지만 않았다면 그는 말했을지도 모른다.

—미안하다 여경아. 사랑이란, 영원한 사랑이란 없단다. 이 세상에서 영원한 것은, 영원한 것은 없다는 사실 한 가지뿐이란다.

"그만 자, 피곤할 텐데."

어둠 속에서 일순 굳어지는 여경의 몸뚱이가 느껴졌다. 그랬다. 여경은 분명 그의 아이를 낳고 싶다고 말했었다. 하지만 그는 말할 수 없었다. 몸이 어떻게 굳어져버렸는지, 어떻게 욕망이, 한때는 지긋지긋하게 자신을 진흙탕에 내던지던 그 욕망이 사라져버렸는지, 탈색된 꽃이파리처럼 몸이 마음보다 훨씬 더 먼저 굳어져버렸는지. 여경이 믿을 수 없다는 듯 손을 뻗어 그의 가슴을 어루만지기 시작했다. 그는 여경의 손을 떼어내 가슴 언저리에서 모두어 잡았다. 어둠 속에서 여경이 눈을 떴다. 그와 여경의 눈이 오래 마주쳤다. 그는 손가락으로 여경의 눈꺼풀을 가만히 닫았다. 안긴 채 잠시 생각에 잠기는 듯하더니 여경은 다시 눈을 떴다.

"엄마한테 이번 주말에 명우 씨를 데리고 가겠다고 말했어요."

"……."

"싫다고 하지 말아요. 그리고 약속해줘요. 그냥 엄마만 만나주세요. 그냥요. 그것도 안 된다고 할 참이에요?"

그는 아무 말도 하지 않았다.

설핏한 잠에서 깨어난 것은 겨우 새벽 2시가 넘은 시간이었다. 그는 왼쪽 팔에 그가 언제나 차고 있는 시계에서 시간을 확인한 후 그의 팔에 머리를 기대고 잠들어 있는 여경을 살며시 떼어놓았다. 피곤했던 모양인지 여경의 벌어진 입술에서 단숨이 새어 나오고 있었다. 담배 생각이 간절했지만 혹시 여경의 잠을 방해할까 봐 그는 그대로 누워서 천장을 바라보았다.

아까 은림을 데려다주러 올라갔던 길이, 그 골목의 꼼장어 굽는 냄새와 감잣국밥 간판과 스산한 바람 소리가 살아오는 것만 같다. 울퉁불퉁한 계단을 오르고 사람 하나가 겨우 지나다닐까 한 골목을 돌아 거기 은림이 새로 얻었다는 방이 있었다. 낡은 이불 한 채와 그리고 은림이 언제나 가지고 다니던 가죽 가방. 그리고 식탁과 책상을 겸하는 작은 상이 가구의 전부였다. 은림이 커피를 타오는 동안 그는 방 안에서 꽃무늬가 잔잔한 비닐 장판을 내려다보며 가만히 앉아 있었다. 서른두 해를 살아온 동안, 은림에게 남은 것이 겨우 이거던가 싶었다. 사방에서 도배풀 냄새가 났다.

주위는 이상하게 조용했다. 동네 사람들이 아침 일찍 일을 나가기 때문에 대개 일찍 잠이 드는 모양이었다. 은림이 가져온 커피잔을 비우자마자 명우는 일어섰다. 그는 이상하게 허둥대고 있었다. 경식의 이야기 때문이었을까, 그랬을지도 모른다. 이제라도 합치는 방법을 생각해보라던 그의 이야기 때문에 명우는 사실 은림과 단둘이 이 빈 공간 속에 앉아 있다는 사실이 불안했던 것이었다. 올라갔던 길을 역순으로 이번에는 사람 하나가 겨우 다닐까 말까 한 골목을 돌고 울퉁불퉁한 계단을 내려섰을 때 그는 은림을 돌아보았다.

─그만 들어가라. 또 들를게.

은림은 그 자리에 멈추어 서서 스웨터를 여미며 쓸쓸하게 웃었다. 하지만 그가 돌아서려는데 은림은 말했다.

─여경 씨 잘 있어요?

그는 그저 웃으며 돌아섰다. 마음 한구석이 다시금 무너져 내리는 것 같았지만 마치 절벽 꼭대기에다 은림을 놓아두고 혼자만 세상으로 내려가는 것 같은 기분이었지만 그는 돌아보지 않았다.

"오늘 노은림 씨 만났었죠?"

잠꼬대였을까 여경이 돌아누우며 물었다. 그는 어둠 속에서 눈을 뜬 채로 대답하지 않았다. 여경이 그쪽으로 돌아누우며 다시 말했다.

"명우 씨, 오늘 노은림 씨 만났지요?"

명우는 어둠 속에서 눈을 감았다. 여경이 무슨 이야기를 하고 싶은 건지 그는 알고 있었다. 어쩌면 아기를 낳고 싶다는 여경을 밀쳐낸 그에 대한 비난일 수도 있고 어쩌면 노여움일지도 모른다. 아니다. 그도 아니면 그저 순수한 궁금증일 수도 있다. 그는 한 팔을 여경의 목 뒤로 넣어 다시 여경을 안았다.

"오늘 노은림 씨 만났지요?"

여경이 다시 물었다.

"응."

"……."

"왜?"

"명우 씨가 전화했었어요?"

"아니야. 동창한테 전화가 걸려왔는데 은림인 그 자리에 우연히 합석을 했어."

여경이 잠깐 고개를 들었다가 다시 그의 품에 안겼다. 그는 여경의 머리칼을 쓸어주었다.

"겁이 났어요. 명우 씨한테 노은림이라는 여자는 혹시 먼 불빛은 아닐까 하고, 먼 불빛이라 아련하고 더 아름답게 보이는 건 아닐까 하고. 한계령 가서 생각했어요. 나도 불쌍한데, 그 여자만 불쌍한 게 아니라 나도 불쌍한데, 다만 난 불쌍해 보이지 않으려고 애썼을 뿐인데. 명우 씨 마음은 언제나 그 불쌍한 여자에게 가 있는 것만 같아서."

그는 대답 대신 손가락으로 여경의 뺨과 코와 귀의 선들을 의미 없이 따라가다가 말을 돌렸다.

"어렸을 때 이야기를 해달라고 했었지?"

"응."

여경은 그의 가슴에 얼굴을 묻었다.

"어렸을 때 바닷가에 산 적이 있어. 아버지의 전근으로 낯선 타향을 떠돌며 살던 무렵이었지. 친구들을 사귈 만하면 다시 이사였고. 그 바닷가의 도시에서는 그래도 몇 년 동안 정착을 한 셈이었는데."

"그 얘긴 들었었어. 저번에."

"그래. 비가 내린 다음 날이면 난 마을 어귀 개울물에 종이배를 띄웠지. 심심해진 어느 날에는 개미 몇 마리를 실어 보내기도 했고. 물길을 따라 종이배가 떠나면 나도 달리고 장애물에 걸려 종이배가 멈추면 나도 멈추고 다시 종이배가 달려 내려가면 나도 또 따라 바다로 뛰어내렸지. 배는 개미를 태우고 바다로 흘러갔어. 다시는 돌아오지 않았지. 난 멀어지는 종이배를 바라보며 바닷가에 서 있었어."

"그 개미들은 명우 씨 땜에 팔자에 없이 익사를 했겠구나."

"그래 그랬겠지. 바닷가에 서면 멀리 섬들이 보였는데, 나는 그때 그게 그렇게 이상했던 거야. 섬들은 대체 어떻게 물 위에 떠 있을까 가라앉지도 않고. 그래서 난 때로는 바닷속으로 깊이 잠겨보기도 했었어. 처음에는 코를 막아야 했지만 그다음에는 꽤 오래도록 잠수할 수도 있었지. 그 파란 남해의 물속에 잠기면 아주 따뜻하고 안온하거든. 검고 푸른 해초들이 종아리에 부드럽게 엉기고, 맑은 날이면 무수히 수면을 통과해 부서져 내리던 햇살들. 가끔씩 방파제 멀리로 은빛 비늘을 무수히 반짝이며 고등어 떼가 내 곁을 스쳐 지나가기도 했는데. 살아 있는 고등어 떼를 본 일이 있니?"

"아니."

"그것은 환희의 빛깔이야. 짙은 초록의 등을 가진 은빛 물고기 떼. 화살처럼 자유롭게 물속을 오가는 자유의 떼들, 초록의 등을 한 탱탱한 생명체들. 서울에 와서 나는 다시 그들을 만났지. 그들은 소금에 절여져서 시장 좌판에 얹혀져 있었어, 배가 갈라지고 오장육부가 뽑혀져 나가고."

"……"

여경의 숨이 골라지고 있었다. 그도 눈을 감았다. 그리고 다시 말했다.

"그들은 생각할 거야. 시장의 좌판에 누워서 나는 어쩌다 푸른 바다를 떠나서 이렇게 소금에 절여져 있을까 하고. 하지만 석쇠에 구워질 때쯤 그들은 생각할지도 모르지. 나는 왜 한때 그 바닷속을, 대체 뭐하러 그렇게 힘들게 헤엄쳐 다

넜을까 하고."

여경은 반응이 없었다. 그는 눈을 감았다. 하지만 새벽이
될 때까지 잠이 들지는 못했다.

10

잃어버린 세대

겨우 서울 한구석에 땅 두세 평을 차지하고

살아남았다. 저녁을 지어 먹고 방을 청소하고

정성 들여 이력서를 썼다. 1981년 서울 ○○여고 졸업,

1984년 ○○대학 약학과 중퇴. 그러고는 쓸 말이 없었다.

10년 동안 내가 무엇을 했는지 말해줄 대상이,

그러면 고개를 끄덕일 사람들이 이제는 없다.

찾아간 사회과학 출판사는 출세하는 법이라는

책을 출판하고 있었는데, 편집장은 깐깐한 얼굴로

내 나이가 너무 많다는 말을 했다. 그랬다.

벌써 나는 서른두 살이고 이제 곧 서른세 살이 된다.

게다가 여자고 아무 경력도 없으며

집행유예 선고를 받긴 했지만 전과까지 있다.

명우 형은 가끔 내게 필요한 것들을 사가지고 불쑥 나타난다.

지금 켜놓은 이 스탠드도 그가 건네주고 갔다.

웬 거예요, 하고 묻자 그가 대답했다.

너 어두운 거 싫어하잖아.

음악이 들리는 이 카세트도 그가 준 것이다.

내가 또 물으면 그는 뭐라고 대답할까.

아마 이렇게 말할지도 모른다.

너, 사람들 목소리가 두런거리는 거 좋아하잖아?

그리고 한동안 그는 오지 않았다.

……사방이 고요하다. 방금 누군가의 발자국 소리가

방 밖으로 이어졌지만 사라지고 말았다.

발자국 소리 때문에 낮추었던 볼륨을 다시 높인다.

고요하다. 고요한 밤이다. 눈물이 터져버리기 직전의

낮고 음울한 이 평화…….

—93년 11월, 노은림의 유고 일기 중에서

남자는 아직 자고 있다. 남자는 출판사의 기획 일을
하고 있으므로 꼭 아침 일찍 일어나 출근을 할 필요는 없다.
보험회사에 다니는 부인은 이미 출근을 하고 남자가 잠든
방 밖, 봄볕 내리쬐는 시멘트 마당에 늦은 봄날의 햇빛이 하
얗게 튀어 오른다. 그 마당 한편에서 그의 다섯 살 된 딸아
이가 소꿉을 살고 있다. 딸아이 또래쯤 되는 주인집 아이가
그 옆에서 아이와 함께 놀고 있다.

아이들은 소꿉이 지겹자 집 밖으로 나간다. 집 밖의 골목
에도 햇살은 푸짐하다. 쓰레기통을 뒤지던 누렁이가 꼬리를
늘어뜨린 채로 술렁술렁 걸어 골목 밖으로 사라지자 두 여
자아이는 쓰레기통 곁에 떨어져 있는 낡은 원숭이 인형을 발
견한다. 원숭이 인형은 너무 낡아서 뱃속의 솜이 다 미어져

나와 있다. 그의 딸은 갑자기 그 원숭이 인형하고 놀고 싶어졌다. 하지만 여섯 살 된 주인집 딸이 그걸 빼앗았다. 아침에 엄마의 동의 아래 그 원숭이 인형을 버렸지만 그의 딸이 그 인형에 흥미를 나타내자 새삼 그것이 사실은 자기 것이라는 생각이 났던 거다. 그의 딸과 주인집 아이는 솜이 다 미어져 나온 원숭이 한 마리를 가지고 싸운다. 싸우다가 운다. 울음소리는 아직 자고 있던 그를 깨운다. 그는 일어서서 집 밖 골목으로 나온다. 내장처럼 솜이 미어져 나온 원숭이 인형이 있고 그의 딸아이가 울고 있는 게 보인다. 사슴처럼 둥그렇고 순한 그의 눈에 흰자위가 많아지고 그는 갑자기 집승 긴 ㅇ 소ㅣ고 울부짖는다. 원숭이를 가지고 싸우던 두 아이는 갑자기 나타난 이 사내 때문에 얼굴이 파랗게 질려 있다. 김치를 담그던 동네 아낙들이 무슨 일일까 대문 밖으로 주렁주렁 얼굴을 내밀고 시장에서 돌아오던 주인 아낙이 기겁을 한다. 남자는 자신의 아이와 주인집 아이를 함께 때리고 있다.

남자가 말했다.

—그러면 안 돼! 그건 나쁜 일이야! 그건 나쁜 일이야!

그리고 나머지는 울부짖는 소리였다고 한다. 짐승처럼 울부짖는 소리. 주인 여자는 천금을 준대도 싫으니 집을 비우라고 말했다. 벌써 열세 번째의 이사였다. 밤마다 안기부 요원이 아니냐고 그에게 목을 졸리던 아내도 이제 더 버틸 도리가 없었다.

─버티려고 했는데, 아이를 생각하고 그의 옛날을 생각해서 참으려고 했는데 이 지옥 같은 나날을 더 이상은 버텨낼 도리가 없어서.

유인물에는 그녀의 울음소리가 젖어 있었다.

그는 강제로 병원에 갇힌다.

은철은 백지처럼 보였다. 창백하다 못해 푸릇푸릇한 얼굴의 표정이 굳어 있어서 더욱 그랬다. 막상 몇 년 만에 옛 친구와 마주 앉아서 그가 미쳐서 이제 어떻게 되었는지 바라보는 일은, 아침에 이곳 용인으로 떠날 때의 각오만큼 그렇게 쉬운 일은 아닌 것이다. 환자복을 입은 은철의 몸뚱이는 껍질만 남은 것 같았다. 뱀이 벗어놓고 간 껍질처럼 은철은 사라지고 은철의 형상만 남아 있는 껍질. 거기에는 그가 알던 예전의 은철의 무엇이 빠져 있었다. 그것이 무엇인지 딱 꼬집어 이야기할 수는 없었지만 분명 어떤, 중요한 알맹이가 빠져 있는 듯이 보였던 것이다.

"나, 누군지 알겠어?"

내 앞에 서 있는 사람이 정말 은철일까 하는 생각 때문에 입이 떨어지지 않았지만 그는 천천히 말했다. 뜻밖에도 은철은 반가운 표정으로 웃었다.

"그러엄. 명우 아니야?"

목소리는 고왔다. 형상은 알맹이 빠진 껍데기 같았지만 목소리만은 예전의 은철의 목소리였다. 순한 목소리. 방학 때 그의 고향으로 전화를 걸면 어머니는 전화를 바꾸어주며 말했다. 왜 그 목소리 순해빠진 애 있잖니? 하고. 은철은 약 기운 때문인지 근육 한 올 한 올이 모두 풀어져버린 얼굴로 웃었다. 두 사람은 손을 잡았다. 손은 은림의 것처럼 찼다. 명우는 아주 짧은 순간 이 모든 것이 꿈이었으면 하고 생각했다. 갑자기 짠, 하고 얼굴을 펴며 은철이 놀랐지? 하는 얼굴을 지어 보일 수도 있는 일 아닐까, 하는 부질없는 바람들. 명우는 마주 잡은 은철의 손을 놓고 가을의 햇살이 아직은 따가운 창가에 앉았다. 햇살을 받은 은철의 얼굴이 투명해 보인다. 그는 눈을 좀 찡그려 보일 뿐 햇살을 피하지는 않았다.

"지내기가 어때?"

명우가 물었다. 은철은 다시 웃었다.

"그저 그래."

둘 사이에 말이 끊겼다. 면회실 창문 밖으로 맑은 가을바람이 지나갔다. 그 바람 소리에 실려 고운 남자의 노랫소리가 들렸다.

오직 오늘뿐 애오라지 오늘뿐.
진정 이 몸은 이리 아름다워도
내일만 되면, 아아 내일만 되면
모든 것이 사라지지 않는가.

이것은 한때, 오직 한때뿐이라.

아름다워서 그대 내 것이건만

죽음이 온다, 아아 죽음이 온다.

언제나 나는 외로운 그림자일래.

노랫소리는 가을 하늘로 퍼지는 것만 같았다. 그로서는 처음으로 들어보는 노래였지만 처음 듣는 노래가 이토록 사무치는 일이 근래에는 없었다. 예전이라면, 아마 이런 일도 있었으리라. 은철과 함께 책을 끼고 잔디밭에 누워 있던 신입생 시절의 어느 날 멀리서 들려오던 노랫소리에 온몸의 터럭이 모두 곤두서는 듯한 사무침을 느꼈던 적도 있었으니까. 누구일까. 아마도 속세에 살면서 노래를 아주 잘했던 환자가 이곳으로 온 모양이라고 그는 생각했다. 그랬다. 틀림없이 환자일 것이다. 왜냐하면 의사들이라면 저렇게 고운 노래를 저렇게 서글프게 부를 리 없으니까. 저런 목소리는 빼앗겨본 적이 있는 사람만이 낼 수 있는 것이니까. 은철은 노랫소리 같은 건 안중에도 없는 듯했다. 그저 같은 자세로 앞을 바라보고 있었다.

"밥은 잘 먹고?"

"그저 그래."

"은림이하고 같이 오려고 했는데 연락이 안 됐어."

"그래? 은림인 잘 숨을 거야."

명우의 얼굴로 얼핏 당혹감이 스쳐갔다.

"저기…… 친구들이 네 일을 모두 의논하고 있어."

"으응. 신문에서 봤어. 놈들이 나를 모략하고 있는 이야기를."

명우의 얼굴이 굳어졌다. 아직도 이렇게 의사소통이 불가능하다면 영영 희망은 없을지도 모른다, 하는 생각이 들었다. 은철은 주위를 두리번거리더니 탁자를 사이에 두고 앉은 명우 쪽으로 바짝 상체를 기울이며 다가왔다.

"비밀을 지켜줄 수 있겠니?"

엉뚱한 말이었다. 은철을 향하고 있는 명우의 어깨선이 굳어졌다.

"우리 집 바깥 쓰레기통에 시체가 있었는데, 놈들이 버리고 간 거야. 일부러. 고문 받아서 내장이 다 터졌어. 어서 이 사실을 알려야 해. 넌 내 말을 알지? 애 엄마도 이제 완전히 그놈들 쪽에 넘어갔어. 지금 엄청난 공작이 진행되고 있다구. 여론화시켜서 알려야 해. 내 말 알겠니?"

면회는 짧게 끝났다. 끝도 없이 은철의 그런 말을 더 듣고 있을 수가 없어서 명우는 마침 들어선 간호사에게 면회를 끝내겠다고 했다. 간호사의 부축을 받고 돌아서면서 은철은 잠깐 명우를 돌아보았다. 그리고는 미소를 지어 보였다. 명우도 웃어주었다.

명우는 주차장까지 천천히 걸었다. 아름다운 병원이었다. 서울보다 좀 남쪽이어서 그런지 아직 잎이 다 떨어지지 않은 굵은 가로수들이 병원 구내의 길을 따라 호숫가로 이어져갔다. 병원 건물 뒤편으로 이어진 숲 속에서 단풍이 꽃처럼 붉게 타고 있었다. 파란 하늘은 호수까지 내려와 잠겨서 호수의 물은 하늘처럼 푸르렀다. 은철이처럼 푸릇한 환자복을 입은 사람들이 그 호숫가를 걷고 있었다. 흰 원피스에 분홍색 스웨터를 입은 간호사들이 간간이 웃음을 터뜨렸다.

명우는 주차장을 향해 걷다 말고 잠시 그 호숫가에 서 있었다. 발밑으로 물결이 찰랑대고 있었다. 시들어가는 연뿌리가 없었다면 지난여름 이곳에서 화려했을 연꽃의 추억을 기억하는 사람은 없으리라. 은철은 이 호수를 내려다보고 무슨 생각을 할까 하는 생각이 들었다. 은철은 이 호수를 보고 아름답다고 생각할까. 이제 명우는 거기 서서 그 호수가 아름답다고 생각했다. 이제 그냥, 아무런 복잡한 생각 없이 아름답다고 해도 되는 것이다. 이제 이 자연의 아름다움을 의지해서 은철은 치유되어도 되는 것이다. 그런데 이제 자연을 그저 아름답다고 해도 되는 지금 은철은 이제 아름다움을 볼 수 없게 되어버렸다. 이제는 너무 늦어버렸다. 강물은 흘러갔고 꽃은 지고 대궁은 삭아 문드러졌으며 낙엽은 휘날리는 것이다. 우리 청춘은 조로하였다. 그러고 나면 이제 아름답다는 것도 아무짝에도 쓸모없이 그저 박제된 풍경으로 남는다.

명우는 병원을 걸어 나와 차에 올랐다. 시동을 걸자, 아까 면회실에서 누군가 부르던 노랫소리가, 다는 아니지만 그 마지막 소절이 선명하게 되살아왔다.

아름다워서 그대 내 것이건만
죽음이 온다, 아아 죽음이 온다.

마주 앉아 있던 은철의 막막한 눈동자를 생각했다. 이제 꼭 역사와 민중과 계급만 노래하지 않아도 되는데, 이 아름다운 음악을 그냥 아름답다고 생각해도 되는데, 적당히 니힐해지고 적당히 감상에 젖어도 좋은데, 은철의 귀는 이제 이 음악을 듣지 못한다. 이제 우리가 누렸던 것, 가졌던 것, 배웠던 것이 그토록 죄스럽지 않아도 괜찮은데 은철은 또 다른 미망에 사로잡혀 있다. 은림이 희망이라는 미망에 사로잡혀 있듯이.

겨우 30년을 살고 나서, 과거가 그래도 아름다웠다고 추억하는 세대는 얼마나 불행한가. 명우는 여러 번 눈을 깜박였다. 시야가 흐릿했기 때문이었다. 그는 울고 있었던 것이다.

명우는 담배를 껐다. 은림의 집 자물쇠는 벌써 사흘째 잠겨 있는 중이었다. 오늘도 허탕인가 싶어졌다. 명우는 담배한 대를 더 태울 동안만 기다리기로 하고 다시 담배를 물었다. 좁은 골목으로 지나가는 바람은 맹렬한 기세였다. 늦가을치고는 따뜻한 날씨가 이어지고 있었지만 이곳은 달랐다. 햇볕도 들지 않는 곳에 바람만 거센 것이다.

그는 다시 산비탈을 내려가 가까운 중국집으로 들어갔다. 저녁시간이 다 되어 배가 고팠다. 거의 꺼질듯 불기가 없는 연탄 난로 옆 탁자에 엎드려 자고 있던 사내가 그가 들어서는 기척에 눈을 떴다. 명우는 돌아서서 그냥 자신의 집으로 갈까 하고 망설였다. 기약도 없이 언제까지 은림의 집 앞에서 떨고 있는 일이 과연 무슨 의미가 있는 것인지 하는 생각에서였다. 하지만 추위 때문에 지친 몸이 먼저 털썩 하고 의자에 주저앉았다. 그는 자리에 앉아 중국집을 둘러보았다. 양파 꾸러미와 노란 단무지 꾸러미가 벽 한쪽 구석에 보기 싫게 팽개쳐져 있었다. 여기저기 횟가루가 떨어져 얼룩덜룩한 벽에 걸린 달력에는 비키니를 입은 여자가 붙어 있었다. 이 추운 11월에 아직 비키니밖에 입지 못한 여배우의 얼굴만 휑한 곳이었다.

그는 짬뽕을 시키고 흐릿한 중국집 유리창 밖으로 지나가는 바람 소리를 들었다. 어디선가 은림이 저 바람 속에서 파랗게 언 채로 걸어 다니고 있는 환영이 눈에 밟힌다. 왜였을까, 은림을 생각하면 그는 자꾸 불길한 예감이 들었다. 아침에 일어나면 은림이 생각이 났다. 밤사이 혹시나 은림의 방에 연탄가스가 샌 것은 아닐까. 비가 오는 날이면 비가 오는 날대로 마음은 안절부절못했다. 혹시 은림이 빗속에서 우산도 없이 걷다가 피를 토하고 쓰러진 것은 아닐까. 은림 자신도 의아할 정도로 명우가 자주 은림에게 들렀던 것은 바로 그런 환영들 때문이었다.

명우는 단무지를 날라온 주인에게 소주를 한 병 시켰고 잠시 후 국물만 검붉은 맛없는 짬뽕 국물로 그것을 한 병 다 비웠다.

다시 한 번 들러본 은림의 집에는 여전히 자물쇠가 채워져 있었다. 짧은 가을 해가 지자 바람은 더욱 청승스레 불어제쳤다. 몹시 추웠다. 그는 담배를 문 채로 돌아섰다. 돌아서는데 멀리 휑한 방범등 아래로 그림자가 나타났다. 그의 가슴이 쿵 하고 내려앉았다. 은림이었다.

산비탈을 올라오느라 그랬는지 까칠하게 붉은 뺨과 코가 노란 방범등 불빛 아래서도 잘 보였다. 은림이 명우를 올려다보았다. 지친 표정 속에서 반짝 반가운 빛이 감돌았다.

"언제 오셨어요?"

은림은 주머니에서 열쇠를 꺼내 자물쇠를 따며 기운차게 말했다.

"어딜 갔다 오는 거지?"

은림에게 별일만 없으면 좋겠다고 생각하던 방금 전까지와는 달리 갑자기 그는 자기도 모르게 퉁명스레 물었다. 그는 왜 그렇게 화가 나야 하는지조차 알지 못했지만 계속 말했다.

"어제도 그제도 집을 비웠더군."

"어머, 미안해요. 오실 줄 몰랐어요."

은림은 서두르는 기색으로 집 안으로 들어서며 말했다. 그는 은림을 따라 방으로 들어섰다. 길에 면한 문을 열면 바로 부엌이었고 그리고 방이 있는 전형적인 닭장방의 하나였다.

"저 취직이 됐어요."

점퍼를 벗어놓으며 은림이 밝은 목소리로 말했다. 은림이 대답을 기다리며 잠시 입을 다물었지만 명우는 어디냐고 물어보지 않았다. 어디에 취직이 된 거냐고 물어볼 만큼 상냥스런 기분이 아니었다. 아마도 취기 때문인 것 같았다. 은림이 그의 표정을 살피더니 다시 말했다.

"이력서 낸 데 다 떨어지고 돌아오는데, 요 아래 시장 입구에 있는 슈퍼 있죠. 거기서 사람을 구하더라구요. 카운터를 구한대요. 거기서 카운터를 보기로 했어요. 보수는 좀 그렇지만 시간은 정확해요. 아침 9시부터 저녁 6시까지. 부부가 하는 슈퍼인데 저녁엔 공무원 하는 아저씨가 퇴근을 하신대요. 그러니 그 나머지 시간은 딴 일을 해볼 수도 있는 거예요."

기쁜 듯한 표정으로 말하다가 은림은 말꼬리를 얼버무렸다. 명우의 강한 눈빛과 마주쳤던 거였다. 은림은 머리를 귀 뒤로 쓸어 넘기며 설풋 웃었다.

"어떻게 해요? 그럼, 자격증이 있나 재주가 있나. 게다가 나 병자이기까지 한데."

"좀 더 기다려볼 수도 있었을 텐데."

슈퍼의 카운터 자리라는 말 때문에 명우는 갑자기 코끝이 싸한 기분이 들었다. 그는 바바리코트의 안주머니에 그제부터 들어 있던 봉투를 생각했다. 자존심을 상하지 않도록 은림에게 그것을 건넬 방법이 언뜻 떠오르지 않았다. 사실은 은림에게 전화를 놓으라고 찾아온 참이었다. 방송용 대본을 소설로 리라이팅해준 덕분에 꽤 많은 돈을 받았던 것이었다. 그는 그것을 은림에게 내밀고 싶었다. 슈퍼에서 카운터를 보는 일 말고 딴 일을 찾아보라고 말하기 위해서, 예를 들면 편집학원에 다니거나 무언가 자격증을 따기까지 돕고 싶은 마음이었던 거였다.

"그래서 어딜 좀 다녀왔어요. 그러다 보니 사흘이 후딱 갔네요. 형이 오실 줄은 몰랐거든요. 커피 드릴까요? 아니, 아직 저녁도 안 먹었죠? 밥을 지을게 드실래요?"

"경주에 다녀왔나?"

부산해하는 그녀를 가로막듯이 그가 불쑥 물었다. 은림과 그의 눈이 마주쳤다.

하기는 설사 은림이 문을 잠궈둔 채 한 달을 집을 비웠다 해도 그가 화를 낼 아무 이유가 없기는 했다. 하지만 경주라는 말을 뱉고 나자 가슴이 꽉 막혀오는 기분이었다. 거기에 건섭이 있고 그리고 은림은 아직도 그의 부인이라는 생각이 들었던 거였다. 부인이 남편을 면회 가는 데 화를 낼 이유가 그에게는 없어서 그는 더욱더 기분이 이상했다. 그렇다면 명우, 너는 무엇인가 하는 생각이 들었던 거였다. 하기는 그건 아무도 모르는 일이었다. 명희도 여경도 그것을 물었지만 그는 대답하지 않았었다. 도대체가 대답할 필요가 없다고 생각했던 것이다. 그는 될 수 있는 대로 침착하려고 애쓰면서 자리에 앉았다. 골똘하게 생각에 잠긴 얼굴로 은림이 물을 커피포트에 붓고 잔에 인스턴트 커피를 넣었다.

그는 바바리 주머니에서 구겨진 봉투를 하나 꺼내 은림이 앉아 있는 그 앞자리에 던지듯 내밀었다. 노은철 사건 대책위원회 이름으로 발행된 소식지였다. 던지듯 내미는 그의 태도 때문에 은림이 약간 당혹한 표정이 되었다. 그는 퉁명스럽게 덧붙였다.

"경식이가 조만간 한번 들르라고 하더라."

마치 사흘 동안 그녀를 찾아왔던 용건의 전부가 그것이라는 듯 그는 짧게 말했다. 은림이 명우가 건넨 봉투에서 유인물들을 꺼내 읽었다. 명우는 담배를 물고 묵묵히 앉아 있었다.

유인물들을 다 읽고 난 그녀가 그를 향해 한 무릎을 세우고 그 위에 손을 얹었다.

"그런데, 희망이 있을까?"

너무 늦었다는 생각은 그도 하고 있었다. 첫 번째 발작은 1983년에 있었다. 수배를 받고 있던 선배의 소재지를 찾던 기관원들이 그를 끌고 갔었다. 열흘 만에 돌아온 그는 이미 예전의 그가 아니었다. 하지만 그것도 벌써 10년 전의 일이었으니까, 증거와 정황을 확보하기가 힘들 것이었다. 게다가 이젠 그런 사건을 선뜻 맡아주려고 하는 변호사도 드물다고 경식은 한숨을 쉬었다.

"희망이 있다고 굳게 믿는 사람들에게는 아직 그런 게 있겠지."

명우를 바라보던 은림의 눈빛이 가늘게 떨렸다. 명우는 시선을 떨구었다. 목에서 코로 역류하며 취기가 올라왔다. 은림의 목으로 굵은 침이 꿀꺽 하고 넘어가는 소리가 들렸다.

"밥을 좀 할까요. 아니면 나가서."

"둘이 뭐 있을까?"

"벌써 전작이 있는 것 같은데요?"

"……."

"소주가 반병 남은 게 있는데 그것만 드릴게요."

은림은 바람 소리가 나는 부엌에서 소주 반병과 무말랭이, 그리고 마늘장아찌를 챙겨서는 쟁반에 받쳐왔다.

그는 말없이 은림과 자신의 잔에 술을 따랐고 그리고 혼자서 거푸 두 잔을 마셨다.

"내가 뭘, 잘못했나요?"

앉은 자세에서 조금도 흐트러지지 않은 채 은림이 물었다. 낮은 목소리였다. 그는 대답하지 않았다.

"사흘 동안이나 연거푸 날 찾아왔다가 허탕을 쳐서 그래서 화가 난 건가요?"

은림은 다시 물었다. 그는 그제서야 눈길을 들었다. 은림의 눈빛이 좁다랗게 그를 향해 모아졌다.

"아니, 그저 나 자신에게 화가 났어. 네가 취직이 된 기념으로 경주에 있는 건섭이한테 간 동안, 설마 니가 연탄가스라도 맡은 건 아닐까 하고 날마다 찾아왔던 나 자신에 대해서, 혹시라도 건섭이하고 연루된 사건에 다시 엮여서 네가 안기부 수사실에 가 있는 건 아닐까 싶어서 매일 이곳까지 와보았던 나 때문에 화가 난 거야. 미망이라? 제각각 다르긴 하지만 은철이도 거기 사로잡혀 있더군. 노은림도 그렇고 이번엔 나야."

입을 다물고, 떼를 쓰듯이 은림에게 말하지 말고, 딱 한 잔만 마시고 돌아서자고 생각했지만 그는 빈정거리고 말았다. 처음에는 그저 화가 난 게 아니었다고 말하려고 했지만 말이 말을 불러낸 것처럼, 결국 그는 빈정거리고 말았던 것이다.

"오빠한테 갔었나요?"

은림의 눈빛이 둥글게 그를 향해 모아졌다.

"갔었지. 노은림이가 남편한테 간 동안 난 하마터면 처남이 될 뻔한 친구에게로 갔었지."

"그만 마셔요."

은림이 손을 뻗어 명우의 잔을 막았다. 두 사람의 눈이 마주쳤다. 취해 있었던 것은 아니었지만 명우는 마치 몹시 취한 사람처럼 은림의 손을 밀어버리고 잔을 들었다. 왜 이러나, 대체 내가 왜 이러나 생각했지만 그는 자신을 막을 수가 없었다. 내리막길을 이미 내달리기 시작한 자전거처럼 그는 브레이크 없이 달려 내린다. 대학에 입학한 스무 살부터 10년 동안 대체 나는 무엇을 했나 생각하며 서울로 올라왔었다. 벌써 자신의 딸을 뱃속에 가진 줄도 모르고 아내를 버렸고 새로운 생활을 시작했다고 믿으며 살았다. 하지만 그렇다면, 정 그렇다면 그 10년을 청산했던 지난 3년 동안은 무엇을 하며 살았던가. 애초에 반병뿐이었던 소주는 벌써 바닥이 나버렸다. 그는 마지막 잔을 따라놓고 은림을 바라보았다

은림은 남배를 물었다. 보기도 싫다는 듯 냉정한 표정이 그녀의 얼굴 위로 어렸다.

"모두들 똑같군요. 모두들 절망의 포즈들이에요."

"왜냐하면 우린 어리석었으니까."

은림은 방바닥에 있던 은철의 유인물을 탁, 소리가 나게 한구석으로 던지고 머리를 감싸 안았다. 명우는 마지막 남은 잔을 마시고 나서 은림에게 다시 말했다.

"바보 같은 게, 런던 노동자들이 비참한 게 지하고 무슨 상관이란 말이야. 노동자들이 돼지우리 같은 곳에서 비비고 살든지 말든지 무슨 상관이라고 연구를 하고 새로운 이데올로기를 발표하는 거야? 세계의 끄트머리 한심한 나라의 학생으로 태어나서 무슨 세상을 구원해보겠다고 부모들 가슴

에 못을 쾅, 쾅, 박으면서 지랄들을 한 거야? 그래서 무슨 세상이 왔지? 어리석었어. 하다못해 그 시간에 운전이라도 배워두었어야지. 영어 회화를 익히고 그도 아니면 테니스를 치거나 샤갈의 그림이라도 보러 갔어야 해. 뱃속의 아이까지 죽여가면서 이루어야 할 일이 대체 무엇이었단 말이니?"

머리를 감싸고 있던 은림이 천천히 고개를 들었다. 설마, 그런 말을 하는 표정이었다. 푸른 담배 연기를 푸우푸우 날리며 될 대로 되라는 식으로 이야기하던 그의 시선이 번쩍하고 열을 띠었다. 순간적으로 실수라고 생각했지만 은림의 입술이 이미 파르르 떨리고 있었다. 쏘아보는 눈에는 이미 눈물이 고여 있었다. 그는 더 잔인해지는 자신을 느꼈다.

"그래, 슬프지. 기가 막힌 이야기야. 하지만 알아야 할 이야기이기도 해. 더 이야기해줄까. 이제 와서 누가 무엇을 어떻게 느끼든 그게 대체 무슨 상관이란 말이야. 이제 와서 후회해도 아무 소용이 없는 거라구. 적당히 빠져나갔어야 해. 나 하나쯤 어차피 대세를 바꿀 수 없다는 걸 현명하게 알아차렸어야 했다구. 끌려가서 왜 고문을 견뎌? 대체 무엇 때문에 벌거벗겨진 채로, 하염없이 자신을 짐승처럼 느껴야 했던 거지? 어차피 고문 앞에서 굴복하고 말 건데. 어차피 다 불 거면서, 미쳐서, 미쳐버린 채로 제 똥을 주워 먹으면서 다 불어버릴 거면서. 대체 뭐하러."

"나한테."

은림이 힘겹다는 듯이 입을 열었다. 그녀의 얼굴은 빳빳하게 굳어 있었다.

"나……한테, 함부로 말하지 말아요. 난 아직 형을 다 용서하지 않았어요."

무언가 아주 둔중한 것이 다가와서 그의 뒤통수를 쿵, 하고 내리치는 것 같았다. 그는 시선을 은림에게서 다 거둘 수가 없었다. 그의 시선이 붙박인 그녀의 얼굴은 백지장처럼 창백했고 입술이 가볍게 뒤틀렸다. 그는 무슨 말인가 해보려 했으나 은림이 다시 말을 이었다.

"물론이죠. 다, 용서한, 줄 알았나요? 아니요. 그런데 내가 뭘 어떻게 되기를 바라는 거지요?"

은림의 얼굴이 집요하게 그의 시선을 붙잡아두었다.

"건섭 씨 말이에요? 그래요, 취직이 되어서 경주에 갔었어요. 감히 형이 내게 무슨 말을 할 자격이 있다고 생각해요? 그래요, 건섭 씬 날 버리지 않았어요. 날 미워하고 내내 고문하듯이 괴롭혔지만 날 떠나지 않았어요. 하지만 형은 날 버렸지요. 단 하룻밤 나를 차지하려고 지키지도 못할 약속을 했어요. 그런데 대가를 치른 것은 약속을 어긴 형이 아니라 나였어요. 나하고 죄도 없는 건섭 씨였지요. 그래요. 형 말대로 대체 이루어지지도…… 그래요! 턱도 없는 희망에 사로잡혀서 내가 뱃속의 아이를 죽이고 이미 죽어버린 형의 아이를 사산하기 위해서 두 다리를 벌리고 미친 듯이 비명을 지르고 있을 때 내 손을 잡아준 것도 그였어요. 그런데 형은 내가 잠깐 건섭 씨한테 다녀왔다고, 한때 형의 친구였던 오빠까지 들먹이며 빈정거리고 있어요. 고작 이건가요? 한때는 운동이라는 이름으로 날 팽개치지 않았었나요? 그때 우리의 마음이 적어도 거짓이 아니라면 형이 나 대신 택했던 건, 그건 지금 대체 어디 있나요?"

은림의 턱 가까이 숨이 가쁘게 올라와서 말이 잘 이어지지 않았다. 흘러내린 눈물이 뺨 위에서 번들거렸다. 은림은 맨손으로 그것을 쓰윽 닦았다. 그는 멍해진 기분이었고 치명타를 맞은 것처럼 몽롱하기까지 한 기분이었다. 담배를 든 손에서 어깨까지 빳빳하게 굳은 채 그는 움직이지 못했다.

"그, 그만하지."

떨리는 손으로 담배를 재떨이에 떨면서 겨우 그가 말했다. 그러면서 그렇게밖에 말할 수 없는 자신에 대해 말할 수 없는 혐오를 느꼈다.

"뭐가 그렇게 절망스럽나요. 뭐가 그렇게 어리석었었나요? 연애도 제대로 못 해보고, 운전면허 하나 따지 못하고, 고시 공부 한번 하지 못하고 보낸 젊은 날이 그래서, 이제 와서 그렇게 안타까운 건가요? 그래서, 이제 와서 우린 어리석었다고, 우린 다 잃어버렸다고 그렇게 쉽게 이야기하는 건가요? 고작 형의 회한이라는 게 이런 건가요? 우리가 애썼던 날들하고 바꿀 수 있는 게 고작 운전면허예요?

아니요, 절망하지 않는 사람들도 있어요. 잊지 않는 사람들, 죽어간 친구와 미쳐간 친구와 그런 사람들을 기억하는 이들……그들이 곧 이 나라를 이끌어가게 돼요. 이제 곧 우리 세대에게서…… 그래요, 형 말대로 우리 세대를 거치느라 운전면허 하나 따지 못했던 젊은이들…… 그들이 대통령이 되고 그들이 예술가가 될 거라구요. 가짜들 말구 진짜들…… 그것두 권력이라구 운동하지 않는 불쌍한 친구들 주눅 들게 하면서 거들먹거렸던 사람들 말구, 이제 와서 어리석었다고 그 세월 전체를 매도하는 인간들 말구, 진짜들. 끌려가는 친구들도 있는데 미안해서, 정말 미안해서 데 ㅣ ㄴ 채를 사ㄴ고 ㅎㅣ ㅣㅣㄴ ㅅ시 ㅅ시 못했던 친구들, 고시 공부하다가 도서관 밖의 집회 바라보고는 머리를 싸매고 그날은 그냥 집으로 돌아갔던 사람들 ……길거리에 누워서 끌려가지 않으려고 서로서로 사슬을 얽어매고 울었던 그 친구들."

그는 고개를 숙인 채 아무 말도 하지 않았다. 은림이 잠시 그를 쏘아보더니 다시 말을 이었다.

"그런데도 언제 불쑥 나타날지도 모르는 형을 위해서 내가 날마다 여기 석고상처럼 앉아 있기를 바랐나요? 바람 소리에 창문만 덜컹여도 혹시나 하고 벌떡 일어나서 발자국 소리가 골목을 다 빠져나갈 때까지 바늘 끝처럼 신경을 곤두세우고 앉아 있기를 바랐나요? 이제 혁명은 사라지고 그래서 세상이 끝났으니까 스무 살 때 못했던 사랑이나 해보려고,

그래서 내가 아직도 형을 사랑하고 있는지, 남편이야 감옥에 있든 무기징역을 살든 형만 기다리면서, 고작 더러운 부르주 아들 자서전이나 대필해주는 형을 아직도 기다리면서, 다시 한 번 본격적으로 바람이 나기를 바랐나요? 내가 그걸 바라 고 있나 아닌가, 정말 그런가 아닌가, 그걸 확인하러 오는 건 가요? 그런가요?"

은림은 말을 마치고 잠시 두 눈을 허공에 멈추더니 곧 두 손으로 얼굴을 감쌌다. 어깨가 격하게 들먹이고 있었다. 수치 심으로 그의 얼굴이 벌겋게 달아올랐다.

이러려고 온 것은 아니었다. 슬픔을 나눌 사람을 찾고 싶 었던 거였다. 풀잎 같은 초록색으로 불이 켜진 비상구를 찾 고 싶었던 거였다. 하지만 언제나 말은 의도와는 빗나가고 마음이 저쪽에 전달될 때는 이미 나오는 거리가 먼 다른 무 엇이 되어 있다. 그는 주머니에 두 손을 찔렀다. 바바리코트 안주머니에 든 흰 봉투가 느껴졌다.

그랬다. 은림이 결코 그의 그런 무작정한 호의를 받지 않 을 거라는 걸 그는 이제서야 명확하게, 마치 뇌수를 둘로 쪼 개고 그 쪼갠 자리에 그, 렇, 다, 고 써넣는 것처럼 명확하게 그는 깨달았다. 은림은 코피를 흘린다 해도, 설사 쓰러지는 한이 있더라도 그녀의 말대로 '더러운 부르주아'의 글을 대필 해준 돈은 받지 않을 것이다. 아마도 카운터를 지켜서 번 돈 으로 자립을 시도할 것이다. 그랬다. 그런 게 은림이었다. 지금처럼 저렇게 달려들듯 맹렬한 눈빛이 되는 게 그녀였다. 삶 앞에서 고통 앞에서 내일 쓰러지더라도 오늘은 저렇게 따지고 드는 사람.

"미안하다. 그런 뜻은 아니었어. 난, 단지 걱정이 되었던 거야."

그는 말을 다 마치지 못했다. 왠지 이제 더 은림에게 올 수가 없다는 생각이 들었다. 이제 더는 은림의 얼굴을 그저 평온한 마음으로 대할 수가 없을 것 같았다. 바람이 많이 부는 절벽에 서 있는 것처럼 그는 무언가 몹시 위태로운 기분을 느꼈다. 수심을 알아보기 위해 무심히 늘어뜨린 줄이 하염없이 그서 풀려 늘어가기만 할 때 느끼는 그 이상한 두려움 같은 것이었다.

"갈게."

그는 힘없이 자리에서 일어섰다.

"잠깐만요."

돌아서려는 그의 뒷모습에 대고 은림이 그를 불러 세웠다. 그는 주머니에 손을 찌른 채로 멈추어 섰다. 은림이 자리에서 일어섰다.

"대체 뭐가 그렇게 두려운 거지요?"

은림의 목소리는 아직도 울음 끝의 여운을 가지고 있었지만 차분했다. 그는 은림의 시선을 피하면서 열려고 잡았던 방문 고리를 잡고 그대로 굳어졌다. 이것은 또 무슨 소리인지, 그는 알 수 없었다. 그는 알 수 없는 형국으로 빠져드는 이 감정의 유희들이 싫었다.

"무, 무서운 거 없어."

"그럼, 왜 늘 내 앞에서 허둥지둥이지요? 왜 언제나 심술을 부리지 않으면 자학을 하지요? 왜?"

바라보는 은림의 눈에는 아직 다 흘리지 못한 눈물이 그렁그렁했다.

그는 올려다보는 은림을 안고 싶은 충동을 느꼈다. 안고 미안하다고 진심으로 말하고 싶었다. 그 세월들에 대해서, 그 젊었던 시간에 대해서. 세월과 시간이 사과를 받아주기만 한다면. 하지만 그는 아무 말도 하지 못하고 그저 시선을 떨어뜨렸다. 갑자기 머릿속이 뒤죽박죽이었고 엉망진창이었다.

"가세요. 아마, 이제, 다시는 오시지 않을 거죠?"

"그래. 아마 한동안은."

"그럼, 멀리 나가지 않을게요."

은림은 말을 마치고 무너지듯이 자리에 앉았다.

좁은 골목길에는 여전히 바람이 거셌다. 그는 호주머니에 두 손을 깊이 찌르고 바람을 거스르기 위해 될 수 있는 대로 몸을 조그맣게 만들며 걸었다.

11

또 다른 이별의 시작

외롭지 않게 살아가는 방법에 대하여

* 이 세상에서 가장 올바르고 가장 정직하게

　세상과 대결하려 했던 고귀한 영혼들의 저술.

* 올바르게 살려고 애쓰는 사람들.

* 저녁 9시가 지나면 1,500원으로 값이 내리는

　2천 원짜리 장미 한 다발.

* 나 자신에 대한 굳건한 믿음.

* 그리고 열정적이고 용감무쌍한 하루하루.

　　　　　　　　—93년 11월, 노은림의 유고 일기 중에서

"우리 엄마는 숨 김이 없어요. 명우 씨도 알지요?
여진이 걘 더 하구요. 승명이는 어차피 막내니까 그냥 당구
치는 얘기나 뭐 그런 이야기나 하면 좋아할 거구. 그래요. 절
대로 굳을 거 없다구요. 그냥 묻는 말에 대답만 하구 엄마가
차린 식사 맛있는 듯이 먹구 그러면 돼요. 그리구 엄마하고
여진이한테는 명우 씨가 자유기고가라고 말했어요. 지금은
잡지에 여러 군데 기고를 하고 있다구. 하지만 곧, 소설을 쓸
거라구. 우리 엄만 자유기고가는 뭔지 몰라서 안 되고 소설
가는 아니까 안 된다고 생각하는 사람이야. 폐병 걸려서 금
방 죽을 거라고 생각하지. 요즘 폐병 걸리는 사람이 어디 있
어요? 그래도 안 믿어. 엄마 땐 다 그랬다나? 요즘은 소설가
들도 떼돈을 버는 사람이 있다는 걸 말을 해줘도 모른다니

까요.

하지만 무시는 안 해요. 그게 적어도 우리 아버지가 하던 집장사보다는 조금 고상하다는 것쯤은 인정하니까. 여진이는 그저 지 차례만 빨리 당겨준다면 더 이상 불만은 없을 거구. 나 화장 괜찮아요?"

여경은 아침부터 들떠 있었다. 명우는 여경의 얼굴을 힐끗 바라보며 고개를 끄덕여 보였다. 여행을 다녀온 후 그녀는 자주 그의 방에서 묵었다. 갈아입을 옷 몇 가지를 그의 방으로 가지고 와서 옷걸이에 걸어놓고 간단하게 요리를 해서 그와 함께 식사를 하기도 했다. 그러고는 가끔 일을 하는 그의 얼굴을 옆모습으로 물끄러미 바라보고 있다가 묻곤 했다.

―정말 날 사랑하나요?

그는 큰길로 나가 여경의 집이 있는 길음동 쪽으로 차를 몰았다. 화계사로 나와 삼양동 길로 접어드는 게 지름길이었다. 하지만 수유리에서 나와 삼양동 쪽으로 신호를 받아 우회전을 하면서 문득 그는 그 길이 은림이 근무하고 있는 그 슈퍼 앞을 지난다는 생각을 했다. 하필이면 그랬다. 며칠 전 그가 시내에 다녀올 때 마침 무슨 일인지 차가 밀려 그는 그 길가에 서 있다가 무심코 그것이 은림의 동네라는 것을 발견했었다. 하필이면 시장 어귀에 슈퍼가 있었다. 은림이 말한 그 슈퍼마켓 같았다. '꽃씨슈퍼'라는 소박한 이름이었다. 그는 차에 앉은 채로 안을 기웃거렸다. 김장 배추 염가

판매, 무 산지 입하 등의 어지러운 안내문이 붙어 있어서 안은 전혀 들여다보이지 않았다. 그럴 리도 없겠지만 혹시라도 그의 차가 여기 서 있는 것을 볼까 봐 그는 식은땀이 흘렀었다. 사람의 일이란 알 수 없는 것이니까 말이다. 혹시라도 잠깐 쉬려던 은림이 슈퍼 문을 나서고 밀린 차들을 바라보다가 우연히 그와 눈이 마주칠지도. 그는 진심으로 은림과 마주치고 싶지 않았다. 더구나 슈퍼의 계산대를 두드리는 은림을 자동차 안에서 바라볼 수는 없었다. 하지만 그는 알고 있었다. 은림은 아마도 열심히 계산대를 두드릴 것이다. 예쁘게 포장을 해주고 맛있게 드시라고 명랑하게 인사할 것이다. 그녀이 수고로 돌이있나 빠져나가는 시간들은 뜨거워진다는 것을 그는 알고 있었다.

문득 옛날 일이 떠올랐다. '피 세일'이라고 불리던, 그러니까 유인물을 모두들 잠든 시간에 주택가에 돌리는 일을 은림과 그가 함께한 일이 있었다. 약속 장소에 나가보니 은림이 그녀의 후배와 나와 있었다. 그가 유인물을 확인하기 위해 가방을 열자 그 속에서 분홍 리본으로 묶은, 유인물들이 쏟아졌다. 그러니까 그 하나하나 유인물들을 가늘게 돌돌 말아 분홍 리본을 묶은 것이었다. 이제까지 통념상의 그 거친 유인물과는 너무 달랐다. 그가 의아한 얼굴로 바라보자 은림은 말했다.

—이래야 리본이 예뻐서라도 펴볼 거 아니에요?

"참. 명우 씨, 명희 언니 상현 씨하고 헤어졌어요."

"그래?"

신호가 바뀌어 차를 앞으로 전진시키면서 그는 건성으로 대꾸했다.

"내색하지 마세요. 모르겠어요. 갑자기 아주 짧은 미니스커트를 입고 주홍빛 재킷을 사들이길래 내가 물어봤죠. 여자가 그렇게 변하는 걸 보면 틀림없거든요. 명희 언닌 깜짝 놀랐어요. 나보고 어떻게 그렇게 족집게네요. 1주일 됐대요. 어제는 미장원에 가서 머리를 짧게 커트하고는 포도주빛으로 염색을 했더라구요. 요새 그거 유행인 거 아시죠?"

"돈이 쓰고 싶어졌나 보군."

"명우 씬 그렇게 몰라요? 여자는 실연을 당하면 그래요. 갑자기 외모를 바꾸죠. 그것도 아주 야한 쪽으로 말이에요. 그런 것도 모르니 명우 씬 늘 내 속을 그렇게 썩이지."

여경은 샐쭉 웃으며 명우를 흘겨보았다.

"우리 엄마가 혹시 결혼을 재촉하는 듯한 말을 하더라도 크게 신경 쓰지 말아요. 어차피 난 연말이 지나야 학원 차린 빚을 다 갚게 돼요. 그러니까."

"난."

명우는 여경의 말을 막았다. 오늘 여경의 집 방문에 대해 그는 사실 처음부터 곤혹스러워하고 있었다. 그 방문의 의미가 처음에는 '그냥'이었다가, 그다음에는 '집안 식구들에 대한 인사'였다가 이제 '결혼'에 대한 준비가 되어버리고 있었다. 그가 청혼을 했는지 아닌지도, 아니면 여경이 청혼을 했는데 그가 그것을 받아들였는지 아닌지 그 자신도 어리둥절한 기분이었다.

"난 아직, 여경아."

"네? 뭐요?"

"난, 결혼 같은 건. 아직."

"뭘 그래요? 그냥 엄마한테 인사만 드리자는데 인사드리는 것까지 나쁠 건 없잖아요?"

사실은 말을 하기가 좀 그랬다. 그가 이렇듯 머뭇거리고 ㅣ면 여경은 언제나 '그냥'이라는 수식어를 붙였고 그가 묵묵히 들어주기 시작하면 여경은 언제나 결혼에 대한 구체적인 계획을 세우기 시작했다. '그냥'이라고 말하는 사람에게 '결혼은 안 된다'고 말하는 것은 이제 와서 여경에게 청혼을 하는 것보다 더 이상했다.

그는 6년 전 연숙의 시골집에 갔던 생각을 했다. 그때 어느 밥집에서 그는 연숙에게 결혼하자는 말을 꺼냈다. 그러자 연숙은 대뜸 말했다.

—우선 우리 집에서 허락을 하셔야 해요.

연숙은 해고당한 후 지역의 노동회관에 나가고 있었는데 밤이 늦어서야 일은 끝났다. 그가 밤에 혼자서 책을 들여다보고 있으면 연숙이 방문을 두드리는 소리가 들렸다.

—그냥 와봤어요.

연숙은 절대로 방에 들어서지 않았다. 처녀로서 그건 아주 무례한 짓이라고 생각하는 것 같았다. 노동운동에 앞장서는 활발한 활동가치고 연숙은 그런 면에서는 아주 수줍게 굴었다. 그녀는 방으로 들어서지 않은 대신 그가 먹다 남긴 밥그릇을 씻고 그가 벗어놓은 옷들을 빨곤 했다. 아무리 그러지 말라고 애써도 듣지 않았다. 나중에는 연숙이 올까 봐 속옷이랑 양말 같은 것들은 감추어놓기까지 했으니까. 빨래와 설거지를 마친 연숙은 다음 날 아침 그가 해 먹을 밥을 안치고 국을 끓여놓고 그러고는 걸레를 빨아 들고 방으로 들어와 방을 닦았다. 그런 때면 추운 겨울에도 방문을 조금 열어놓는 것을 잊지 않았다.

— 주인아줌마가 이상하게 생각할까 봐서요.

연숙은 그렇게 말했다.

마침 파출부처럼 그렇게 일을 하고 나면, 연숙의 이마에는 언제나 땀방울이 송골거리며 맺혀 있었다. 그가 그런 연숙을 안쓰러운 듯 바라보면 연숙은 부끄러운 듯 일어나 얼른 말했다.

— 저 갈게요.

그러면 그는 연숙을 바래다주러 집을 나와서는 연숙의 집까지 한 15분 되는 길을 개천을 따라 걸었다. 그러고는 그녀가 후배와 함께 기거하는 방에 들어가 가끔 소주를 마셨다.

그것이 그들의 데이트의 전부였다면 사람들은 믿을까. 그런데 결혼을 하기로 하자 연숙은 대뜸 시골집에 가서 허락을 받아야 한다고 했다. 언젠가 술을 먹은 연숙은 말했었다.

—설사 내가 여기서 뒈진대도 시체 찾으러 올 사람도 없을 거예요.

하지만 시체를 찾는 일이 아니라 결혼을 하는 일이었으니 고향에 가고 싶었던 것이었다.

춘천을 지나 홍천으로 접어드는 길은 첩첩산중이었다. 봄이라 산천마다 꽃으로 흐드러진 길을 버스는 달려갔다. 파스텔로 번진 듯이 울긋불긋, 산천은 막 분단장을 끝낸 새색시 같았다. 그런 산실을 달리는 그 버스 안에서 연숙은 내내 그의 팔을 끼고 있었다. 그때 그는 아마 은림 생각을 하고 있었다.

잊으라고 명 선배는 말했었다. 그와 술잔을 기울이면서 노처녀인 명 선배는 쓸쓸한 표정으로 그에게 말했었다.

—혁명이란 게 원래 이렇게 잔인한 거 아니겠니?

—잊어야지.

그도 대답했다. 그는 점점 더 야위고 있었지만 눈빛만은 더 퀭하게 빛나는 것 같았다.

연숙의 집은 전형적인 시골 농가였다. 농사를 짓는다는 그의 큰 오빠가 무뚝뚝하게 나와서 그를 맞았다. 그리고 큰올케가 상을 차려 내왔다. 누린내가 많이 나는 돼지고기볶음에 된장국이 상에 올라왔었다.

신랑감을 구경을 하러 온 아낙들이 밖에서 떠드는 소리가 들렸다.

—대학을 나왔다지?

—세상에 연숙이가 저래 눈이 높아서 아직 시집을 안 갔었구먼.

돌아오는 길에 연숙은 그의 어깨에 기대서 잠이 들었다. 그녀의 올케가 싸준 참기름병과 깊은 곳에 묻어두어 아직도 시지 않다는 묵은 김치를 싸 들고, 그는 덜컹이는 버스의 소음을 듣고 있었다. 갑자기 모든 것이 뒤죽박죽인 느낌도 있었다. 그는 어둠 속에서 그의 어깨에 기댄 연숙의 얼굴을 바라보았다. 불그스레한 얼굴이 가여워 보였다. 그는 그 가여운 얼굴을 한 연숙의 스물여덟 해 삶을 생각했다. 열몇 살에 서울로 올라온 이래 가방공장 시다, 봉제공장 시다, 그리고 미싱사가 되었던 고단했던 그녀의 삶을. 그래서 명우는 커다란 연숙의 손을 잡았다. 연숙은 자는 듯 눈을 감고 있었지만 자고 있지는 않았던지 그가 손을 잡자 잠시 몸을 움찔했다. 그는 연숙의 그 고단했던 손을 어루만지며, 어서 이런 손을 한 사람들이 제 노동의 대가를 받는 세상을 만들어야지 생각했다. 이런 손들을 위해 생애를 바치리라 결심도 했었다. 그런 세상이 올 수만 있다면 어떤 것을 잃는대도, 설사 제 몸을 잃는대도 무섭지 않았다. 하물며 감정의 흔들림쯤이야…… 그랬다. 그는 결혼이란 그런 거라고 생각했었다. 직업적인 혁명가로서 살아남기 위해 최소한의 가정을 꾸미는 것이라고. 그 대상이 다행히 사랑하는 사람이면 좋지만 그렇지 않아도 그만이라고. 서로 믿고 의지하며 같은 길을 가는 것이라고. 그땐 그런 생각이 조금도 이상하지 않았다, 고 말한다면 변명이 될까. 하지만 적어도 그것은 비난의 대상은 아니었다. 만일 은림과 어떤 방식으로든 결합을 했다면 일은 크게 달라져 있었으리라. 그들은 여러 번 토론에 부쳐졌을 것이고 구성원들의 동의를 얻어내기까지 수많은 자기 비판과 비판에 초주검이 되어야 했으리라.

결혼식 날에는 사람들이 많이 왔었다. 그 일대에서 노동운동을 하는 사람이면 거의 다 참석한 것 같았다. 하다못해 그 지역의 대공 담당 형사까지 부조를 해올 정도였다. 다만 은림과 건섭만 오지 않았다. 하지만 그와 연숙 앞에서 아무도 그들 부부에 대해서 이야기하지 않았다. 열성적인 젊은 목사는 신랑인 그보다 더 들떠 있어서 꼭 술에 만취한 사람처럼 얼굴이 발그레했다. 실제로 그는 식이 시작되기 전에 사람들과 돼지 머릿고기에 소주를 한잔 걸친 모양이었다. 왜냐하면 기분이 좋아서라고 그는 말했다. 모두 다 참 따뜻한 사람들이었다.

그는 진한 가지색 두루마기를 입었고, 연숙은 흰 한복에 자주고름을 달았다. 교회에서의 결혼이었지만 풍물패들이 연신 들썩들썩 분위기를 잡았다. 오색 풍선이라도 휘날릴 듯한 흥겨운 잔치였다.

그 젊은 목사는 주례석에 서서 그들에게 물었다.

—기쁠 때나 슬플 때나 건강할 때나 병들었을 때나 옥에 갇혔거나 그렇지 않거나 서로 아끼고 사랑하면서 살 것입니까?

그들은 예, 라고 대답했다. 누구에게나 그렇겠지만 답은 그것밖에는 없었다. 그러자 목사는 이제 이것은 하늘에 한 맹세이며 하늘에 한 맹세는 사람이 풀지 못한다고 말했었다. 그 맹세는 신에게 바치는 맹세라고. 하지만 그런 맹세 따위는 하지 말았어야 했다. 그것은 그저 인간들의 자기 위안일 뿐이었다. 인간을 만든 신이, 바보가 아닌 이상 인간에게 영원을 맹세하라는 주문을 할 리가 없었다.

차는 주택가를 따라 비탈을 올라갔다. 보통 주택가에 흔히 있는 연립주택의 낮은 담 앞에 차를 세우고 나자 여경이 명우의 팔을 끌었다.

"그냥 들어가면 어떻게 해요? 뭘 사가지고 가야지. 결혼 한번 해본 사람이 어떻게 이렇게 몰라?"

생각해보니 연숙의 집에 갈 때도 버스 터미널에서 내려 소고기 한 근 사가지고 갔던 생각이 났다.

"정육점에 가야 하나?"

그가 얼떨떨한 기분으로 묻자 여경이 입을 커다랗게 벌리고 웃었다.

"왜 그래요? 우리 집이 무슨 시골인 줄 아는 거야? 케이크가 나을까, 과일이 나을까? 하기는 케이크 사가면 여진이 기집애가 또 난리일 거야, 다이어트 방해한다고 말이야."

그들은 과일 가게로 갔다.

여경이 주인 여자에게 바구니를 달라고 해서 배와 사과와 그리고 그레이프프루트 등을 담았다. 여경이 과일을 담는 모습을 서서 바라보던 명우가 돈을 치렀다. 포장이 된 바구니를 명우에게 들려주고 나서 여경은 과일 가게 아주머니에게 친근하게 이야기를 나누었다. 그는 모른 척 과일 바구니를 들고 민서 한실가로 나와 담배를 피우고 있었다.

한 이십 평 남짓한 집에는 벌써 맛있는 냄새가 풍기고 있었다. 초인종을 누르자 여경과 아주 닮은, 그러나 여경보다 조금 더 둥글고 따뜻한 인상의 젊은 여자가 문을 열었다. 그녀가 바로 여진인 모양이었다.

"인사해요. 얘가 내 동생 여진이야."

여경의 말투 속에서는 언제나 거칠고 철부지 같던 여진은 뜻밖에도 수줍은 듯 그에게 목례를 보냈다. 잠시 후, 연보라색 홈드레스를 입은 여자가 나타났다.

"어서 와요."

물어보지 않아도 한눈에 여경의 어머니인 걸 알 수 있었다. 자세히 보니 여경과 코와 입매가 아주 닮아 있었다. 다만 눈매가 좀 달랐다. 여경의 눈매가 좀 날카롭고 지적인 느낌이라면 어머니는 둥근 편이었다. 하지만 시집갈 딸을 둔 나이의 어머니라고는 믿을 수 없을 만큼 고운 얼굴이었다. 그는 잠시 여경과 그가 결혼을 하고 여경이만 한 딸을 두었을 때 여경의 얼굴을 그려보았다. 그래도 여경은 참 곱고 아름다울 것 같았다. 마지막으로 재수생인 여경의 남동생이 인사를 했다. 승명이라는 그는 키가 명우보다 머리 두 개는 커 보였다. 명우는 그저 어리둥절한 기분이었다.

그들은 거실의 소파에 앉았다. 꽃무늬가 화려한 천으로 만든, 좀 낡은 소파였지만 깨끗했다. 한때는 천장이 높은 양옥집의 거실에서 잘 어울렸을 그런 소파였다. 소파만 그런 것이 아니라 양을 치는 예수의 모습이 담긴 태피스트리며 한 구석에 놓인 피아노까지 온갖 물건들이 아주 고급스럽게 보여서 여경의 말대로 지난 한때 그녀의 집의 영화를 말해주는 것 같았다.

여진이 부엌에서 오렌지 주스를 내왔다.

"들게."

"네에."

그는 주스를 마시다 말고 하마터면 기침을 할 뻔했다. 그녀의 어머니도 여진이도 막내 승명이도 모두 그를 바라보고 있었다. 마치 여경이 주스를 어떻게 마시는 남자를 데리고 왔는지 품평이라도 하려는 것 같았다. 그는 주스 잔을 내려놓고 더 마시지 않았다. 담배 생각이 간절했다.

"그래 식을 올리고 나서 지금 있는 집에서 그대로 살 겐가?"

역시 주스 잔을 내려놓으며 여경의 어머니가 물었다. 아마 그가 집에 들어서자마자 묻고 싶었던 말을 이제까지 참느라 힘들었던 것처럼도 보였다. 그와 여경의 눈이 마주쳤다. 여경이 재빨리 어머니의 입을 막았다.

"아이, 엄만 지금 그냥 인사 온 거라니까."

"얘는 그냥 인사는 무슨 그냥 인사니? 니들 나이가 지금 벌써 몇이라구? 그래, 미스터…… 그래요. 미스터 김은 서른셋이나 되도록 어떻게 이렇게 결혼이 늦었수?"

여경의 당황한 눈길이 그에게 쏠려 있는 것을 느꼈지만 그는 고개를 떨어뜨린 채 아무 말도 하지 않았다. 하지만 그러면 여경의 입장이 난처해질까 봐 잠시 후에 어머니를 바라보고 피식 웃었다. 그런데 그 타이밍이 너무 늦어버려서 그만 비웃는 것처럼 보였다. 그는 주먹을 쥐어 입가에 대고 잔기침을 두 번 했다.

잠시 침묵이 흘렀다. 닫아놓은 안방에서 엷게 찬송가 소리가 흘러나왔다. 엄마가 노상 듣는 음악이라고 언젠가 여경이 했던 말이 떠올랐다.

"얘긴 좀 있다가 하고 밥 좀 줘요. 우리 배고파요."

여경이 말을 끊으며 자리에서 일어났다. 그녀의 어머니는 입을 다물었지만 여전히 그를 뜯어보는 일을 게을리하지는 않았다. 그는 부엌으로 들어간 여경의 모녀가 낮게 토닥이는 소리를 들으며 집 안을 둘러보았다. 남향의 창가에 작은 화분들이 옹기종기 모여 있었다. 그는 그 풀이파리들을 바라보면서 먼 홍천 길을 생각했다. 그 버스 안에서 자신의 팔을 내내 끼고 있던 연숙의 발그레한 뺨을. 시골집의 두엄 냄새와 고추장으로 벌겋게 버무렸지만 누린내가 아주 심하던 돼지고기볶음과……

"어디 가서 커피라도 한잔하고 들어갈까?"

주택가가 늘어선 비탈을 내려오자 명우가 말했다.

"그러지 뭐. 성신여대 앞으로 갈까?"

명우는 차를 돌려 돈암동으로 갔다. 복닥거리는 여대 입구를 지나 주택가에 겨우 차를 비뚤게라도 주차를 시키고 그들은 들어가 이야기를 나눌 만한 조용한 카페를 찾았다. 온통 시끄러운 음악이 흘러나와서 거리 전체가 같은 리듬에 맞추어서 들썩거리고 있는 듯했다. 작은 골목으로 돌아섰을 때 그들은 '카사블랑카'라는 간판을 단 카페를 찾아냈다. 문을 열자 아주 낮은 클래식 음악이 들렸고 우선 조용했기 때문에 그들은 흔쾌하게 거기로 들어섰다. 흰 벽돌로 벽을 쌓은 내부는 밝고 신선해 보였다. 빨간 체크무늬의 커튼이 쳐져 있고 테이블마다 등나무 장식의 등이 늘어진 카페였다.

바닥이 교실 바닥 같은 나무 마루로 되어 있어서 분위기가 아늑했고 따뜻했다. 창가에서 마침 두 여자가 일어나고 있어서 그들은 그리로 다가갔다. 여자들은 오래 수다를 떨었는지 재떨이 가득 담뱃재와 사탕 껍질과 낙서 종이가 흩어져 있었다. 종업원이 나무 쟁반을 가지고 와서 그 껍질들을 치우는 동안 그는 커피를 여경은 오렌지 주스를 주문했다.

"우리 엄마 너무 철없지? 내가 그러지 말라고 했는데도 그래요. 어떤 때는 대체 나하고 엄마 중에서 누가 엄마인지 모르겠어. 우리 엄마도 그걸 인정하거든. 다 아버지 탓이에요. 아버지가 살아계실 때 그저 엄마를 공주 취급했었거든. 아마 아빠가 이렇게 빈녜 돌이가시고 나서 엄마가 이 큰딸을 이렇게 괴롭힐 줄 알았다면 아빠는 아마 엄마를 그렇게 만들어놓진 않으셨을 거야."

여경은 잔뜩 웃음기 띤 얼굴로 말했지만 명우는 웃지 않았다. 어쩌면 생각에 잠겨 있는 듯도 했다. 예민한 여경의 눈초리가 살짝 위로 쳐들렸다가 내리깔렸다. 명우는 초조해 보였다. 목까지 올라오는 검은 폴라가 주는 딱딱한 인상 때문이었을까. 아니면 오늘따라 차려입은 회색빛 홈스펀 재킷 때문이었을까, 새로 감은 머리가 이마 위에서 적당히 컬을 그리며 내려와 있어서 그는 얼핏 조각처럼 보이기도 했다.

주스와 커피가 날라져 오자 여경은 잠시 입을 다물었다. 카페 벽에는 마치 이 카페의 벽처럼 흰 벽돌로 지은 집들이야자수 사이사이로 늘어선 그림이 있고 그 아래 카사블랑카라는 글씨가 써 있었다. 카사블랑카 도시의 한 풍경인 모양이었다. 아름다웠다.

영화 〈카사블랑카〉가 떠올랐다. 그 유명하던 마지막 장면이, 아마 주인공은 둘 다 모자를 멋들어지게 쓰고 있었을 것이다. 주인공 남자는 사랑하는 여자를 떠나보낸다. 모든 관객의 바람을 배반하면서 동시에 그들의 도덕을 적당히 충족시키면서……. 고등학교 1학년 때던가 그 영화를 보고 한동안 그는 잉그리드 버그만 같은 여자와 험프리 보가트가 나눈 것 같은 뜨겁고 냉정한 사랑을 꿈꾼 일이 있었다. 그때 험프리 보가트 같은 남자를 진짜 사내라고 생각했을 것이다. 하지만 그는 이제는 그렇게 생각하지 않는다. 조명이 꺼지고 카메라가 멈추고 나면 험프리 보가트라 하더라도 절대로 사랑하는 여자를, 그 여자가 사랑하지도 않는 남자와 짝을 짓게 해서 비행기에 태우지는 않을 것이다. 삶은 영화처럼 곧 불이 꺼지고 막이 내리는 것이 아니다. 그들이 그 후 1년 안에 곧 죽지 않는 한, 적어도 그들이 10년 이상이라는 긴 세월을 더 사는 한 그것은 결코 아름답지도 않고 고귀하지도 않은 일인 것이다. 그건 그저 '폼'을 잡는 일일 뿐 그 이상 아무 의미도 아니었다.

아름다워 보이는 저 도시의 풍경이 걸린 패널도 그랬다. 아마 저 그림을 그린 화가나, 저 화가의 모델이 되어준 저 도

시의 저 집에 사는 사람이나 저 그림들이 한국이라는 극동
의 작은 나라 어느 여자 대학 앞에 걸리게 될 줄 꿈에도 상
상하지 않았을 것이다. 그러니 저 집들 속에서는 아마도 지
금도 어머니에게 꾸중을 들은 아이들이 울면서 양치질을 하
고 연인이 침실에 들어 정열적인 키스를 나누고 부부가 프라
이팬을 던지며 싸움을 벌일지도 모른다. 그것도 모르고 우리
들은 이 카페에 앉아서 카사블랑카를 생각하는 것이다. 어
디에도 없는 카사블랑카를. 생각해보면 어리석기 짝이 없지
만 그저 기억이 아름다운 영화의 마지막 장면을.

"무슨 생각을 그렇게 해요?"

여경이 뒤ㄱ갑게 입술 고아 빨내를 빨고 나서 물었다.

그는 담배를 끄고 여경을 마주 보았다. 앙고라가 섞인 연
보라색 스웨터에 진보라색 우단 조끼를 입고, 그리고 연보라
색 모직 베레모라는 모자를 저렇게 거부감 없이 소화해내기
도 힘들 것이었다. 그럴 만큼 여경은 고전적인 미인에 가까웠
다. 갸름한 얼굴의 선, 날카로운 코와 입의 윤곽들. 예민해 보
이는 눈빛.

"여경아."

"응."

여경이 그를 바라보았다. 그랬다. 여경은 예민한 여자였다.
벌써 그 눈동자에는 두려움이 어리고 있었다. 하지만 그 두
려움을 내비치지 않으려는 그녀 내부의 갈등 때문일까. 그녀

는 얼른 웃었다. 오른쪽 볼에 귀여운 보조개가 패었다. 하지만 오늘따라 그 보조개도 불안해 보였다.

그는 마른 입술을 적시고 나서 우선 담배를 물었다. 여경이 얼른 성냥을 들었지만 그는 손에 든 라이터를 켰다. 성냥을 잡았던 여경의 손이 무안하게 탁자 위를 맴돌았다.

"우리가, 지금……. 무슨 이야기를 나누어야 하는지 알고 있지?"

그는 어렵게 말을 꺼냈다. 여경은 시선을 들지 않았다. 아까 그에게 거절당한 성냥갑을 이리저리 돌리며 그곳에만 시선을 주고 있었다. 작은 성냥갑 위에는 벽에 걸린 것과 같은 카사블랑카의 그림이 새겨져 있었다.

"우리 엄마가 그렇게 주책부렸던 건."

여경이 입을 열었다. 눈에는 벌써 눈물이 핑 돌고 있었다.

"어머니 이야기를 하는 건 아니야."

"아니야 알아. 어머니가 아까 승명이가 다 크기 전까진 명우 씨가 맏아들 노릇이라도 해야 된다고 말한 건 신경 안 써도 돼. 우리 엄만 그렇게 자기 주제를 몰라."

여경은 재빠르게 말했다. 명우는 한 손으로 이마의 머리카락을 쓸어 올렸다.

"여경아. 내 말 잘 들어. 어머니라면 아무 문제도 안 돼. 중요한 건 너와 나의…… 난 결혼에 대해 이야기하고 있는 거야. 난 한 번 결혼을 했던 사람이고 어찌 됐든 내 피를 받은 아이가 있어. 결혼은 이렇게 하는 게 아니야. 적어도 내가 너보다 인생을 아주 조금이지만 더 괴롭게 살았던 사람으로서 이야기하자면 결혼이라는 건 이런 식으로 해서는 안 되는 거야. 이건 너의 소유욕일 뿐이야."

"소, 유, 욕이라구⋯⋯?"

여경이 물었다. 허스키한 목소리가 떨리고 있어서 불안해 보이는 음정이었다.

"넌⋯⋯ 은림이가."

왜 여기서 하필 은림이일까, 그는 잠시 그런 생각을 했지만 말을 이끌어나갔다.

"은림이가 나타나기 전엔⋯⋯ 넌 나한테 이러지 않았어."

"그러면 은림 씨가 나타나기 전에 내가 이랬다면 날 받아주었다는 이야기가 돼요?"

여경이 그를 향해 얼굴을 똑바로 치켜들고 물었다.

명우는 갑자기 말문이 막혔다. 그건⋯⋯ 그런 건 한 번도 생각해본 일이 없었다. 만일 은림이 나타나기 전에 여경이 이런 식으로 청혼을 해왔다면 그는 어떻게 했을까.

"여경아."

"아니라고 하지 말아요. 또 내 책임이라고 말하려고 하지요. 내 소유욕 때문이라고. 그래서 안 된다고."

"난 말이야."

"무슨 말을 한대도 소용없어요. 원래 명우 씬 책임지는 거 싫어하잖아요."

명우의 시선이 울먹이는 여경에게 그대로 못 박혀버렸다.

"아니, 그렇지 않아."

"그래요! 언제나 그랬어요. 노은림 씨도, 연숙 씨와의 결혼도, 게다가 명지까지. 당신은 책임진 적이 없어요. 여자들이 그냥 상처받고 제풀에 떠나가기만을 바랐잖아. 정말로 한 여자를 사랑해보고 아껴보고 그리고 슬퍼서, 정말 슬프고 안타까워서 가슴이 찢어질 것 같은 기분을 느껴본 일이 있어요? 그리고 당신은 말하지. 어쩔 수 없었어. 모든 게 다 내 탓은 아니야! 그땐 그랬으니까. 이렇게 말이에요. 아닌가요?"

그는 훅 하고 숨을 들이쉬었다.

"그건, 아니야. 다만, 다른 성격이 있는 거야. 그러니까 난 속으로 참아내고…… 넌…… 그걸 다만 표현할 뿐이야. 참는 사람은 참는 사람의 비애를 가지고 있어. 늘 감정을 잘 표현하는 사람은…… 아마 또 그 나름의 비애를 가지고 있겠지만."

그는 더듬거리며 말했다. 여경은 고개를 저었다.

"아니에요. 당신은 슬픈데도, 가슴이 찢어지는데도 표현을 안 한 게 아니라, 표현하지 않으면, 예를 들어 신음 소리라도 내지 않으면 죽어버릴 듯이 슬픈 적이 없었던 거야. 도저히 참아낼 수 없을 만큼 아픈 적이 없었던 거야."

그의 손에 들려 있던 담배의 재가 툭 하고 떨어져 내렸다.

여경이 남은 주스를 마시고 담배를 붙여 물었다. 그녀의 그런 동작들은 몹시 불안해 보였다.

"아니야, 아니야…… 내가 너무 심하게 이야기했나 봐요…… 그래요. 그럴 거야…… 명우 씬 그저 한 번의 실패를 했었고, 그래서 지금 떨리고 신경이 날카로울 뿐인 거예요. 아무 걱정하지 말아요. 서두르지도 않을 거고 강요하지도 않아요. 그래요…… 아무 일도 아니야. 그러니 그런 말 하지 말아요. 만일 여기서 한 번 더 상처받으면…… 난…… 난 주, 죽어버리고 말 거야."

여경은 탁자 위로 두 손을 마주 잡았다. 얼굴이 하얗게 질러가고 있났다. 실러 있는 얼굴이 덜덜 떨려왔다. 명우는 꿀꺽 하고 굵은 침을 삼켰다. 참기름과 묵은 김치가 든 보따리가 떠올랐다. 영원히 사랑하겠습니까, 묻던 그 목소리들. 그의 어깨에 기대 잠들었던 연숙의 가엾은 얼굴. 그가 부여잡았던 그녀의 고달팠던 손. 명우는 팔꿈치를 탁자에 올리고는 머리를 쓸어 올렸다. 여경의 목소리가 들려왔다.

"노은림이라는 여자에게 가는 건가요?"

묻는 여경의 입술은 떨리고 있었다.

"아니야."

명우는 단호하게 대답했다.

"그러면 대체 이유가 뭐죠? 정착하고 싶어 했잖아요?"

그는 긴 숨을 내쉬고 벽에 걸린 카사블랑카의 그림을 한

참이나 응시하다가 다시 말했다.

"은림이 때문이 아니야…… 아니야, 그게 아니야."

1주일이 지났다. 이제 사흘만 지나면 마지막 달력만 한 장 벽에 남게 될 것이었다. 명우는 오피스텔에 박혀 아무것도 하지 않고 지냈다. 연말을 맞아서 망년회에 맞추어 출간해야 할 자서전 의뢰가 들어왔지만 그는 다 거절해버렸다. 전화는 자동 응답기가 받았고 중국집 배달부가 그의 방에 출근했다. 한번은 명희가 인디언 같은 판탈롱 바지에 술이 주렁주 렁 달린 짧은 주홍색 점퍼를 입고 그의 방으로 올라왔다. 명 우는 술에 취한 채로 혼자 앉아 있었다. 수염은 덥수룩했고 옷에서는 찌든 냄새가 풍겨왔다.

"대체 왜 이러는 거야? 오빠?"

명희는 몹시 걱정스럽기도 하고 짜증도 난다는 그런 표정 을 짓고 있었다. 그는 대답 없이 동생을 바라보더니 곧장 말 했다.

"나가!"

그리고 그날 밤 그는 은림의 집으로 올라갔다. 혹시라도 은림이 또 집을 비웠으면 어떻게 하나 겁이 났지만 그는 택시 에서 내리자마자 산동네를 걸어 오르기 시작했다. 찬바람이 획획 불었지만 등에서는 후줄근하게 땀이 흘렀다. 낮에 먹었 던 술이 깨는 기분이었다. 그렇게 비탈을 오르는 동안 술이 깰까 봐 겁이 나서 올라가는 길에 포장마차에 들러 그는 소주를 반병쯤 더 비웠다.

그가 창을 두드리고 좀 있다가 은림이 문을 열었다.

"어쩐 일이세요?"

그는 문을 열어준 은림의 손을 붙들고 방으로 들어왔다. 앉은뱅이 책상 위에 은철에 관한 자료가 흩어져 있었다. 김수남 변호사님께로 시작되는 글씨가 그의 눈에 와서 아른거렸다. 아마도 변호사에게 보낼 고소장의 자료를 정리하고 있었던 모양이었다.

"앉자."

"에 그래요? 무슨 일 있어요? 이 손."

그는 그때까지도 은림의 손을 잡고 있었다. 은림이 손을 빼려고 했지만 마치 여기서 놓쳐버리면 모든 것이 영영 끝난다는 듯 그는 완강했다. 아까보다는 침착을 되찾은 은림이 그의 퀭한 얼굴을 바라보았다. 그의 눈은 토끼처럼 충혈되어 있었고 수염은 거칠게 자라 있었다. 그는 슬픈 짐승처럼 보였다. 그가 뜨겁고 거친 손으로, 아직도 그를 바라보는 은림의 얼굴을 쓸어내렸다. 여러 번 쓸어내리며 그는 물었다.

"아직도 날 용서하지 않았지?"

은림과 그의 눈이 마주쳤다. 은림의 눈에서 아른거리던 의혹이 사라지는 것이 보였다.

"그건…… 그건 형, 내가 그때 그렇게 말한 건……"

은림은 입을 다물었다. 말을 할 필요가 없었던 것이다.

그는 그 거친 손으로 은림의 얼굴을 쓸어내리다가 그녀의 몸뚱이를 와락 안았다. 은림은 반항하지 않았다. 연한 회색 빛 그의 바바리코트에서는 겨울바람 냄새가 났다. 포장마차의 참새구이 냄새와 오랜 망설임의 냄새도 묻어 있었다. 그리고 명우의 입술이 그녀에게로 다가갔다. 은림의 입술은 메마르고 거칠어져 있었다.

"넌 내 회한이야. 이 자식아, 내가 얼마나 거기서 벗어나려고 했는 줄 아니? 겨우 벗어났다고 생각했는데 그런데 니가 이런 꼴로 다시 나타나면 나는 어떻게 하라고 니가……."

"울지 말아요, 형."

그를 떼어내며 은림이 말했다. 명우는 하지만 은림의 어깨를 놓지 않았고 은림은 명우의 뺨 위로 흘러내리는 눈물을 닦아주며 잠시 그 자세로 앉아 있었다.

"남자들은 참 울 줄을 몰라. 어린아이나 사춘기 소년이나 다 큰 어른이나 다 어린아이처럼 운다니까. 우는 법을 배우지 못하고 컸으니까."

은림은 살풋 웃었다. 그는 은림을 안았던 팔을 풀고 두 어깨를 잡은 채로 망연히 은림을 바라보았다. 그러고는 작은 그녀의 손을 잡았다. 손은 차가웠다. 명우는 어떻게든 그 손을 따뜻하게 덥혀주고 싶어서 여러 번 손을 어루만졌다.

하지만 잠시 후 고꾸라질 듯 명우는 곧 은림의 방에 쓰러저 잠이 들었다. 은림은 명우의 바바리와 양말을 벗겨주고 이불을 깔아 그를 거기 눕게 했다. 그러고는 부엌으로 나가 평소에는 늘 막아놓는 연탄구멍을 활짝 열었다. 그녀는 가스 배출기가 잘 작동하는지 확인한 다음 방으로 들어와 잠자는 명우의 얼굴을 오래 들여다보았다.

잠이 든 줄 알았던 명우가 뒤척이며 그녀에게 손을 뻗었다. 그녀는 내민 명우의 손을 잡았다. 명우의 손은 뜨거웠다. 라디오의 볼륨을 줄이고, 홑창을 흔들고 가는 바람 소리를 듣고 있던 은림이 미소를 지으려다 말았다. 그녀의 눈에 그제서야 눈물이 고여오기 시작했던 것이다.

12

가을이 떠난 자리에 바람이 밀려오고

두 번째 각혈을 했다. 의사 선생님이 약을 더

잘 먹지 않으면 어떻게 될지 아무도 모른다고 겁을 주었다.

게다가 이미 내성이 생겨버린 균들 때문에

이번부터는 약을 다른 종류로 바꾸어주신다고 했다.

병원을 돌아 나오는데 하늘이 흐릿했다.

늦가을치고 그렇게 춥지는 않았지만 순간적으로

병원의 유리문을 여는데 창밖이 온통 겨울인 듯한

착각에 잠시 빠져 몸을 떨었다.

그때 내 머리 속으로 어떤 여름날이 지나갔다.

햇볕이 쨍쨍 내리쬐고 바람이 많이 부는,

나무 이파리 팔랑거리던 그 언덕……

내년 여름이 올 때까지 그때까지 건강해질 수 있을까?

약해지지 말아야지. 산다는 것은

내가 선택한 포기할 수 없는 아름다움이고 신비이고

때로는 서러운 환희이지 않은가.

—93년 11월, 노은림의 유고 일기 마지막 장 중에서

은님은 아까부터 창밖으로 시선을 빼앗긴 채였다. 이미 추수가 끝나고 나뭇잎은 다 져버려서 온 산과 들은 황량했다. 어디선가 짚을 태우는 연기가 휘이휘이 하늘로 오르고 건너편 방죽에 매어놓은 검은 아기 염소들이 풀을 뜯다가 가끔씩 고개를 들고 메에에, 울었다. 가을이 갔지만 겨울이 아직 오지 않은 들판은 고요했고 가끔씩 옥수숫대를 흔들며 바람만 훼에엥 지나가고 있었다.

저수지를 돌아보고 차창으로 다가오는 명우의 실루엣 뒤로 하늘이 시퍼렇게 펼쳐져 있었다. 짧고 창백한 햇살이 내리찍는 수면은 그 하늘을 닮아 푸르렀다.

"자, 내리자."

명우는 차창을 두어 번 가볍게 톡톡 두드리고 나서 트렁크에 신고 온 짐들을 꺼냈다. 이른 아침이라 안개가 다 걷히지 않은 저수지였다. 아직 안개가 피어오르는 푸른 수면 저 멀리서 가끔씩 풍덩이는 소리가 들렸다.

"저게 바로 잉어야. 저걸 잡아서 내가 푹 고아줄게. 단백질 보충에는 그만일걸."

"어떻게 먹는단 소릴 해요. 저렇게 싱싱하게 뛰노는 생명을 보고."

은림이 그를 향해 가볍게 눈을 흘겼다.

명우는 찌를 단 낚싯대를 여기저기 담그어보고는 맘에 드는 포인트에서 채비를 차리기 시작했다.

"춥지 않니?"

"아니."

은림은 철 이른 오리털 파카를 껴입은 채 웃었다. 이제 해가 오르면 기온이 올라갈 것이었으므로 추위에 대한 걱정은 없을 것 같아 명우는 우선 안심이 되었다. 쓰고 있던 낚시용 밀짚모자를 은림의 머리에 씌워주고 명우는 낚시의자를 두 개 폈다. 갑자기 여경의 얼굴이 떠올랐다.

─잔인해. 명우 씬 너무 잔인해. 저렇게 살려고 파닥거리는데.

그러면서도 그녀는 그의 옆에 앉아 김밥을 챙기고 매운탕감을 손질하고 그러고는 곁에서 홀짝홀짝 맥주를 마시곤 했다.

─잔인하다면서 어떻게 매운탕은 먹니?

314

그가 물으면 보조개가 들어가는 얼굴로 웃으며 여경은 대답했다.

—죽었으니까, 이젠 생선이잖아. 난 생선은 먹으니까.

자존심이 상하니까 붕어빵도 꼬리는 먹지 않던 그녀. 오른쪽 뺨에만 패던 볼우물…….

"낚시할래?"

곁에 서서 두 손을 파카 주머니에 찌른 채로 그를 바라보는 은림에게 그가 물었다.

"나도 할 수 있을까?"

"그러엄. 한번 손맛을 보고 나면 자꾸 오잘까 봐 걱정인걸."

은림이 고개를 끄덕였다. 그는 가볍고 짧은 낚싯대를 은림의 의자 앞에 세워주고 채비를 차렸다. 세 대의 낚시에 찌를 맞추고 지렁이를 준비하고 떡밥을 갰다. 돌아보니 은림은 갈대밭 사이를 거닐고 있었다. 그가 그녀에게 씌워준 밀짚모자가 그 갈대밭 위로 스치듯 지나갔다. 은림은 사라지고 모자만 걸어가는 것 같았다. 그는 순간적으로 은림을 잃지 않은 것에 대해, 잃지 않았을 뿐 아니라 이제 다시 찾을 수도 있다는 생각을 했고 문득 누구에게든 두 손을 모으고 경건하게 감사드리고 싶었다. 그러자 명우는 내년 여름이면 문호리로 가서 은림에게 가득한 연꽃을 보여주고 싶다고 생각했다. 그 연밭, 무성한 연잎을 헤치고 피어난 진분홍빛 연꽃들. 비가 그치고 나면 포로롱, 포로롱 오래오래 떨어져 내리던 연잎의 빗방울 소리.

─알아요. 그 여자가 나타난 다음부터 나를 안지 못했잖아. 그러니까 내가 그 여자의 대용품이었나? 진짜가 나타났으니까 모조품은 소용이 없다는 거야!

술에 취한 채 여경은 그의 방문을 두드렸었다. 이번엔 비가 오지 않는 날이었다. 대신 바람이 무섭게 불던 밤이었다. 그는 아무 말도 하지 않았다. 여경의 얼굴이 일그러지고 눈물이 흘러내렸다.

─명우 씬 원래 책임지는 걸 싫어하잖아!

그는 떡밥과 지렁이를 골고루 끼워 낚싯대를 던져놓고 담배를 물었다. 은림의 낚싯대에는 지렁이를 달았다. 가을이니 아무래도 동물성 먹이 쪽이 유리할 것 같아서였다. 갈대숲을 헤치는 소리가 사각사각 들렸다. 그는 낚싯대를 던져놓고 나서 문득 뒤를 돌아보았다. 은림이 한 손에 가득 젖빛 갈댓잎을 꺾어 들고 그를 바라보고 있다가 방긋 웃었다.

"왜?"

"이상해. 난 낚시를 하는 형을 상상해본 일이 없어. 내가 생각하던 형은 이런 모습이 아니었어. 난 형을 참 많이 안다고 생각했었는데. 우린 서로의 무엇을 그토록 오래 생각했던 걸까?"

그는 은림을 의자에 앉히고 두르고 있던 목도리를 은림에게 둘러주었다. 아이처럼 얌전히 앉은 은림의 눈길이 잠시 명우 쪽을 향해 치켜졌다가 내리깔렸다.

"따뜻하지?"

명우가 웃었다. 은림이 고개를 끄덕이기도 전에 푸드득 날 갯짓하는 소리가 들렸다. 바라보니 논병아리 떼였다. 삭은 수 초 사이를 누비며 그들은 유유히 헤엄치고 있었다. 은림은 명우의 낚시조끼 주머니에서 담배를 꺼내 불을 붙이고 천천 히 그것을 빨았다.

"춥지 않을까. 저렇게 찬물에 배를 대고 말이야."

논병아리 떼를 바라보던 은림이 입을 열었다.

"춥기는. 저게 쟤네들 사는 방식인데."

"늘 찬물에 배를 담그고 살아야 한다는 기분 같은 거. 형 은 느껴본 적 있어?"

은림은 우울한 목소리였다. 그가 그런 은림을 걱정스레 바 라보자 은림이 피식 웃었다.

"벌써 올해가 다 갔어요. 그럼 난 서른셋이 돼."

"난 서른넷이 되고."

그는 헛챔질을 한 낚시를 건져 올려 다시 떡밥을 달아 다 시 던졌다. '퐁' 하는 소리가 멀리 퍼졌다. 건너편 둑에선 서 울에서 온 듯한 낚시꾼들이 두엇 자리를 돌아보고 있었다. 서른셋이 되고, 서른넷이 되고, 감옥에 갇힌 남편이 있고, 울 고 있는 여경이 있고…… 그 이상은 생각하지 말자, 명우는 담배를 물었다.

"여경 씨는, 잘 있어요?"

명우는 공연히 다른 낚싯대를 건져냈다. 지렁이도 떡밥도 아직 남아 있었다. 그는 아직 남아 있는 떡밥과 아직 살아 있는 지렁이를 떼어버리고 새것으로 달았다.

"이상해. 처음 보는 순간 예전의 나를 보는 것만 같았어. 뭐랄까, 꼬집어 말할 수는 없지만. 세상에 대한 무모한 용맹성, 역경에 대한 도전력, 무조건 씩씩해지기로 결정하기, 아무리 나쁜 사람이 득시글거려도 어딘가 내가 모르는 곳에 착한 사람들이 많이 많이 살고 있다고 생각하기. 그런 거. 그래서 참 예뻐 보였어요."

"……."

"1주일 있으면 첫 월급을 타요. 첫 월급 타면 미국에 있는 엄마한테 좀 부쳐드리려고 해요. 생각해보니까 정말 우스워. 내가 약대에 합격했을 때 엄마는 생각했을 거야. 약국에 서서 약을 팔고 아이들을 졸망졸망 키우는 내 모습을. 아마 오빠는 일류 기업에 취직이 되어 있기를 바랐겠지. 그렇게만 되었다면 우리 남매가 엄마가 바라는 대로 되었더라면 엄마는 미국으로 가지도 않았을 거고. 아버지도 아직 살아 계셨겠지."

은림은 말을 잇다 말고 쓸쓸하게 웃었다.

"복학을 해보는 게 어떻겠니?"

오래 생각했다는 듯이 명우가 말했다.

"나쁘지 않아요. 약학 자체가 나쁜 게 아니라 그것이 더 많은 사람을 위해서 쓰이지 못하는 게 문제인 거지. 하지만 그건 내년 신학기 때 가서 생각할래. 우선은 내 힘으로 의식주라도 해결하는 게 필요하니까."

"그건."

그건 내가 맡아주겠다고 말하려다가 명우는 그냥 입을 다물었다.

"형은요?"

"나, 나야 더러운 부르주아의 자서전을 쓰지."

무슨 말인가 꺼내고 싶은 눈치였지만 은림은 그냥 입을 열지 않았고 그래서 그도 입을 다물었다. 그 더러운 부르주아의 자서전을 쓰지 못하고 지낸 지 벌써 보름이었다.

세 번째 빈 니인 집에서 섬심을 시켜 먹고 그들은 오후의 낚시를 했다. 햇살이 따사로워서 명우는 점퍼를 벗어 던진 채였다. 오전에 감잎처럼 작은 붕어와 피라미를 몇 마리 건져 올린 은림은 아이처럼 환성을 질렀다. 명우의 말대로 본격적인 낚시를 해낸 것도 아니었지만 재미있어하는 표정이었다. 그녀는 이제 처음처럼 시큰둥할 수가 없었는지 뚫어져라 찌만 바라보고 있었다.

오후 되어서는 바람이 좀 거세지기 시작했다. 찌가 흔들리고 물결이 제법 일었다. 갈대밭으로 바람이 지나가는 소리가 쏴아, 하고 들려왔다.

"춥지 않아?"

명우가 벗어두었던 점퍼를 다시 입으며 물었다.

"약간."

"그만 접을까."

"아니. 조금만 더 있어."

은림은 뜻밖에도 즐거워 보였다. 그러고는 집요하게 찌를 응시했다. 바람이 심해지면서 사방이 금세 어두워졌다. 명우는 어제 들었던 일기예보를 생각했다. 고기압의 영향권에 들다가 오후 늦게 기압골의 영향을 받겠으므로 점차 흐려져 밤엔 비가 오겠습니다. 돌풍이 부는 곳도 있으니 농작물 관리에 신경 쓰시기 바랍니다. 아침에 늦가을치고는 너무 하늘이 맑아서 방심한 게 탈인 것 같았다. 그는 만일을 대비해서 천천히 주변을 정리했다. 은림은 추운지 두 손을 모아 무릎 사이에 찔러 넣고 앉아 있었다. 명우는 버너로 물을 끓여서 인스턴트 커피를 만들었다. 은림이 두 손을 모아 호호 불어가면서 그것을 마시는 게 보기 좋았다.

커피를 끓이고 나서 버너를 챙기는데 문득 은림의 찌에서 미세한 어신이 오는 게 보였다. 잠시 바람이 잔 틈에 온 것이었기 때문에 흐릿하기도 했지만 명우가 놓칠 리 없었다.

"가만, 찌 잘 봐."

바람 때문에 찌는 이리저리 흔들렸다. 명우는 잠시 의심스러웠다. 생각해보면 바람 때문인 것 같기도 했다. 하지만 다시 두 마디쯤 확실하게 찌가 움직이는 것이 보였다.

명우는 은림의 등 뒤로 가서 대신 낚시를 잡았다. 아니나

다를까 잠시 후 긴 찌가 바람 속에서도 솟구치는 게 보였다. 순간 명우는 은림을 등 뒤에서 안은 자세로 낚싯대를 당겼다. 처음엔 수초에 걸린 것처럼 낚싯대는 꼼짝도 하지 않았다. 하지만 곧 낚싯줄과 낚싯대를 통해서 미세한 움직임이 전달되었다.

"큰 놈이야, 뜰채를."

명우는 낚싯바늘을 문 보이지 않는 물고기와 싸우느라 긴장이 가득한 목소리로 소리쳤다. 은림이 명우의 팔 안쪽을 빠져나가 뜰채를 들고 왔다.

"기다려. 침착하게."

수신 네늘 세워아 웼다. 처음에는 놈의 힘이 세지만 이제 서서히 지쳐갈 것이고 그때까지 기다려야 했다. 명우가 대를 당기자 서서히 끌려오는 고기의 머리가 보였다. 은림의 얼굴이 상기되고 있었다. 삼사 킬로는 좋이 될 향어 같았다. 누런 배가 수면 위에서 뒤척이는 게 선명하게 보였다.

"자 이제 집에 가서 이걸 고아줄게. 뜰채를 대. 서두르지 말고 머리부터 집어넣는 거야."

뜰채를 든 은림이 물가로 한 발자국 다가가 물가로 내려섰다. 하지만 축축하고 부드러운 물가의 흙을 밟았고 그 바람에 미끌 하고 발을 헛디뎠다. 바라보던 명우의 입에서 짧은 탄성이 흘러나오면서 순간 낚싯대를 세우고 선 명우의 팔에서 힘이 빠졌다. 끌려오던 향어가 푸드득 마지막 힘을 다해

비늘을 털었다. 그러고는 그 균형이 깨진 틈을 타서 뚝, 하고 낚싯줄이 끊어져버렸다. 줄이 끊긴 낚싯대가 윙, 소리를 내며 활처럼 뒤로 휘어졌다가 펴졌다. 명우와 은림이 맥없는 표정으로 서로를 바라보다가 웃음을 터뜨렸다.

명우는 낚싯대를 놓고 손바닥을 펴보았다. 선생님께 매를 맞은 것처럼 손바닥에 굵게 붉은 줄이 그어져 있었다.

"아깝다, 정말 큰 놈이었는데."

명우는 손을 탁탁 털면서 남은 커피를 마저 마셨다. 구름 사이에 낀 해가 다시 희미하게 나타났다. 차가운 뺨으로 금세 따뜻한 기운이 느껴졌다.

"그럼 그 향어는 어떻게 되는 거야? 바늘을 입에 문 채로 살아가게 되는 건가?"

"그렇겠지 뭐. 자, 가자. 날이 너무 꾸물거린다."

"실은…… 아까 떡밥을 던지면서 내 생애를 던져보는 거라고 생각했었어. 내 생애의 나쁜 일, 서러운 일 다 물러가라! 하는 기분으로 말이야. 그 나쁜 걸 덥석 먹고는 향어가 올라왔으니 좋은 걸까 나쁜 일일까?"

명우를 도와 낚시 도구를 챙기면서 은림이 물었다.

"그 나쁜 걸 먹었으니까 좋은 거지. 그리고 줄을 끊고 갔으니까 해방된 거고. 이제 미안하지만 모든 나쁜 기억들은 향어의 것이 되었어."

은림은 처음으로 환하게 웃었다. 그는 은림을 한 팔로 안

322

고 가볍게 볼에 입을 맞추었다. 은림의 머리칼에는 벌써 비릿한 저수지의 냄새가 배어 있었다. 이상했다. 사라져버렸다고 생각했던 욕망이, 탈색해버렸다고 생각한 몸이 꿈틀거리는 느낌이 들었다. 명우는 얼른 은림을 안았던 팔을 풀고 짐을 챙겼다.

5시가 채 안 된 시간이었지만 벌써 날이 어두워지고 있었다. 건너편에서 낚시를 하던 꾼들도 사라지고 보이지 않았다. 명우는 하늘을 올려다보았다. 금방이라도 무거운 비가 떨어져 내릴 것 같았다. 바람이 몹시 불고 있어서 귓가가 얼얼했다.

두 사람은 잡은 고기들을 물에 놓아준 다음 짐을 나누어 들고 주차장까지 밀었다. 얼마나 바람이 센지 거의 허리를 굽혀야 했다. 거의 명우의 차에 당도할 무렵 비가 뿌리기 시작했다. 그들은 그 바람 속에서 손을 잡고 차까지 뛰었다. 몹시 추웠다. 머리칼을 반쯤 적실 정도로 비를 맞고서야 그들은 차 안으로 몸을 피할 수가 있었다. 자리에 앉고 나서야 그들은 겨우 숨을 내쉬었다. 은림의 볼이 찬바람에 빨갛게 할퀴어져 있었다.

히터를 틀었지만 차는 아직 따뜻하지는 않아서 은림은 심하게 떨었다. 그는 비상용으로 준비해 가지고 다니는 미니 위스키를 은림에게 내밀었다. 은림이 마시던 병을 들어 그도 한 모금을 마셨다. 그제야 좀 온기가 느껴지는 듯도 했다. 둘은 차창을 닫고 담배를 한 대씩 피웠다. 창밖으로 갈대들이 꺾어질 듯 허리를 굽히고 묶어놓은 작은 낚싯배들이 서로 몸을 부딪치며 쿵쾅거렸다. 지상의 모든 것들을 쓸어버리기라도 하겠다는 듯 바람이 불고 산만 한 빗방울이 흩뿌리고 있었다. 아마도 그것은 어떤 징조였을까? 하지만 차 안은 아늑했다. 그가 틀어놓은 히터가 이제 골고루 퍼지고 있어서 은림의 뺨은 다시금 연분홍색으로 풀어지고 있었다.

그는 시동을 걸었다. 그리고 울퉁불퉁한 저수지 입구를 빠져나가기 시작했다. 흩뿌리던 빗방울은 그때부터 퍼붓는 비로 바뀌기 시작했다. 어디선가 낮게 으르렁거리는 천둥 소리도 들려왔다.

길은 금세 불어난 흙탕물의 강이 되어버린 듯했다. 은림의 얼굴이 불안해 보였다. 명우는 아무렇지도 않다는 듯한 얼굴로 차를 몰고 있었지만 곧이어 와이퍼가 아무 소용이 없을 정도로 비가 퍼붓기 시작했고 게다가 빠르게 날이 저물어버렸다. 저수지가의 한적한 길이라 뭐 딱히 피할 건물도 없었다. 명우는 비상등을 켜고 차를 길가로 바짝 붙였다. 우선 비를 좀 피하고 다시 출발을 해야겠다는 생각이었다. 벌써 도랑이 넘치고 있었다. 트럭이 기우뚱한 채로 그 도랑 속에 한쪽 바퀴를 빠뜨리고 넘어져 있었다. 그 주인은 어디로 간 걸까.

"어떻게 돌아갈 수 있을까?"

은림이 불안스레 물었다.

"그럼."

하지만 그건 그로서도 알 수 없었다. 은림과 그는 위스키를 더 나누어 마셨다. 그러자 몸이 더 훈훈해져 왔고 알 수 없는 자신감도 생겨나는 것 같았다. 그는 차 안의 라디오를 틀었다. 음악이 흘러나오고 있었다. 그는 다른 방송으로 이리저리 주파수를 맞추었지만 이렇게 퍼붓고 있는 겨울비에 대해 이야기하는 곳은 하나도 없었다. 그는 시계를 들여다보고 뉴스 시간이 가장 가까운 방송의 주파수를 맞추었다.

비는 한여름의 소낙비처럼 쏟아졌다. 둘은 빗소리를 들으며 하는 수 없이 라디오의 사연에 귀를 기울였다.

"내에, 1번 소늠은 구노구 가리봉동에서 보내주신 최은이 씨의 사연을 들어보기로 하겠습니다."

편지의 사연이 분위기 있는 음악과 함께 흘러나왔다. 결혼을 앞둔 26세 여자의 사연이었다. 사랑하는 남자와 사소한 오해 때문에 헤어진 그녀는 혹시나 그가 먼저 오해를 풀고 돌아오기를 기다렸으나 한 달 전 그의 결혼 소식을 들었다는 것이었다.

"저는 이 세상에 더 살아 있을 아무런 이유를 발견하지 못했습니다. 그는 나의 전부였는데, 그의 사랑이 이제 영원히 불가능해져버린 지금 저는 살 의욕이 없는 것입니다. 그의 결혼식이 있던 날, 저는 하루 종일 방 안에 틀어박혀 울었습니다. 밥도 먹기 싫고 직장도 그만두었습니다. 사람들은 제가 좀 이상하다고 합니다. 그까짓 거 잊어버리라고도 합니다. 하지만 그럴 수는 없습니다. 죽어도 잊지 못할 것만 같습니다. 이 세상에 영원한 사랑은 없는지요?"

진행자는 걱정스레 편지를 읽은 다음에 자문을 구하기 위해 정신과 의사와 여류 명사를 소개했다.

"네에, 죽으면 안 되지요. 왜 죽습니까? 그리고 결혼한 사람은 잊어야지요. 이제 남이니까요. 그러니 새출발하십시오."

정신과 의사도 같은 의견이었다. 사랑 때문에 죽는다는 것은 말도 안 된다는 것이었다. 세상에 남자는 많으며 젊은 날의 사랑은 추억이라고 했다. 명우는 건성으로 라디오를 들으면서 꼭 저런 말을 정신과 의사와 사회 명사에게 들어야 하나, 하고 생각했다.

"그러면 오늘 사연을 보내주신 최은이 씨께는 토르마니조크 화장품에서 협찬한 화장품 한 세트를 집으로 우송해드리겠습니다."

내리는 비를 바라보며 담배를 피우던 은림이 갑자기 푸우 하고 웃음을 터뜨렸다. 남은 위스키를 마저 마시던 그가 의아한 표정을 지었다.

"왜?"

"우습잖아요? 저렇게 괴롭다는데 괴로워서 밥도 못 먹겠다는데, 화장품을 한 세트 집으로 보내준다니."

은림은 또 웃기 시작했다. 명우도 생각해보니 정말 우스운 것 같았다.

"게다가 영원한 사랑이 있느냐고 방송국에 물어보다니요."

그는 은림을 따라 웃었다. 웃다가 두 사람의 눈이 마주쳤다. 그는 은림의 목덜미를 안고 그녀에게 입을 맞추었다. 이번에는 오랜 시간이었다. 웃던 은림이 잠시 굳어지다가 이윽고 그의 목을 안았다.

헤드라이트 불빛이 휘이 하고 그들을 스쳐 지났다. 저 차는 이 빗속을 뚫고 어디로 가는 걸까. 그의 목을 안고 있던 은림의 이마가 그 불빛에 환히 드러났다. 명우는 와이퍼를 껐다. 뒷유리창 옆유리창에 이어 앞유리창도 빗물의 커튼을 드리웠다. 실은 한적했고 쓰러진 트럭의 주인은 돌아오지 않았다. 빗소리만이 그의 차 밖에서 두두두두, 울리고 있었다.

비는 그쳐 있었다. 오피스텔 창밖으로 바람이 지나가는 소리가 들렸다. 벌써 건너편 상점엔 크리스마스트리가 장식되고 거리에서는 어디서나 구세군의 종소리가 들린 지 오래지만 이 아침은 조용했다. 유리창 밖으로 바라본 거리는 청회색빛이었다.

명우는 은림이 깨지 않도록 살금거리며 일어나 커피 물을 올렸다. 시계를 바라보았다. 8시가 넘어 있었다. 명우가 자신의 차로 데려다준다고 해도 20분. 식빵이라도 구워서 우유와 함께 먹여서 출근시키려면 적어도 지금 그녀를 깨우기는 해야 했다. 어젯밤에 자정이 다 되어서 서울에 도착한 후 피곤에 지쳐 잠들면서도 몇 번이나 슈퍼마켓에 늦지 않아야 한다고 중얼거렸던 그녀였다. 가지 말라고 하고 싶었지만 그걸 결정하는 건 그녀의 몫이었다. 명우는 커피를 갈아 물을 부어놓고 토스터에 빵을 끼웠다. 잠든 은림의 얼굴은 평온해 보였다. 은림이 낚시터에서 제 자신에게 걸었던 주술대로 혹은 그의 제멋대로인 해석대로 이제 모든 고난이 끝나기를 그는 잠시 빌었다.

그는 은림을 깨우기 위해 손을 잠시 뻗다가 말았다. 우유로 빚은 것처럼 맑은 모습이었다. 그렇게 맑아서 그가 손을 대면 그 우유 반죽이 곧 흐트러져버릴 듯 보였다. 하지만 그는 은림의 어깨를 가만히 흔들었다. 부드럽고 둥근 어깨였다. 그리고 그는 은림의 귓가에 입을 맞추었다. 이제 그는 책임을 지고 싶었다. 이제 그는 스스로 선택을 하고 싶었다. 그리고 사랑하는 사람을 사랑하고 싶었다. 무엇이든 굳이 설명하지 않아도 되는 사람하고 이야기하고 싶었다. 아직도 세상은, 구원될 수 있다는 믿음을 가진 은림을, 그런 그녀의 마음을, 그가 돕고 싶었다. 우린 결코 헛된 세월 속을 달렸던 것은 아니라고, 이제 이야기할 수도 있을 것 같았다. 그는 세상에 태어나 처음으로 좋은 아침이라고 누구에게든 인사하고 싶었다.

"피곤할 테지만 일어나."

은림이 눈을 떴다. 피곤한 눈빛이었다. 충혈이 된 것인지 노란빛도 감도는 듯했다.

"몇 시예요?"

"8시 넘었어."

은림은 다시 눈을 감았다.

"어제 너무 찬바람을 쐤나 봐. 몸이 떨려요."

그는 그녀의 이마를 짚어보았다. 몹시 뜨거웠다. 자꾸만 감기는 눈꺼풀을 억지로 뜨며 은림이 자리에서 일어났다.

"안 되겠다. 감기가 걸린 모양이야. 오늘 하루 쉬어."

"가봐야 돼요. 취직한 지 한 달도 안 돼서 결근이라니."

침내에서 내려서서 몇 걸음 걷다가 그녀는 책상 한 모서리에 손을 짚었다. 그녀는 몸을 가누려고 애썼다. 하지만 오한이 심하게 나는지 이빨이 맞부딪치는 소리가 덜그덕덜그덕 났다. 그는 은림을 안았다. 너무 심하게 떨고 있었다. 오한이 너무 심해서 은림은 거의 허리가 펴지지 않을 정도였다. 몸은 불덩이처럼 뜨거웠다.

"안 돼, 이렇게 널 보낼 수는 없어. 제발 오늘은 쉬어. 미안해. 내가 어제 추운데 널."

은림은 그를 희미하게 바라보다가 고개를 끄덕였다. 그는 이불을 덮어주고 전기담요의 전기 히터를 켰다.

"슈퍼에 전화해줘요. 정말 미안하다고."

말을 하기도 힘든 듯했다.

"푹 쉬어. 내가 전화하고 약을 사가지고 올게."

"명우 형."

은림이 그를 불러 세웠다. 그는 돌아와 침대 가에 앉아 은림의 손을 붙들었다. 은림의 손은 뜨거웠다. 어젯밤에 은림을 집으로 보내지 않고 그의 집에서 재우길 정말 잘한 것 같았다. 그렇지 않았다면 은림 혼자 이 아픈 몸으로 빈 집에서 앓았으리라. 어쩌면 연탄도 꺼져버렸을 그 바람이 새어 드는 방에서. 그는 아픈 은림이 아직 그의 곁에 있다는 게 너무 고마워서 그 손을 가져다 제 얼굴에 댔다.

"난 지옥에 갈 거야."

은림이 중얼거리듯 말했다. 열기에 들뜬 눈은 초점이 없었다.

"왜 그런 소리를 해?"

그가 말했다. 은림의 얼굴이 그를 향해 돌려졌다. 입술이 허옇게 말라붙어 있었다.

"7년 전에는 그런 생각 안 했었는데 어제는 했어. 난 벌을 받을 것만 같애."

그가 무어라 입을 열려고 했지만 은림은 눈을 뜨고 있기도 힘들다는 듯 눈꺼풀을 내리깔았고 그리고 곧 잠에 빠져들었다. 그는 은림의 이불을 덮어주고 약을 사기 위해 급하게 점퍼를 걸치고 오피스텔 지하의 약국으로 내려갔다.

13

절망이라는 이름의 희망

가끔씩 나는 나 자신에게 묻고 싶어진다.

너는 무엇을 바라는가, 하고.

부신 햇살과 흰 신작로, 멀리서 일렁이는 호수,

파스스 떠는 진초록의 나뭇잎, 그리고 모란이 지는

그와 나와 또 미래 아이들의 뜰, 돌절구와

연못, 그리고 대청마루에 깃드는 서늘한 평화,

그를 만나기 위해 몰래 밤거리로 뛰쳐나갔을 때

어느 집 담장에 핀 월계꽃 향기······.

모든 이들의 가엾음, 모두 부당한 권력에 대한 분노,

모든 여린 것들에 대한 사랑에 점점 무디어져가는

네 자신을 경계하라. 다시금 다시금 경계하라.

깊은 밤과 환한 낮, 제 몸에 달린 천 개의 눈 중

단 한 개는 언제나 감지 않는 용처럼

마지막 한 눈은 언제나 가장 충혈된 채로

그 밤 잠 못 드는 가장 고통스러운 이를

지켜보아야 하리.

—날짜 미상, 노은림의 일기 갈피에 꽂힌 쪽지 중에서

하늘은 낮게 내려와 있었다. 그 낮은 하늘 아래로 종소리가 울려 퍼진다. 아마도 성모상 앞을 지나는 이들이 신심 깊은 두 손을 모아 경건하게 삼종기도를 바칠지도 모른다. 명우는 병실 비상구 계단 한구석에서 담배를 피우고 있었다. 또각또각 발소리가 들리고 누군가가 이리로 걸어 내려오고 있다.

"첫눈 올 거 같지?"

"응."

"첫눈 내리면 우리 어디로 갈까?"

여자의 목소리가 높은 천장에 울린다. 이윽고 또각이는 소리가 가까워지고 연인 사이로 보이는 두 사람이 그를 지나쳐 간다. 저들은 엘리베이터를 타지 않고 왜 이리로 걸어 내려

갈까, 명랑한 그들의 말소리가 아래층 복도로 내려가고 이윽고 사라질 때까지 그는 선 채로 창밖을 내다보았다. 그들의 말대로 눈이라도 쏟아질 듯했다. 흐린 하늘이 건물 저편으로 축축 늘어져 있었다. 그랬다. 가을이 갔으니까 겨울이 올 것이었다. 겨울이 오면 흐린 날 눈은 내리고, 그중 처음 내리는 눈은 첫눈이 될 것이었다. 연인들은 거리로 뛰쳐나와 거품이 하얗게 부풀어 오르는 맥주라도 마실지도 모른다. 이상할 일은 아무것도 없었다. 하지만 첫눈이 와도 될까, 첫눈이 온다고 사람들이 모두 기뻐해도 되는 걸까, 그는 갑자기 머리가 터질 듯한 기분이었다.

간단한 약을 먹고 잠이 든 은림을 병원으로 옮긴 것은 그날 저녁이 다 되어서였다. 열이 내리지 않아서 어떻게 할까 망설이고 있는데 눈을 뜬 은림의 눈빛이 호박처럼 누렇게 변해 있었다. 우윳빛으로 아름답던 손과 가슴도 누런빛이었다. 그의 경험으로 봐서 그건 황달 같았다. 당황한 그는 경식을 불러내었다. 호출기를 통해 연락을 하자 10분 만에 전화가 걸려왔다. 그는 침착하게 고열과 오한과 황달 현상을 이야기했다. 경식은 은림에게 처방을 해주었던 의사와 연결을 해주었고 앰뷸런스가 오피스텔 입구에 도착했다. 그의 등에 업힌 은림의 몸뚱이는 가벼웠다. 그녀의 몸뚱이가 너무 가벼워서 그는 잠시 휘청거렸다.

앰뷸런스가 달리는 동안 그는 내내 은림의 손을 잡고 있

었다. 휘황한 거리가 앰뷸런스의 차창으로 획획 스쳐 지나
갔다.

삐뽀삐뽀…….

그 사이렌의 내부 속에 웅크리고 앉아 있었지만 사이렌 소
리는 아득한 곳에서, 그와 은림과는 전혀 무관한 먼 곳에서
들려오는 것 같았다. 그는 뜨거운 은림의 손을 잡고 거리의
사람들을 바라보고 있었다. 앰뷸런스가 달려갈 길거리에서
차를 비켜주며 혹은 신호등 아래 서서 무심한 얼굴로 사람
들이 이쪽을 바라보기도 하였다. 한때 그가 무심한 얼굴로
저 자리에 서서 지나가는 앰뷸런스를 바라보았던 것처럼 그
렇게……. 삶의 죽음을 바라보는 무심함으로 그렇게……. 언
젠가 대학 4학년 때인가 거리로 뛰쳐나가 시위를 시작하던
그들에게 사람들이 처음 보냈던 그 무심함이 떠올랐다. 외치
던 그들, 매맞던 그들, 끌려가던 그들을 바라보던 그 무심한
눈동자…….

의사가 연락을 해두어서였는지 병실은 빨리 잡혔다. 아직
한 침대가 비어 있는 2인실이었다. 검사는 그다음 날부터 시
작되었다. 피를 뽑고, 엑스레이를 찍고 초음파실로 실려 가
고, 은림은 두려운 표정이었다. 까무룩하게 잠이 들었다가 깨
어나면 명우를 찾았다. 명우는 그래서 잠시도 그녀를 떠날
수가 없었다.

경식은 그다음 날 오전에 와서 그를 전화로 불러내었다.

그가 2층에 있는 내과 진료실로 들어서자 경식과 의사가 나란히 앉아 있었다.

—모르나, 송남이?

경식이, 의학박사 전문의 문송남이라는 팻말이 붙은 책상 앞에 앉은 사람을 가리키며 물었다. 그는 문송남이라는 사람을 바라보았다. 동글한 얼굴에 벗어진 머리, 낯이 익은 듯도 했지만 잘 기억이 나지 않았다.

—여긴 김명우라고. 알지? 송남인 명우 널 알아. 교지에 실린 니 소설을 재미있게 읽었다고 말이야.

머리가 벗어진 의사가 그를 향해 손을 내밀었다. 그는 문송남과 손을 마주 잡았다.

—명우 너 참 머리 나쁘구나. 문송남이, 애, 우리 서클에 1년 있다가 변절했잖아. 의사가 되어서 지 혼자 잘 먹고 잘 살자고 말이야.

경식의 말에 의사가 격의 없이 웃었다. 그러고 보니 희미하게 생각이 나는 듯도 했다. 의대생이라고 자신을 소개했던, 말이 없었던 한 남학생의 얼굴. 하지만 10년도 훨씬 넘는 세월이 지난 후에 이렇게 만나서 이런 인사를 나누리라고는 생각하지 못했었다. 인생은 이렇게 생각지도 않은 일을 많이 벌어지게 하기에 살 만한 것이라고 사람들은 말해왔던가.

—은철이 때도 송남이가 많이 애써주었는데.

경식이 담배를 붙여 물며 말을 마치자 세 사람 사이로 갑자기 침묵이 달려들었다. 침묵이 끝나면 이제 본격적인 주제가 시작될 것이었다. 명우는 담배를 붙여 물었다. 이제 자신의 차례가 왔다고 생각했는지 의사가 차트를 열었다. 명우는 문득 은림과 마주 피우던 담배를 생각했다. 아직, 너랑 조금만 더 있고 싶어 말할 수 없을 만큼 수줍었던 시절에, 그는 언제나 담배 한 대만 더 피우고 가자 하고 말했었다. 그때 그가 붙잡고 싶었던 그 시간…… 이제 여기서 그의 담배가 바싹바싹 타들어가고 있었다. 시간은 길었다. 고등학교 시절, 100미터 달리기를 하면서 그가 길다고 느꼈던 18초 남짓의 시간보다 더…… 담배는 오래오래 타들어가는 것 같았다. 시간이 길다고 그는 다시 생각했다.

"글쎄, 이런 경우엔 어떻게 이야기해야 할지."

의사는 난처한 얼굴로 입을 열었다. 그는 두 사람을 번갈아 바라보더니 아무래도 경식 쪽이 편하다고 느꼈는지 그에게 시선을 고정시키고 말을 시작했다.

"아직 뭐라고 단정을 내릴 수는 없지만. S.G.O.T.가 천을 훨씬 넘었어요. 그러니까 간 효소의 수치가 위험한 거지. 이건 좀 드문 일이긴 한데."

"그게 무슨 소리야. 문자 쓰지 말고 좀 시원시원 그냥 말해봐, 임마."

의사는 잠시 망설이는 듯했다. 말해버려도 될까 하는 망설임이 잠시 그의 얼굴을 스치고 지나가더니 이윽고 그는 결심을 한 듯했다. 하지만 명우의 시선과 잠시 부딪치자 그는 얼른 시선을 내리깔았는데 그때 명우의 심장도 쿵 하고 내리깔렸다.

"그러니까 결핵약을 잘못 먹으면 간이 심하게 약해지는 수가 있는데. 우리말로는 그러니까…… 전격성 간염이라고 하지. 초음파 검사를 하니까 간의 크기가 벌써 많이 줄어들었어. 이런 경우 앞날은 누구도 예측할 수가……."

의사는 입을 다물었다. 경식의 시선이 명우에게로 쏠렸다가 다시 의사에게로 향했다.

"그러니까 어떻게 해볼 수가 있다는 거야, 없다는 거야?"

경식이 다그치듯 묻자, 의사는 차트를 덮었다.

"만일 병명이 그게 확실하다면…… 어쩔 수가 없어…… 그건 마치 신이 내리는 벼락처럼 빠른 속도로……."

명우는 얼어붙은 듯 그대로 그 자리에 앉아 있었다. 그게 무슨 소리인지 아직은 실감이 나지 않았다. 하기는 은림이 그 자리에서 쓰러진 채로 죽어버렸다 한들 실감이 났을까. 모든 게, 사실은 그 모든 게 실감이 나지 않았다. 은림이 그의 앞에 다시 나타난 지, 마치 폭우처럼 그의 삶을 뒤흔들면서 나타난 지 겨우 한 달 남짓이었다. 아직 그걸 실감하기에도 짧은 시간이었다. 게다가 그런 은림을 사랑한다고 제 마음을 허락해버린 지는 겨우 1주일이었다. 아직 그것도 실감할 수가 없는데…… 죽음이라니…… 90년대에도 죽음은 남아서 이렇게 젊은 여자를 덮치기도 한단 말인지…… 그렇다면 은림은 죽기 위해 명우를 찾아왔다는 말일까. 머릿속에서 커다란 모터가 돌아가고 있는 것처럼 정신이 없었다. 하지만 그 아우성 같은 혼미 속에서도 은림이 중얼거렸던 그 뜻모를 소리는 떠올랐다.

—난 지옥에 갈 거야. 7년 전에는 아니라고 생각했는데 어제는 그랬어. 난 벌을 받을 거야.

"여기 있었구나."

누군가 뒤에서 그를 불렀다. 경식이었다. 의사와 함께였다. 경식은 의사와 그의 어깨를 툭툭 내리쳤다. 의사는 그에게 목례를 보냈다.

"집에 좀 갔다 와라. 옷도 갈아입고 목욕도 좀 하고…… 마누라랑 같이 왔거든. 오늘 오후엔 마누라가 은림일 돌봐줄 거야."

"아니야, 괜찮아."

그는 갑자기 시간이 없다는 생각을 했다. 한 달이나, 두 달이나, 그도 아니면 육 개월이라는 사형 선고를 받은 환자들은 얼마나 행복할까, 그는 그런 생각을 했던 것이다. 갑자기 이 세상의 모든 시계 소리가 예민해진 그의 귀를 향해 일제히 달려드는 듯한 고통을 느꼈지만, 그는 아랫입술을 지그시 누르고 입을 열었다.

"고통은 없을 거래…… 예를 들어 복수가 차오른다거나, 모르핀을 맞아야 한다거나."

"그런 일은 없습니다. 그런 일이 진행되기도 전에, 간이 사그라들어버리는……."

의사는 뭐라고 더 말했지만 그는 더 들을 수가 없었다. 사그라든다는 말이 뜨거운 화인처럼 그의 가슴에 와서 박히는 바람에 그 밖에는 아무 소리도 들을 수가 없었던 거였다. 그의 눈앞에서 사그라드는 간이 보이는 것 같았다. 붉고 큰 간이 검고 메마르게 사, 그, 라, 드는…… 그리고 생명의 불꽃이 꺼진다…… 영원히 이 세상에서…… 우리가 단 한 번 경험하는 영원…… 영원한 이별.

"아마도 본인은 거의 고통을 느끼지는 못할 겁니다."

의사는 무어라 위로의 말을 해주어야 할지 모르겠다는 얼굴이었다. 하지만 명우는 고통이 없다는 말에 우선 위안을 느껴보려고 애썼다. 그래, 고통은 없다. 적어도 은림은 다시 고통스럽지 않아도 된다……. 명우의 얼굴을 피하며 의사가 한숨을 내리쉬었다. 명우는 그런 의사의 시선을 비껴 담뱃불을 껐다.

의사가 돌아간 후 명우는 경식과 함께 병실로 들어섰다. 언젠가 한 번 본 적이 있던 경식의 부인이 화병에 꽃을 꽂고 있다가 그에게 목례를 보냈다. 그녀가 손에 든 화병에는 노란 수선화가 꽂혀 있었다.

"민주야. 아빠 친구다. 인사드려."

병실 한편의 의자에 앉아 막대사탕을 빨던 여자아이가 빤히 그를 바라보았다. 경식의 말대로 조금도 경식을 닮지 않아 어여쁜 꼬마 아이였다. 그는 민주를 안아 올렸다. 아이는 빤히 그를 바라보았다. 아이의 눈을 들여다보던 그의 목울대 너머로 갑자기 무엇이 울컥거리며 솟구쳐왔다. 그는 어색한 표정으로 민주를 내려놓고 복도로 나갔다. 비상구의 창가에 서자 멀리로 성모상이 보였다. 어떤 아낙이 그 앞에 머리를 조아려 기도하고 있었다. 명우도 빌었다. 무엇을 빌어야 할지 알 수 없었지만 그는 빌었다. 빌 수만 있다면 빌어서 되는 일이라면, 빌 수 있는 희망이 아직 남아 있기만 하다면.

무거운 한숨 소리가 등 뒤에서 들려왔다.

"명우야."

경식의 목소리였다. 명우는 뒤를 돌아보지 않았다. 눈물이 그의 볼을 타고 흘러내렸다. 멀리서 기도하는 여자의 모습이 흐려지고 있었다.

"명우야, 이 자식아. 너마저 이러면 어떻게 해."

명우는 그 자리에 선 채로 눈을 감았다. 민주, 그리고 여명이, 새벽이나 내일이 희망이 같은 이름의 아이들은 이제 다시는 태어나지 않을 것이었다. 갑자기 그는 그런 생각을 했던 것이었고, 그런 생각을 하자 견딜 수가 없었던 거였다. 이제 아무도 그렇게 이름을 짓지는 않을 테니까. 명지 같은 아이들도 다시는 태어나지 않을 것이었다. 노동자 엄마와 그저 노동자가 되고 싶었던 얼치기 아빠와의 결합은 없을 테니까. 아버지 어머니 오빠를 가진, 그리고 남편까지 있었던 한 여대생이 저렇게 쓸쓸하게 죽어가는 일도 없으리라. 그토록 생을 사랑했던 한 여자가 저렇게 까맣게 되어 아아, 사, 그, 라, 드는, 생명.

목이 멘 채로 그가 물었다.

"경식아. 어떻게 어떻게든, 은철이처럼 평생을 병원에서 보낸대도 좋으니 어떻게…… 은림이를…… 어떻게 해볼 수는 없을까?"

경식이 서둘러 눈을 깜박이며 담배를 물었다.

"명우야. 받아들이자. 천사 같은 사람들만 이상하게도 우리 곁을 먼저…… 떠나갔지 않니?"

말하는 경식의 목도 메어 있었다. 명우는 뒤를 돌아보았다. 충혈된 두 사내의 눈이 마주쳤다. 명우는 문득 경운을 잃었던 경식의 마음을 헤아렸다. 경식이 명우를 안았다. 명우는 경식의 어깨에 얼굴을 묻고 잠시 흐느꼈다. 흐린 눈물 너머 비상구라는 팻말이 눈에 보였다. 그를 찾아온 날 저녁에 비상구라는 표지판 아래 홀로 앉아 있던 은림의 가여운 뒷모습이 떠올랐다. 비상구는 왜 하필이면 풀잎 같은 초록색이었는지.

카바이드로 익힌 귤빛을 본 일이 있다면 알 것이었다. 아직 푸른 여름의 기억을 다 벗지도 못한 풋귤을 억지로 익혀버렸을 때 나타나는 그 노란빛. 은림의 얼굴은 그런 노란빛이었다. 명우는 은림이 잠든 침대 머리맡에 앉아 있었다. 링거 병에서는 소리 없이 약물이 떨어지고 있었다. 정맥만 울퉁불퉁한 은림의 손등에는 이제 더 바늘을 꽂을 자리도 없었다. 조명을 낮춘 어둑한 병실에 간간이 그가 일기장을 넘기는 소리만 났다. 경식의 강제에 가까운 배려로 아까 낮에 은림의 속옷을 가지러 은림의 집에 다녀오는 길에 그녀의 엷은 코코아색 가방 속에서 발견한 일기장이었다. 일기는 1987년 그와 헤어진 직후부터 시작되고 있었다.

대체 이유가 뭐야, 그가 물었다로 시작되는 일기.

그는 아직 죽음이라는 단어를 실감하지는 않았었다. 그러나 아까 그가 차를 몰고 광화문을 지나는 길에 보았던 한 신문사의 옥상에 설치된 광고판을 보았을 때 그는 그걸 느꼈다.

'한 병실에서 연쇄적으로 환자가 죽어간다. 가장 처참하게 도륙된 모습으로.'

아마도 요즘 잘 팔리는 추리소설의 광고 문안이었으리라. 죽음을 실감한 건 차라리 그때였다. 구역질이 솟았던 것이었다. 서울 시내 심장부의 전광판에는 저렇듯 아무렇지도 않은 죽음이 돈으로 환산될 날을 기다리며 자신을 광고하고 있다. 그는 은림이 그 광고판 안에서 도륙되고 있는 느낌이었다. 경운과 은철과, 그들이 그토록 사랑했던 우리나라를 죽음으로 이별했던 그의 동료들…… 모두 그 번쩍이는 광고판 안에서 다시금, 다시금 죽임을 당하는 환영…….

―여경이한테서 우편물이 왔어.

잠깐 오피스텔에 들렀을 때 명희가 그를 빤히 바라보며 봉투를 하나 건넸다. 혹시라도 자신이 잠깐 병실을 비운 사이에 은림의 목숨이 촛불처럼 사그라들까 봐 입술이 바싹바싹 마르는 기분이었기 때문에 그는 펴보지 않은 봉투를 짐에 섞어가지고 차에 올랐다.

―혹시 만에 하나 내가 필요하면 나를 불러, 오빠.

우울한 얼굴로 주차장까지 따라 나온 명희가 말했다. 명우는 잠시 명희를 바라보다가 명희의 어깨를 가볍게 두드리며 명희와 헤어졌다.

그는 소파에 아직도 놓인 누런 봉투를 꺼냈다. 김명우 귀하라는 글씨가 선명했다. 며칠 전에 도착한 것인지 봉투는 많이 낡아 있었다. 명우는 봉투를 뜯었다. 신예작가 20인 초대전, 이라는 표제가 붙은 전람회 팸플릿이었다. 팸플릿의 겉장에는 '질망이라는 이름의 희망'이라는 글씨가 쓰여 있었고 그 곁에 문여경이라는 글씨가 뚜렷했다. 언젠가 그가 여경의 화실에 들렀을 때 본 그 그림을 완성한 것 같았다. 흰 옷을 입은 한 여자의 몸이 기다란 창문 위로 두둥실 떠 있고 그 여자의 발치에 흙만 가득한 화분이 나란히 서 있는 그림이었다. 그는 잠시 그림을 들여다보았다.

흰 옷을 입은 채 두둥실 떠 있는 여자는 은림을 닮은 것 같기도 했고 아닌 것 같기도 했다. 척박한 화분들은 아직 아무 싹도 틔우고 있지 못하는 그림이었다.

잠시 시트가 부스럭거리는 소리가 미세하게 났다. 그가 숨을 멈추고 고개를 들었다. 은림이 힘겹게 눈을 뜨고 그를 바라보고 있었다. 그와 은림의 눈이 오래 마주쳤다. 그는 은림을 향해 그가 지을 수 있는 가장 따뜻한 미소를 지어주고 싶었지만 얼굴은 그냥 일그러져버리고 말았다. 미소는 은림이 먼저 지었다.

"오늘이 며칠이야."

"12월 7일……."

"시간은?"

그는 시계를 들여다보았다. 잠시였지만 그는 시계의 초침이 한 번에 한 자리씩밖에는 움직이지 않는다는 사실에 잠깐 위안을 느꼈다.

"11시 40분."

은림은 잠시 방 안을 돌아보았다.

"그럼 내가 사흘을 내리 잔 거야? 그새에 혹시 눈이 왔었어?"

"아니."

"다행이야. 눈이라도 보고 싶었는데…… 불을 밝게 해주겠어? 난 어두운 건 싫어."

그는 얼른 일어나 불을 켰다. 은림의 힘없는 눈살이 잠시 찌푸려졌다.

"너무 눈부셔?"

"아니. 견뎌볼래. 그런데…… 저 수선화는…… 웬 거야? 형이 꽂았어?"

"아니야. 낮에, 경식이가, 왔었댔어."

경식의 부인이 아이를 데리고 왔었다는 말을 할까 하다가 그는 그렇게만 말했다. 그렇게 말하면 은림은 알아채고 말 것이었다. 상황이 심각하다는 것을. 은림은 힘이 든다는 듯 잠시 눈을 감았다. 그러고는 잠시 후에 귤빛 손가락을 시트 밖으로 내밀었다. 그는 그녀의 손을 잡았다. 손은 종잇장처럼 메말라 있었다.

"뭘 보고 있었어?"

명우는 머뭇거리다가 들고 있던 팸플릿을 내밀었다. 은림은 명우가 내민 팸플릿을 오랫동안 바라보았다.

"여경 씨한테 모델도 못 되어주고……."

"그런 생각은 하지 마……."

명우는 은림의 헝클어진 머리칼을 쓸어주며 천천히 말했다. 은림은 잠시 생각에 잠겨 있다가 입을 열었다.

"명우 형. 부탁이 있어."

그는 고개를 끄덕였다.

"미안해. 여러 개야."

명우는 다시 고개를 끄덕였다.

"여경 씨한테 돌아가."

명우는 대답하지 않았다.

"우린 그저 서로가 가엾었던 거야. 이젠 그런 상처들 잊어. 상처 같은 건…… 잊으라고 만들어지는 거야."

명우는 다시 은림의 흩어진 머리카락을 쓸어주었다. 그의 손길이 스치자 잠시 은림이 그의 손에 얼굴을 대었다. 그는 그녀의 종잇장처럼 얇은 뺨에 손을 댄 채로 앉아 있었다.

"그리구 또 하나…… 우리…… 이야기를 써주겠어?"

난데없는 이야기였다. 하지만 무언가 느낌이 왔고, 명우는 시선을 떨구었다.

"우리들의 이야기를 써줘. 형이 지금 쓰고 있는 이긴 사람들 이야기 말구, 잃어버린 사람들…… 하지만 빼앗기지는 않았던 사람들. 그래서 스스로 잃어버렸던 세대들, 잃어버리고도 기뻤던 우리들…… 그때."

은림은 잠시 말을 멈추고 조용히 미소를 지었다. 명우는 시간이 흐르는 것을 생각하고 있었다. 시간은 흐르는 것이다. 한 번에 단 한 발자국씩밖에 움직이지 않는다 해도 그래도 시간은 간다. 쉬지 않고 가는 것이다.

"그때…… 젊었던 그 사람들…… 그래서 우리 후배들한

테 아직도 올바르게 살려고 애쓰는 우리 후배들한테 전해주
겠어? 그애……들은 우리들이 뭐 대단한…… 거라도 지니고
살았는지 알아. 그럴 필요 없다는…… 말…… 우리도 사실
은 참 어수룩했다는 말…… 우리도 외로웠다는 말…… 그
러니 그렇게 주눅 들지 않아도…… 그 애들이 이쁘다는 말
을…… 해주겠어?"

은림은 간절한 눈빛으로 명우를 바라보았다. 머뭇거리다
가 명우는 고개를 끄덕였다.

"오빠 일…… 마무리하고 싶었는데."

"은림아, 왜, 자꾸, 이런, 소리를 해?"

명우는 더듬거리며 물었다. 은림은 엷게 웃었다.

"약속해줘. 나 없어도 오빠 일…… 마무리해주고, 그리
고…… 그리고 건섭 씨한테…… 가끔 편지를 해주겠다고."

은림의 눈이 명우의 눈과 마주쳤다.

"미안해, 명우 형. 난 건섭 씨를 그래도 사랑했던 거 같애.
그땐 아니라고 생각했지만 헤어지고 나니까 자꾸 그런 생
각이 들었어. 우린 서로 너무 닮은 상처를 가지고 있었어.
약속해줘. 그이한테, 아직 잊혀지지 않았다는 걸, 가르쳐주
겠다고."

명우는 코를 훌쩍이며 창밖만 바라보았다. 하지만 창밖의
완강한 어둠에 부딪쳐 유리창에 비추어진 초췌한 제 모습만
보였다. 눈은 내리지 않는다. 그리고 이제 은림은 알고 있는

것이다. 죽음을, 그 사그라듦을. 그 소멸을. 명우는 더 참을 수가 없는 기분이었다.

"명우 형."

그는 은림을 감히 바라보지 못했다. 그랬다. 이건 형벌이었다. 그는 그 형벌을 견디고 있었다. 아직 그의 손 안에 잡혀 있는 은림의 손가락이 미세하게 꿈틀거렸다. 그는 겨우 얼굴을 들었다.

"나, 형 용서 안 한 적 없어. 예전에…… 혹시 아주 바람 불던…… 어느 가을날에…… 형 나한테 전화, 걸었었지?"

명우는 은림의 손을 잡고 있었다.

"그게 형 맞았지?"

그는 고개를 끄덕였다. 그 거리의 바람 소리가 다시 들려오는 듯했다. 만일 모든 게 차라리 거기서 끝났더라면 하는 생각이 들자 그는 더 버티기가 힘들었다.

"나…… 실은 그날…… 형을 다 용서했었어. 내가 정말, 용서 못했던 건, 내, 그리움이었어."

명우는 거기서, 훅 하고 숨을 들이쉬었다. 눈물이 볼을 타고 쉴 새 없이 흘러내렸다.

"울지 마…… 명우 형…… 이젠 난…… 좀 쉴 테야."

그는 엎드린 자세로 은림을 안았다. 허공에 매달린 링거 병이 위태롭게 흔들거렸다. 그는 은림의 어깨 곁에 머리를 묻고 사그라드는 은림의 냄새를 맡았다. 머릿속에서 내내 종소리가 들려오는 것만 같았다. 아마도 깨어진 종소리. 지키지 못했던 약속들. 사라진 맹세들. 깨어진 종소리. 사랑한다고 말해주고 싶었지만 그건 죽음 앞에서 너무 무력했다. 나도 널 오래 그리워했다고 말하고 싶었지만. 이 세상 무슨 말을 다 갖다 댄대도 그저 말은 허공에 흩어질 뿐이었다. 그 무엇도 은림의 삶이 허공에 흩어져버리는 것을 막을 수가 없는 것이었다.

그리고 그날 새벽, 오래전에 잊혀진 약속처럼 첫눈이 내렸다. 하지만 은림이 본 마지막 세상은 어둠뿐인 메마른 도시였다. 그 도시를 덮는 첫눈을 보지 못하고 내리 사흘을 혼수상태에 빠져 있다가 어느 새벽 그녀는 명우가 잠깐 잠든 사이 눈을 감았다.

순간적이었지만 격렬한 악몽에 시달리다가 명우가 눈을 떴을 때 이미 그녀는 숨이 멎어 있었다. 잠이 든 것처럼 편안한 얼굴이었다. 명우는 그녀의 손을 잡았다. 손은 양초처럼 차가웠다. 목구멍이 꾸역꾸역 막혀왔을 뿐 눈물은 조금도 흐르지 않았다. 그는 그 자세로 양초같이 차가운 은림의 손을 잡은 채로 움직이지 않고 앉아 있었다. 창문을 푸르게 물들이며 동이 트고 있었다. 그가 눈을 들어보니 회색빛 하늘이 납빛으로 가라앉으며 아주 먼 도시 저쪽에서부터 싸락눈 흩뿌리는 아침이 오고 있었다. 하지만 아무도 깨어나지 않는, 그저 풀뿌리까지 하얗게 얼어붙는 어느 겨울 아침이었다.

생각해보니 지난 몇 년간을 어떻게 내달려왔는지 기억조차 나지 않는다. 늘 원고 마감에 쫓기고 있었고 무언가 불안했고 그리고 그 뒤안에서 홀로 쓸쓸하던 기억들…….

지난여름인가 크리스찬 아카데미와 '또 하나의 문화'가 공동 주최하는 대학생 연수 프로그램에 강사로 잠깐 다녀와서 내내 강렬한 어떤 인상에 사로잡혀 있었던 것이 아마도 이 소설의 시작이 아니었나 싶다. 90년대에 이십 대를 맞이하는 젊은 그들과 어울려, 생각보다 요즘 젊은이들이 참 예쁘고 건강하구나 느꼈지만 그렇게 생각하고 기쁜 뒤에도 남는 어떤 허전함과 아쉬움 같은 것들……. 젊은이들을 바라보면서 나도 옛날을 생각할 만큼 나이를 먹었구나 생각하고 혼자 웃기도 했지만 느낌은 강렬했다. 이 소설을 구상해낸 건 아마도 그때가 시작이었던 것 같다. 하지만 그렇다고 해서 바로 소설을 시작한 것은 아니었다.

앞의 일과 비교해서 순서가 어떤 게 앞이었는지 명확하게 집어낼 수는 없지만 지난여름 나는 한 젊은 선배의 죽음에 분향했다. 7년 전인가 수배 중에 우리 집에 자주 와서 묵던, 언제나 술 한 병 사 들고 찾아와 아침이면 이불 깨끗이 개어 놓고 단정히 앉아 있던 그……

그와 여러 번 이런 젊은 죽음 앞에서 분향했었는데 이제 나는 혼자였다. 90년대에도 젊은이가 어이없게 죽어갈 수 있다는 걸 나는 그때 안 것 같다. 아직 할 일이 많았고 아직 하고 싶은 일이 많았고 아직 사랑하는 사람들이 너무 많은 이 지상을 90년대에는 어이없는 사고로 떠날 수도 있다는 것을.

그 영안실 한 귀퉁이에서 나는 어쩔 수 없이 나의 옛 시절들과 마주쳤다. 넥타이를 매고 양복을 입은 채로 그들은 내게 그에 관해서, 그도 아니면 그때 젊었던 그들에 대해서, 그도 아니면 아직도 정신병원에 있는 또 다른 그에 대해서 소설을 써주기를 바랐지만 솔직한 내 심정을 이야기하자면 나도 지쳐 있었다. 90년대도 저물어가는데 정말이지 나는 80년대의 기억으로부터 이제 그만 자유로워지고 싶었다. 나 말고도 다른 소설가들한테, 예를 들면 더 열렬했고 더 글재주도 있는 다른 소설가들에게 그 일이 맡겨졌으면 했던 것이다.

그리고 나는 잊었다. 아직도 희망이라는 미망에 사로잡혀 있고 술자리에서 울먹이는 한 친구를 보면서 '시대착오적'이라고 마음속으로 비웃기도 했었다. 돈도 명예도 앞날도 보장되는 길을 두고 '단지 불의와 타협할 수는 없어서, 대체 그럴 수는 도저히 없어서' 회사에서 쫓겨난 동기에게 생활비를 꾸어주며 이제 그만 '타협하라'고 말하고도 싶어 했었다.

사실을 이야기하자면 나는 바야흐로 모든 것을 잘 잊는 듯했다.

그리고 나는 한 소설을 시작했다. '시대착오적이지도 않고, 시대와 화해하는 그런 소설일 수도 있는 소설……. 출판사의 심원을 반기끼며 한 삼사백 매씩 진행시켰던 어느 날, 잠 못 이루고 뒤척이다가 나는 일어나 앉았다. 악몽을 꾼 것 같았는데 창문 밖은 아직 어두웠다. 잠도 더 올 것 같지 않아 나는 멍하니 창가에 앉아 있었다.

갑자기 이 세상을 힘겹게 살아가는 모든 친구들의 얼굴이 그 어둠 속에서 떠올랐다. 대체 무엇이 그들을 아직도 '시대착오적'으로 '불화'하게 하는지, 대체 어쩌자고 이다지도 이 변화에 적응도 하지 못하는지……. 그리고 나는 어쩌자고 이 밤에 일어나 그들을 생각하고만 있는 건지……. 사실은 이 모든 게 한심했고, 한심했지만 나는 울컥 그들이 보고 싶었다. 그간 썼던 글들을 모두 지우고 이 소설을 시작한 것은 그날 이후부터였다. 벗어나려고 했지만, 나 역시 한때 그들과 함께 넉넉한 바다를 헤엄쳐 다니며 희망으로 온몸을 떨던 등이 푸른 자유였었으니까. 그리고 나는 아직도 그 등이 푸른 자유를 포기할 만큼 소금에 절여져 있지는 않았으니까.

소설을 출판사에 넘긴 다음 날 아침, 새로 이사 온 아파트 베란다에 낚시의자를 내어놓고 나는 커피를 마셨다. 이제 바야흐로 봄도 지나고 계절은 여름의 입구에 서 있었다. 지난 봄 동안 내 창으로 보이는 북한산에 눈이 내리고 녹으며 연두색 잎들이 눈부시게 피어나고 진달래가 지고 다시 아카시아 향기가 진동했지만 나는 이 봄을 내내 명우와 은림이 헤매 다니던 그 가을 속에서 보냈다. 한번은 글을 쓰다가 급한 약속이 있어서 시내에 나갔는데 갑작스레 비가 내리기에 "웬 가을비야" 해서 사람들을 웃긴 일도 있을 만큼 나는 행복하게도 이 소설에 몰두해 있었다.

이제 봄을 건너뛰어 여름을 맞으며 내가 든 커피잔과 내가 앉은 이 아파트의 베란다와 그리고 이제 막 출판사에 넘긴 나의 책이 나만의 것이 아니라는 것을 나는 알게 되었다. 아마도 이 지상에 사랑을 남겨두고 몸만 떠난 노은림 때문인지도 모른다. 내가 나 하나가 아니고 내 글이 나의 글이 아니며 나의 이름이 나를 부르지만은 않는다는 것을 깨닫게 한 것은……. 그리하여 1차 세계대전을 겪은 헤밍웨이는 자신들을 가리켜 '전쟁을 겪은 자는 더 이상 젊지 않은 잃어버린 세대'라고 말하게 했지만, 문화혁명 당시 십 대와 이십 대 초반을 보냈던 젊은이들은 그들 스스로를 가리켜 빼앗긴 세대라고 말했다지만, 이제 나는 말할 수 있을 것 같다. 80년대를 아파한 모든 젊은이들은 영원히 젊을 수 있으리라고……. 왜냐하면 과거라는 시간이 꼭 흘러가 사라져버리는 것만이 아니라는 걸 나는 이제 알았기 때문이다.

시를 인용하도록 허락해주신 정종목 시인과, 『호반』이라는 아름다운 중편에서 「노래」를 인용하게 해준 얼굴도 본 일 없는 독일 작가 T. 슈토름께 감사드린다.

그리고 무엇보다 이 땅에 대한 사랑이 깊었기에 먼저 이 지상을 떠난 나의 지인들과 아직도 이 지상 위 한구석 한바노에서 자기 자신만큼 이 땅을 사랑하며 살아가는 나의 소중한 친구들—생각해보면 테니스 하나 배우지 못하고 생각해보면 연애 한번 멋들어지게 한 녀석도 없는, 하지만 인간은 어떠한 폭력보다 위대하다는 걸 가르쳐준—과 한 번쯤 아픈 역사에 청춘을 상처 입어본, 그리하여 나이를 먹어도 아직도 젊은, 모든 이들에게 이 책을 바친다.

공지영

고등어

제1판 1쇄 1994년 6월 25일
제2판 1쇄 1999년 8월 25일
제3판 1쇄 2010년 8월 24일
제4판 1쇄 2017년 9월 10일
제4판 3쇄 2023년 12월 20일

지은이 | 공지영
펴낸이 | 송영석

주간 | 이혜진
편집장 | 박신애 **기획편집** | 최예은 · 조아혜
디자인 | 박윤정 · 유보람
마케팅 | 김유종 · 한승민
관리 | 송우석 · 전지연 · 채경민

펴낸곳 | (株)해냄출판사
등록번호 | 제10-229호
등록일자 | 1988년 5월 11일(설립일자 | 1983년 6월 24일)

04042 서울시 마포구 잔다리로 30 해냄빌딩 5 · 6층
대표전화 | 326-1600 **팩스** | 326-1624
홈페이지 | www.hainaim.com

ISBN 978-89-6574-578-5

파본은 본사나 구입하신 서점에서 교환하여 드립니다.